犯罪痕迹师

黑眼圈 著

中国友谊出版公司

目录

CONTENTS

—— 第001章 ——

“鬼”叫餐

我叫方涵，曾经在京市某著名公安警校学过几年侦查学，专攻痕迹学。后来被人陷害，因为一些莫须有的原因被开除了学籍。我至今还记得，陷害我的人目送我离开警校时得意的表情。

雪上加霜的是，再后来，我的警校生女朋友，和陷害我的人在一起了。

从那之后，我换了联系方式，在社会上混迹多年，认识了不少人，很多都是一般观念里的恶人。这些年的遭遇，我不敢去回想，只是我却终日被梦魇困扰着。

我要讲的故事，从一个非常普通的餐厅开始。

那时，我已经离开警校多年，我派了四个人到港区帮我绑一个人回来。

这个人，和我爸一起蹲过监狱，我爸死后，我一直在找他，数年来一直没有消息。这一次，我终于在港区发现了他的踪迹。

令我没想到的是，我派去找人的四个兄弟，到港区没多久便音讯全无。整整一个星期之后，四人中的老九才直接找上门来，带来了一个让我震惊的消息。

他告诉我，兄弟几个都死了。

我惊讶地问：“怎么死的？”他支支吾吾了半天，最后就吐出两个字来：“中邪。”

说这两个字的时候，老九低着头，连声音都阴冷了许多。

还没来得及多问，老九转身跑了，我没能留住他。我派人四处找他，但没找到。两天之后，我接到通知，以案件相关人员的身份赴港协助调查，我这才详细地了解了事情的整个过程。

四天之前，港区警方发现了四具男尸，死者包括两天前给我报信的老九。他们都死在了一栋老式公寓里。一开始我并不相信，因为老九两天前还和我见过面，但看到尸体之后，我确信了。

因正值冬天，尸体腐化的程度并不是很厉害，身上的尸斑分布严重，那是尸斑进入浸润期之后才会呈现的形态，考虑低温对尸斑形成的影响，他们的死亡时间应在一周之前。警方没有告诉我他们的死因，但是我一看尸斑的颜色，就大致推测出来了。

这几具尸体上的尸斑，全部呈现鲜红色。一般而言，尸斑呈暗紫红色，而在一氧化碳中毒的情况下，碳氧血红蛋白将呈鲜红色，并通过尸斑表现出来。老九等几人，应该是一氧化碳中毒死亡的。

尸体上没有任何伤口，没有出血，但是后来听说，案发现场的墙上发现了很多密密麻麻的血手印，血液是死者的，指纹也是死者的。

报警的是一家餐厅的老板，他给警方提供的信息令人不寒而栗。

一周之前，这家餐厅陆续接到了同一个号码打来的订餐电话。一开始是餐厅的配送员去给订餐的人送餐，但是送餐的时候，主人并没有把门全部打开，而是开一条缝，把钞票从门缝里递出来，再把外卖拿回去，之后门就关上了。

当天晚上，老板在清点钞票的时候发现了一张冥币。

老板怒斥伙计，问是谁搞的恶作剧，但无人承认。老板心肠不坏，想着就这样算了。可是，第二天晚上，同样的事情又发生了，老板又在钞票里发现了冥币。

问起原因，终于有伙计说起给那家人送餐时，主人只开一道门缝的诡异反应。

第三天，餐厅照旧接到了订餐电话，老板决定亲自送餐。老板到了那栋老式公寓之后，门果然只打开了一个缝，一只瘦巴巴的手从门缝里伸了出来，手上还夹着一张钞票。

楼道很阴森，看到瘦巴巴的手，老板有些害怕了。接过钞票，递过食物，老板反复确认钞票没问题之后，赶紧离开了那个地方。但是，让人头皮发麻的事情再次发生了。那天晚上，老板在清点钞票的时候，又发现了一张冥币。

老板又惊又怕，报了警。警方很快就赶到那栋老式公寓，撞开门之后，警方在出租公寓里的麻将桌上发现了四具尸体。法医对四具尸体进行了解剖，鉴定发现，尸体的死亡时间和我推测的一样，已经一周了。

法医在四具尸体的肚子里，发现了很多没有被消化的食物，有米饭、有面条。而这些食物的残留物，竟然都是那三天餐厅送出去的食物。人死后，消化系统的功能也会迅速停止，港区法医根据食物消化分解的程度，得出了一个惊人的结论：食物没有被消化，说明这是死者在死后摄入食道和胃里的。

一时之间，警方和知情者全被震惊了，在媒体的推波助澜之下，鬼叫餐的传闻，在港区闹得沸沸扬扬。

还有一些事情，港区的警方一时之间也没有对外公开。据说，在法医鉴定得出死者已经死了的那几天，隔壁邻居总会在半夜的时候听到有人打麻将的声音。而居住在公寓对面的人，还在夜里看到四道黑影映在窗户上，看那动作，就是在打麻将。

甚至于，警方在餐厅老板收到的冥币上发现了死者的指纹。餐厅已经暂时关门了，有算命先生说死人用的钱和活人的不一样，所以收到的钞票才会变成冥币。那个时候的人不比现在，都很迷信，这让餐厅上下吓破了胆，所有人都烧香拜佛，祈求平安。

这四个人，是我派到港区来的，港区的警方确认死者的身份之后，立刻通过京市的警方把我叫到了港区。和我随行的，是一名二十多岁的警察，叫陈凡。

到港区的那天，我在立案警局里坐了整整一天，除了见老九等四个人的尸体，还接受了港区警方的讯问。

我并没有把前两天看到老九的事情告诉警方，我派他们去找人，他们却死了。这件事，很可能和我要找的人有关系，出于各方面的考虑，我隐瞒了下来。

我早就想好了托词，说这四个人是我拜托来港区购物的。警方没问出什么，暂时让我离开警局，但得随时配合调查。

负责看守我的，是和我随行的陈凡。陈凡是支队的办事员，混得一般，还很年轻，没接触过大案，在此之前，我并不认识他。当天晚上，我和陈凡就住在立案警局附近的招待所里。

陈凡很负责，他没有合法理由限制我的自由，我出去走动时，他把我的身份证和钱包都扣下了。

我跑出宾馆，确定陈凡没有跟上来，才给罗峰打了个电话。罗峰是我的好兄弟，我是离开警校之后和他相识的。他是港区一个帮会的话事人，在港区一带吃得开。近几年他在京市开了公司，京市警方关注他很久了，但是因为缺乏证据，一直拿他没有办法。

我给罗峰打电话的时候，罗峰正在粤市办事，粤市离港区很近。

听说老九四个人死了，罗峰火气冲天，说要派人解决，声音大到手提电话的听筒都呲了一声。电话里说不清楚，我让罗峰尽快到港区来，顺便多带几个兄弟。

挂断电话之后，我确认了一下方位，去了涉案的那家餐厅。

餐厅就在港区北，离立案警局不是很远，叫朝阳记。餐厅的位置并不偏，时间还不是很晚，但是餐厅正门的行人却寥寥无几。行人每当要经过朝阳记时，都会故意绕着走，甚至爬人行护栏。

我像个异类一样，走近了朝阳记。和传闻中一样，朝阳记暂停了营业，大门之上，到处都贴着黄色的符咒。

我听到有奇怪的声音，所以绕到了朝阳记的后门。果然，奇怪的声响，就是从这里发出来的。

—— 第002章 ——

犯罪嫌疑人?

朝阳记后门，搭起了一个小木台，上面放着很多白色的蜡烛。木台的四周围着很多人，其中有一个人，道士模样打扮，走近一看，我才发现是个道姑。她一手拿着桃木剑，一手拿着黄色的符咒。

道姑低着头，手里不停地挥舞着桃木剑，嘴里还在念叨着什么。而她周围的人，却一言不发，生怕打扰了这个道姑似的。传言不假，这些人，应该都是朝阳记的伙计，而那个道姑，就是朝阳记请来的大师。

原以为只是坑蒙拐骗，但很快，我发现这个道姑不简单。她的面前，站着一个肥头大耳的男人，道姑在他的脸上一点，那个人就吓得尖叫了起来。

很多人都跟着尖叫了起来，道姑面无表情地问："你看到了什么？"

那个男人惊慌地说，他看到了很多身影，每一道身影都满脸是血。男人说话的时候，木台上的蜡烛全部熄灭了，可这个时候，并没有起风。众人吓得想跑，但是那个道姑却让大家不要惊慌。

随后，道姑又神神道道地念了起来，她把手里的符咒贴到了那个胖男人的脸上。没过几秒，那个男人竟然倒在了地上，一动不动。道姑一阵摆弄之后告诉众人，朝阳记的危机已经渡过了。

这群人，竟然一反常态，鼓起了掌来。这时，道姑发现了站在不远处的我，她慢慢地朝我走了过来。她戴着道人的帽子，走到我面前之后，上下打量了起来。很快，她告诉我，我被恶鬼缠身了。

她长得还算清秀，我装作害怕的样子问："可有破解之法？"

她点了点头说："有，离开港区，回你来的地方去。"

我有些惊讶，和罗峰接触久了，我的港区话说得很地道，我有些好奇这个道姑是怎么一眼看出我不是港区人的。我越发觉得不对劲，朝道姑的身后扫了一眼，那些人已经慢慢围了上来。

我继续假装为难："可是，我来港区有重要的事情要做。"

道姑还没有开口，那些人就说话了。他们一个个都劝我听大师的，赶紧离开这里，免得被恶鬼缠身。他们还说，自从鬼叫餐的案子发生之后，朝阳记的老板每天晚上都会听到女人的笑声，还经常看见满脸是血的女人。

说着，那些人指着地上躺着的那个男人。原来，那个肥头大耳的男人，就是朝阳记的老板，他还没有醒过来，没有人敢碰他。

那些人继续告诉我，自从他们请了这个道姑之后，朝阳记老板的情况好了很多。

我试探性地问了一句："真的有鬼？"还故意说，自己以前从来都不信鬼神。果然，我的说法激怒了这些伙计，在他们眼里，道姑就是他们的救命恩人，而且神通广大。

"建筑的东北方或西南方为五鬼方，若主人家的大门或后门正好朝向这个方位，则形成五鬼线，或叫五鬼门，易招阴邪与怪异之事。"道姑倒也不生气，神神道道地解释了一大堆。

朝阳记的前门朝东北方，后门朝西北方，道姑说正因如此，朝阳记的老板才会遇上怪事。

这个时候，躺在地上的老板终于醒过来了。看他迷迷糊糊的样子，不像是和道姑串通演戏的。老板当众给了道姑一些钱，而道姑也没有推托，非常爽快地接受了。

老板心有余悸地问道姑："大师，是不是真的都解决了？"

道姑点点头说："下次遇到鬼，记得找我。"

这让我有些哭笑不得，老板则吓破了胆。道姑没有搭理老板，背上布包，整理了下东西就走了。走之前，道姑又经过我的身边，她的一句话，让我下定决心跟踪她。

她说："如果我没有看错，你在前几天，应该撞邪了。"我立刻想到了给我报信的老九。道姑走了很远之后，我才跟上去。

朝阳记的老板好像也有问题，我准备第二天再来问问情况。

道姑走的速度很快，我一路尾随，足足跟着她走了半个小时。她到了偏僻地方的一间破木屋。道姑进了木屋，我在外面等了一会儿，见她迟迟没有出来的迹象，就悄悄靠了上去。

透过木窗，我看到她正在烧香。她背对着我，点燃香之后，走到一张桌子前，拜了几拜。终于，她出来了，我躲在一边，没有被她发现。她走后，我又立刻进了小木屋。

木屋里弥漫着香的味道，白色的蜡烛也没有熄灭。木桌上，摆放着四个牌位，当我看清牌位上刻着的名字时，惊得立刻转身追了出去。那四个牌位上刻的名字，正是鬼叫餐案中死的那四个人。

可是，我没能再跟上道姑。

这个道姑，实在太可疑了，在这样的案件中，警方本应该将她列为犯罪嫌疑人的。道姑在朝阳记做法事已经好几天了，可是，港区的警方却迟迟没有行动。

找不到人，我只能回去。到宾馆的时候，陈凡已经在打鼾了。

他被我吵醒了，抬手看了看手表，问我怎么去了这么久。

我把刚刚朝阳记发生的事情告诉了陈凡。可是陈凡却一点儿兴趣都没有，说这是港区警方管辖的案子，让我配合调查，不要惹事。

之后，我们匆匆睡下了。

第二天一大早，罗峰带着人赶到了。看清来人的时候，陈凡很紧张，他毕竟还是一个小警察。京市的警方一直在关注罗峰，陈凡不可能不知道罗峰这个人。

罗峰带了十几个兄弟，那些人都齐刷刷地站在外面，嘴里叼着烟，狭窄的宾馆通道被他们堵了个水泄不通。

罗峰大大咧咧地拉着我往外走，陈凡一开始还想阻拦，但被罗峰瞪了一眼后，他只让我不要走远。

罗峰把我拉到外面，着急地问我：“你小子，有你的地方准出事，这次到底又发生了什么事？”

“我要找的人，在港区有了踪迹。”我回答。

罗峰被惊到了：“是他？”

我点点头：“我派来找他的四个人，死得都很离奇。我在想，会不会和我要找的那个人有关系。”

罗峰明白我的意思，说道：“既然和他有关系，这件事，我们必须查个水落石出。”

我把鬼叫餐案的经过一五一十地告诉了罗峰，罗峰和我一样，并不信鬼神。但听了鬼叫餐的来龙去脉，他的脸色也变得有些难看了，特别是听说老九在死了之后还来向我报信。

罗峰没想明白是怎么回事，问我需要他做什么。

“港区有你的人，我的行动会方便很多。但是，有些事情还需要警方配合。”我说。我和港区的警方不熟，想要获得一些消息，只能通过京市来的陈凡了。所以，我们决定先搞定陈凡。

罗峰拍着我的肩膀笑着说：“别担心，有你插手，案子不可能破不掉。”

很快，我们回到了宾馆的房间。罗峰的人一直齐刷刷地站在门口，陈凡有些坐立不安。罗峰一进门就指着我对陈凡说：“方涵和死的那几个人，都是我的弟兄，我一定要找到凶手。如果查不出来，你也别想离开港区。”

“我是警察，当然想查清。”陈凡和罗峰说话还是有些紧张，“可是，这案子，我管不到。”

“你先带方涵看看卷宗。”罗峰说。

在罗峰的一再要求下，陈凡只得答应。京市的警察都硬得很，能屈能伸的警察反而更聪明，我并没有小看这个年轻警察。

陈凡以京市警察的身份，用了各种办法，港区警局才同意让他查阅相关的卷宗。

拿到卷宗之后，我立刻开始阅读，很快，我发现了不对劲。

—— 第003章 ——

偷入现场

警方从案发现场提取回来的物件并不多，其中有一个火炉，火炉里有很多没有烧完的煤炭。

港区的冬天，对于南方人来说还是很冷的，出租房里通常会提供火炉和煤炭，供住客取暖。老九几个人是一氧化碳中毒死的，现场会引发一氧化碳中毒的，只有这个火炉。警方也初步把死因归结到这个火炉上。

警方对这个案子，目前还没有任何进展。老式的公寓，没有监控摄像头，警方派了不少人去走访，但没有人看到过可疑的人。

看了好一会儿卷宗，罗峰见我没有说话，问我看出什么来没有。我重点看了法医的尸检报告，这一看，又是好几分钟的时间。罗峰是个急性子，他又追问我那些食物是不是真的是死后吃的。

我摇了摇头："人死之后，不可能会吃东西。"

人一死，停止的不只是消化系统，食道的蠕动也会立刻停止，而没有了食道的蠕动，食物是不可能会被送到胃里去的，就是强灌也不可能。我立刻做出了判断："只是某种障眼法而已，这些食物，绝对是老九他们生前吃进去的。"

陈凡有些吃惊："你究竟是什么人，怎么懂这么多？"

我没有回答他，继续分析。法医所做的结论，也充满了矛盾，法医都知道，人死后不可能摄食，他们会做出食物是死后摄入的结论，完全是因为那些食物基本没有被消化。

关于死亡时间的鉴定，传统的方法是根据尸斑、尸僵或者尸温等判断，但是误差太大。这些年的刑事科学技术虽有发展，但根据各种先进手段，并没有办法给出非常精确的死亡时间。法医们反反复复通过各方面论证，最终推定死亡时间为发现尸体一周前。

法医给出的尸检报告中，声称在死者的气管内，也发现了部分食物的残留。这让我更加确定，食物是在四人生前吞下去的。如果说真的是鬼吃食物，却把食物呛进气管，真让人啼笑皆非。

至于死者体内的食物为什么没有被消化，很可能是死者在介于生和死之间的时候吃下去的。

但我还是不敢确定，一氧化碳中毒死亡的过程比较久，他们四个人，不可能没有一个人发现空气异常。他们没有逃出来，一定是因为逃不掉。

人在死前，哪里会有心思吃东西，而且还一口气吃那么多？老九几个人的身手都还不错，他们身上没有出血，也没有挣扎打斗的痕迹，就算是在中毒的情况下，想要强行灌食而不留挣扎痕迹，也比较困难。

一次又一次地推理，一次又一次地被推翻。

案件有四个大疑点：

第一个疑点，是老九几个人吃进去的食物。

第二个疑点，是老九的死亡时间。

第三个疑点，是老板发现带有死者指纹的冥币。

第四个疑点，是案发现场的血手印，还有附近居民的口供。

我迅速记住了卷宗上的重要信息，离开了警局。陈凡以为我会跟他回宾馆，没想到，我做了一个让他为难的决定：今天夜里，偷入犯罪现场。

犯罪现场还被警方封锁着，查卷宗已经很困难，警方是不可能让我们去那里的，我们只能偷偷去。陈凡不情愿，但是在罗峰的威胁下，陈凡只得同意了。趁着天还没黑，我们三个人去了朝阳记，出乎意料的是，朝阳记已经营业了。

我立刻想起了昨天晚上的那个道姑，大家都对她深信不疑，她说朝阳记的危机已经过去，他们自然相信。但是，偌大的茶餐厅，除了闲坐的伙计和老板，一个人都没有。我们三个人进了茶餐厅，伙计和老板非常高兴，还热情地把我们迎到座位上坐下了。

我们象征性地点了一些吃的，很快，有伙计认出了我。他们的态度发生了转变，听闻道姑说我恶鬼缠身，他们不愿意招待我。罗峰正要发火，我阻止了他，并朝陈凡使了个眼色。他不情愿地掏出警员证件。虽然两个地区的证件不一样，但是这些人又哪里懂得这么多。

老板以为我们都是警察，只好亲自来招待我们。老板满脸肥肉，但是脸色却是憔悴发白。我先问了老板关于道姑的事情。老板给了我一个电话号码，说是可以联系上道姑，我记下电话号码之后，继续询问。

老板说，之前的传闻都是真的。

他确认自己收到的钱变成了冥币，一共三次。那些冥币，已经被警方作为证物拿回警局了。老板战战兢兢地跟我说了一遍案发的情况，他所说的，和我已经知道的，没有太大的出入。

出事之后，警方来了很多次，但这两天，警方不怎么来了。

好像是为了尽快赶我们走，老板还把另外一个伙计也叫来了。那个伙计，就是第一次和第二次给那栋公寓送餐的人，老板是第三次去的。那个伙计说的和老板说的一模一样。钱绝对不会平白无故地变成冥币，一定是有人在暗中搞鬼。

最有嫌疑的，就是朝阳记里的老板和伙计。但是，他们表现出来的恐惧，却不像是装出来的，口供也没有自相矛盾的地方。在朝阳记里问了一圈，我们没有找到可疑的人。后来，我又把问题扯到了道姑的身上。

老板说，鬼叫餐案发生之后，他经常看到脏东西。有一天，道姑自己找上了门，说可以替朝阳记消灾。老板抱着试一试的心态，让那个道姑做了场法事。当天晚上，老板果然睡了一个好觉。

连续几天，道姑都在朝阳记里做法事。

没有再问出更多有价值的线索，我们退出了朝阳记。

出来的第一件事，就是给那个道姑打电话。

电话立刻就接通了，道姑还听出了我的声音，她笑着问我："是不是遇到奇怪事了？"

我顺着道姑的意思，假装害怕说："请大师替我消灾！"

道姑给我开出了一个价，说替我消灾解难，那价格算是天价了。

我假装答应了，问她什么时候见面，道姑给我说了一个地方。

我本以为她会和我约在什么深山老林，至少是个道观，但她和我约在了港区最大的迪厅，时间是凌晨一点钟。

罗峰的神色有些异样，他撞了撞我的肩膀，开玩笑说："一个道姑，那么晚约你在那种地方见面，能是谈生意？"

罗峰的玩笑，并没有让我觉得轻松，心里反而隐隐觉得有些不安。

我们在附近逛了逛，这一带，罗峰到处都有熟人，经过很多地方，都有人向罗峰问好，他们对罗峰的称呼是峰哥。

到晚上十点钟左右，我们按照原计划到了老九四人遇害的公寓外面。这片公寓区，每栋房子都已经老得不行了，好像随时会塌下来一样。我都不明白，老九几个人怎么会选择这样的地方住，他们根本就不缺钱。

案发已经好几天，警方不可能这么晚还让人把守案发现场。但我们还是很小心，万一让别人发现，我们可能会被警方当成犯罪嫌疑人。老式的公寓住的都是农民工，这么晚了，大概都已经睡下了。

但是，我们快接近老九他们住的那栋公寓时，听到了很大的声音。直到真的走近了，我才惊讶地发现，这里在做法事，而做法事的人，竟然正是约我今晚见面的那个道姑。

他们堵着楼道口，我们只能暂时躲了起来。一直等到晚上十一点多，人群才渐渐散去。而那个道姑，也背着布包匆匆离开了。我没有叫住她，以免打草惊蛇。之后，我们偷偷进入了楼道，楼道很黑，有些阴森。

陈凡四处看了看说："这地方怎么黑漆漆的，一个人都没有？"

罗峰直接朝陈凡的后脑勺扇了一巴掌："你傻啊，这地方闹鬼，大家肯定都搬出去了。"

罗峰说的有道理，陈凡不敢和罗峰呛声，只好忍了下来。案发地点在公寓的最顶层，第七层。第七层的楼道处，被警方拉起了警戒线。我们跨过了警戒线，很快就找到了出事的那一间屋子。门上的锁是坏的，应该是警察破门而入时破坏的。

我们都戴上了事先准备好的脚套和手套，进了屋子之后，不知道是不是心理作用，我们三个人都说这地方比其他地方阴冷不少。

当打开手电筒的时候，我们一眼就看到了墙上的血手印。那手印，密密麻麻的，布满了公寓内的整个墙壁，让人看了一阵头皮发麻。

罗峰一看血手印，倒吸了一口凉气："尸体不是没出血吗？真有血手印？"

—— 第004章 ——

血手印，鬼脸

这个出租房，非常老旧，但是一点都不脏，地上也没有灰尘。我在警方的讯问笔录中看过对房主的问话。主人家宣称，这间房在老九几个人租房之前，已经整整一年没有出租过了。主人家因为太忙，也没有来打扫。

主人家有充分的不在场证明，警方已经排除了他的犯罪嫌疑。

主人家辨认过尸体，说，十天之前，老九亲自找他拿了钥匙，并付了很长一段时间的租金。具体时间，就是老九四个人到港区的那个晚上。

老九几个人，不缺钱花，他们没必要来这种地方住。更可疑的是，他们到了港区之后就再也联系不上了，而到港区三天之后，就是法医推断出来的死亡时间。

他们死前那三天，究竟发生了什么，没有人知道。

罗峰问我发现什么没有，我指了指地上说："整个房间都没有灰尘。长时间没人打扫，屋子又是老式的，难免会有落灰。有落灰的地方，更容易留下足印及指纹痕迹，这地方没有灰尘，可能就是凶手在犯罪前特意清扫的。"

我们在公寓内找了一圈，都没有发现扫帚一类的工具，而警方现场提取的物件清单中，同样没有这类东西。罗峰问我会不会是老九他们自己打扫的，我很快否认了。老九几个人，如果有时间打扫房间的话，就有时间打电话联系我。

不知道他们为什么住到这种破地方来，如果是自愿的，他们就不可能在意地上有没有灰，顶多把桌子和床上的灰尘擦一擦凑合着住。但事实却是，整个房间，几乎找不到一处有灰尘的地方。

罗峰咒骂了一声，说凶手太狡猾了。但是，他很快又疑惑起来："你推测出凶手打扫了房间，有什么意义？"

我把手搭在罗峰的肩上，斜着嘴角说："我已经基本推测出了犯罪嫌疑人的性格。"

罗峰倒不怎么惊讶，惊讶的是陈凡，他问我，怎么才看了几眼，就锁定了犯罪嫌疑人的性格。

凶手在犯罪预备的阶段，做了很多准备，现场不留任何可供警方侦查的痕迹，从犯罪心理学分析，这说明凶手很有可能是一个细心的人。他平时从事的职业或者他的爱好，可能比较特殊，富于创新。

"特殊和创新是怎么得出来的？"陈凡满脸疑问。

我继续解释，凶手有这能耐，完全可以杀人不留任何痕迹，让这起案子成为无头案，这样的话挑战司法权威的目的也达到了，根本没有必要搞出鬼叫餐之类的把戏。凶手，更像是在玩弄警方和社会舆论。

犯罪心理画像的观点认为，一个人的性格和生活习惯，往往会体现在犯罪手法中。我初步描绘出了凶手的一些特征，准确性，未知。

陈凡更加惊讶，问我到底是什么人。

罗峰揪起陈凡的衣领恶狠狠地说："你要是再多问，我直接弄死你。"

这个时候，我已经走到了那面墙前，墙上的血手印已经被警方提取了，血是四个死者的。我盯着满墙密密麻麻的血手印，仔细观察了起来。血手印的颜色，有深有浅，所有的手印，都是右手留下的。

每一个手印都比较完整，进一步仔细观察，密密麻麻的手印，根据大小及其他特征，可以分为四种分别统一的手印，它们分别属于老九等四个人，而每一种相同类型的手印，形态几乎是一模一样的。

我总觉得，血手印颜色的深浅程度和每一种手印的形态，隐藏着巨大的线索，但是一时之间，我又没什么头绪。

"这手印真的是老九四个人留下的？"罗峰还是不敢相信，毕竟老九四人的尸体没有出血。

我点了点头，港区的鉴定不会出错。

我在出租房里绕了起来，出租屋比较简陋，没有太多摆设。除了一个客厅，就是两间卧室和一个卫生间了。

我进了卫生间，卫生间里的味道很大，有一台老式的洗衣机，地上是输水用的塑料管道。卫生间里还有梳子、牙刷、吹头发用的强力电吹风。

我把这些东西全部都记住了，犯罪现场的每一样东西，都可能成为破案的关键。

很快，我们又回到了客厅里，麻将桌上的麻将早就被警方全部取走了。麻将桌上，有四道上半身的人形轮廓，那是警方勾勒出来的，这是老九四个人死时的位置。我把手电筒打到房顶，整个客厅，就只有一个发黄的旧式电灯泡。

我让罗峰去开一下灯，然后迅速关灯。罗峰照做了，昏黄的灯闪了一下就灭了。罗峰和陈凡还不知道我要干什么，我马上让他们在原地不要动，自己冲出了出租屋。我跑下了楼道，几分钟之后，我到了对面楼房的天台上。

我掏出手提电话，给罗峰打了一个电话，罗峰接通之后，我让罗峰站到麻将桌边上去。天台上的风很大，寒意逼人。我站的位置，正好能看到老九遇害的出租房的窗户。那栋楼，一片漆黑，没有一个屋子是亮着灯的。

我对电话里的罗峰说："你站着别动，让陈凡再迅速开一下灯，然后马上关掉。"

罗峰答应一声，很快，对面的窗子稍微亮了一下，很快就暗了下去。马上关灯，是怕附近的居民看到屋里的光亮报警。罗峰的急性子又犯了，他问我到底在搞什么鬼，我告诉他，我明白了。

可是，我正要解释的时候，背脊忽然一阵发凉。

身后有声响，我下意识地回头，只见楼道口处，有一个头在那里来回移动着。楼道处黑得伸手不见五指，那个头，没有身体，他的脸发着幽幽的绿光，我的视力很好，分明看到，他的眼眶里，只有眼白，没有瞳孔！

他的嘴角向一边扬着，好像在笑，而他的嘴里，发出让人头皮发麻的声音。仅仅是我回头的那一瞬间，那张脸就消失了。我顾不上那么多，对着电话吼了一声："马上下来，到对面楼帮我拦一个人！"

说着，我迅速追了上去。我慌忙的脚步声在楼道里发出一声声回响，但是，除了我的脚步声，我再也没有听到其他声音了。

我跑出一层楼道口的时候，正与匆忙赶到的罗峰和陈凡撞上。罗峰着急地问我发生了什么，我反问他看到什么可疑的人没有，罗峰摇了摇头。

这里的动静，吸引了一些人，我们不得不先离开了这个老式的住宅区。

在附近找个地方坐下来，我这才向他们说起刚刚发生的事情。陈凡听得脸都吓白了，他问我是不是看错了，我马上否认说，我看得很清楚，绝对不可能看错。

一向胆大的罗峰，此刻也怀疑地问："你不会真的撞邪了吧？"

"应该是某种障眼法。"我皱起了眉头。突然在这片住宅区遇上怪事，我在想，这是不是凶手后续搞出来的花样。夜里越来越冷，风也越来越大，陈凡把身上的衣服裹得更严实了。

他四处张望着说："总觉得有什么东西在阴暗的角落里盯着我看。"

我看了看时间，已经午夜十二点了，我起身说："是时候去见那个道姑了。"我回头望了一眼这片住宅区的楼房，夜色下，每一栋楼房的轮廓都被黑暗淹没了，的确有些瘆人。此刻，我脑袋里想的，全是那张恐怖的鬼脸。

去迪厅的路上，罗峰问我刚刚在电话里想说什么。

我告诉他，我发现了一个被警方忽略的问题。讯问笔录中提到，出事地的对面有人看到四个人打麻将的影子映在窗帘上，正常情况下，根本不可能。出租屋客厅里只有一个灯泡，那光太暗了。而且，麻将桌距离窗台有一段距离，麻将桌就在灯泡的正下方。看到灯亮起的时候，我就在想，这种角度，这种光线，根本就不足以将四个人的身影映在窗帘上。

我在对面的天台，确认了自己的推测。

只有两种可能：一种是那个目击证人说谎，另一种是凶手玩的把戏。

除非是有一束发散性的强光才能做到，而且，窗户、四人坐着的麻将桌和光源，要按照顺序排成一条近直线，麻将桌要在中间。

罗峰总算明白了过来："看来，避免不了也要和那些目击证人接触一番。"

说话间，罗峰已经带着我们到了迪厅外面。这里人很多，不少女人在大冬天依然穿得很露骨。为了不引起道姑的怀疑，罗峰和陈凡没有和我一起进去。

进了喧闹的迪厅找了一圈，我很快找到了我要找的人。但是，当我看到她的时候，愣了很久。

—— 第005章 ——

你撞邪了

迪厅里的音乐震耳欲聋，很多人都在舞池里扭动着。我眼前的这个道姑，此刻没有穿道袍，她把头发扎了起来，嘴里叼着一根烟，闭着眼睛。

我叫了她好几声，但是我的声音都被淹没在了嘈杂的音乐声里。最后，我只得拍了拍她的肩膀，她终于有反应了，笑着让我坐下。她穿了一件低胸的衣服，外面套了一件单薄的外套，我实在没有办法把她和之前作法的道姑联系在一起。

坐下之后，我问她为什么会选在这种地方。没想到，她竟然笑着反问我是不是不适应这种地方。我没有回答，只是点了点头。混社会的这几年，我经常出入这种地方，让我不适应的，不是迪厅，而是道姑现在这副样子。

很快，道姑就切入正题了，她先做了自我介绍："叫我云清就行，这是我的道号。"

云清又告诉我，我撞邪了。在这种地方谈论这种话题，实在有些喜感，但我还是装作非常害怕，问她要怎么解决。

云清闭着眼睛，嘴里念叨了起来，在我眼里，她就是在装模作样。可没想到，她一开口，就让我震惊了："如果我猜得不错，今晚你又看见脏东西了。"我马上想起了天台上见到的那张鬼脸。

我心里推测起来，我看到的东西，可能和云清有关系。鬼神之说，我向来不信，更是不屑。云清的嫌疑太大了，如果那鬼脸是她搞出来的障眼法，那我们今晚去勘查现场的事情，云清可能都知道了。

云清从她的包里掏出了一张黄符咒：“今晚开始，你可能会接连不断地看到一些脏东西，随时把这张符带在身上，不出三天，就没事了。”

我瞟了一眼云清的包，是名牌。

我接过云清手里的黄符，问她多少钱。云清先是摆了摆手，一副得道高人的样子，说是随缘就行。但是吸了一口烟之后，她把嘴凑到我的耳边，说了一个天价出来。

我心里冷笑，脸上却表现出为难的样子。我告诉云清，我没有那么多钱。云清问我能给多少——她越发显得像个骗子了。

我把口袋里的零钱全部掏了出来，很快，云清的脸色变了，问我是不是在耍她。

我挠了挠头，说身上真的只剩下这一点钱了。

让我没想到的是，云清随后把那堆零钱收了起来，说就当做善事了。云清站了起来，想要离开，我没想到她会这么匆忙，很多我想问的问题都没有试探出来。我叫住了她，接下来，云清说了一句让我更加震惊的话。

“如果不想有杀身之祸，就不要再查鬼叫餐的案子。”云清背对着我说。

尽管音乐声很吵，但我还是听到了她说的话。果然，云清已经知道我们今天夜里偷偷去勘查现场了。我不再伪装，声音也冷了下来：“如果我非要查呢？”

云清转过身：“你再查的话，绝对没有办法活着离开港区。”

云清说完就想走，我一把将她抓住了。我质问她：“鬼叫餐的案子，是不是和你有关系？”

云清挣脱不开，但没想到的是，她竟然大叫了起来。她喊的是：“非礼。”

很快，四周的人都被我们吸引了过来，有几个黄毛想替云清出头。但是，他们刚靠近，我就狠狠地朝他们的裆部踢了两脚，还有一个人想来抓我的肩膀，被我一个过肩摔，重重地摔在了地上。

没有人敢再出头了，云清的脸色很不好看，她似乎没想到我表现得怯懦，动起手来会这么阴狠。我拉住云清的手，强行把她拖到了迪厅的外面。罗峰和陈凡已经在这里等很久了。

看到云清的打扮，罗峰也调侃了几句。云清已经完全没有了得道高人的样子，她嘴里骂着脏话。

迪厅里有好几个人跟了出来，他们显然是冲着我来的。

见到罗峰站在我的身边，他们又马上灰溜溜地回去了。

我拽着云清的手，厉声道："说吧。"

云清挣扎了几下，挣扎不开，她不再反抗。她一副得意的表情看着我，就是不说话，好像想看看我会对她做什么。我们这里的动静，很快把附近巡逻的警察给招来了，我只得松开云清的手，云清也没有要追究的意思。

"记住我跟你说过的话，如果不想被恶鬼缠身，趁早离开港区。"留下这句话后，云清拦了一辆出租车，离开了。

我让罗峰派人跟着她，如果有什么奇怪的举动，马上汇报。同时，我也让罗峰替我好好地调查一下云清。云清的嫌疑实在太大了。

罗峰给我们换了一间更大的酒店。

陈凡没法再看着我，只能任凭我们一人住一间。

很快，罗峰手下的弟兄带回了消息。

云清已经进了一个小区，那里好像是她的家，罗峰的手下会一直监视她。

终于睡下的时候，迷迷糊糊中，我感觉灯是亮着的，但是一眨眼的时间，灯又暗了下来。就这样，灯一会儿亮，一会儿暗，一开始我还以为是灯坏了。但很快，我就发现事情没有这么简单。我马上坐了起来，屋子里的白炽灯，不仅时暗时亮，还突然变了颜色。

房间里的暖气冷了下来，我伸手去按房间里的开关，可是开关已经失灵了，五颜六色的光不断地在我眼前闪烁着。我在床头摸到了电话，立刻拨了罗峰的电话。

可是，电话里听到的，却是一阵又一阵凄厉的哭声。

我嘴里骂了声，朝门外跑去，可是刚打开门，我就撞上了一个人。猝不及防之下，我被撞倒在了地上，抬起头，我听到了罗峰的声音。罗峰把我从地上扶了起来，问我发生了什么事。

我转头再去看房间里情况的时候，屋内漆黑一片。五颜六色的光已经消失了，我这才发现，我的衣服都被冷汗浸湿了。我慢慢走回了房间，按下开关，灯亮了起来，屋里的暖气也没有变冷。电话就被我丢在床上，我马上查起通话记录来，反复地盯着屏幕看了很久，我拨出去的，确实是罗峰的号码。

“你刚刚接到我的电话了吗？”我问。

罗峰：“接到了，你没有说话，我觉得奇怪就过来了。”

我的脑海里想起了云清，很快，我从衣服里掏出了一张黄符，那是云清交给我的。看看时间，已经早上六点钟了。我告诉罗峰，这张黄符有问题。

我们在天还没大亮的时候出门，找了一家鉴定中心，花了钱请鉴定人员替我们鉴定这道符。鉴定人员的脸色有点奇怪，似乎从来没鉴定过这种东西。两个小时之后，鉴定结果出来了。而鉴定结果让我皱起了眉头，因为这张符，没有任何问题。

罗峰已经把来龙去脉都搞清楚了，他也想不通我怎么会连续两次看到不干净的东西。没有查出什么，我们又回到了酒店里，陈凡还在睡觉，罗峰直接把陈凡从床上拽了起来。

在听了我遇到的又一桩诡异事件后，陈凡再也不想跟着我们继续调查了。罗峰的威胁也不管用了，我一把揪起陈凡：“你想清楚了吗？死在港区，或者是回京市得到提拔？”

陈凡刚想拒绝，但是他听到我的后半句话后，马上就犹豫了。他问我：“你有什么办法可以提拔我，你上头有人？”

我摇头：“没有人，但只要你听我的，港区鬼叫餐的案子就能够破，你会立大功的。”

陈凡将信将疑：“你有什么办法破案？”

我扬着嘴角，邪邪一笑说：“没有我破不了的案子。”

陈凡彻底犹豫了起来，我把陈凡丢在房间，和罗峰到了外面。

罗峰的火气已经被激了起来，他说很想找人把陈凡给做了。我只是摇头，陈凡对我还有很大的用处，港区的警方并没有比大陆的警方能耐多少，鬼叫餐的案子，警方没有那么容易破获。

“我还是觉得，鬼叫餐的案子和那个人有关系。港区那么多人，凶手偏偏杀了我派来找人的四个人，不会这么巧合。”我对罗峰说。

罗峰叹了口气："你已经找了他很多年了。"

"必须找下去。"我回答，目光放空，陷入那段回忆里去。

我不方便露面，查出来的线索，只能通过陈凡交给港区的警察。

—— 第006章 ——

云清，老太

回房间的时候，陈凡还在犹豫，我也逐渐失去了耐心。我抄起了房间里的水果刀，在陈凡的脸上拍了两下："现在就做最后的决定。"

陈凡一咬牙，终于答应了下来。

整理过后，我们到了港区警局，罗峰在警局附近等着我们。一开始，警局的人看到陈凡，已经很不耐烦了，也没有人搭理他。但是，陈凡在我的要求下，高调地说自己发现了很多线索，负责鬼叫餐案的组长马上问他发现了什么。

在陈凡的要求下，现场的照片被放到了桌上。陈凡翻了翻照片，拿起了其中一张照片，那是案发现场的全景照，说："按照麻将桌和旧灯泡的位置，不足以将四个人的影子映在窗帘上。"

那个组长马上一拍头，用浓重的港区口音说，他竟然忽略了这一点。一个小时之后，那个目击证人又被带到了警局，陈凡和那个组长一起讯问了他，我不是警察，没有办法进讯问室。

等待许久，陈凡和那个组长出来了。组长对陈凡的态度有些转变了，他把更多的卷宗交给了陈凡，还给他单独准备了一间办公室，让他研究案情。趁他们不注意，我也进了办公室。

我问陈凡结果怎么样，陈凡说问不出什么来。那个目击证人是个中年男性，会看到事发地点的四个人影，是因为他的住处正对着案发的房间。而他每天晚上回家之后，又会给窗台上的盆栽浇水。

那几天，目击证人看到了两次。目击证人坚持称自己没有说谎，警方通过调查这个目击证人，也发现他没有任何犯罪动机，该有的不在场证明，他也有。目击证人说谎的可能性基本被排除。

看来，这又是凶手搞出来的障眼法。但是，讯问也不是完全没有效果，至少警方对陈凡的信任度增加了，陈凡有更多的理由介入案件。我想了想，让陈凡征得警方的许可，去见一下其他几个目击证人，我想当面和他们交谈。

陈凡同意了，很快，他去找了负责案件的组长。组长似乎也想多一条破案的途径，看陈凡好像还有些能耐，欣然同意了。得到几个目击证人的地址之后，我和陈凡出了警局。罗峰已经等了我们很长一段时间。

他正和他的手下交谈着，见我来，罗峰马上告诉我，他的人已经把云清调查清楚了。云清，不仅是她的道号，也是她的名字。我有些惊讶，罗峰解释说，云清的祖籍不在港区，但在很小的时候，就跟着家人到港区定居了。

云清二十多岁，年纪和我差不多。云清在港区上了几年学之后，因为叛逆学不下去，辍学了，据说是得罪了学校里的老师。后来，云清的家人把她送到了道观，似乎是想着改改云清的暴脾气。

云清的名字，本就仙风道骨，作为世俗弟子，云清的道号也叫这个。但是，不到一年的时间，云清又被道观赶了出来。云清已经好几年不和家人一起住了，她的家人也管不住她。

云清做过不少工作，在酒吧里当过服务员，也在酒店当过迎宾。但每到一个地方，最后都因为脾气不好被开除了。云清赚的钱很少，她的父母也不管她，可就算是这样，云清每天晚上还是经常去迪厅这种地方。

喝酒、抽烟，所有被常人认为是不良女性才干的事，云清都干过。罗峰告诉我，他道上的几个兄弟，也认得云清，见云清有几分姿色，曾经故意想去亲近她。可是，云清从来不和男性有接触。

大家都觉得云清假清高，渐渐地，也对她失去了兴趣。

直到鬼叫餐的案子发生之后，云清替朝阳记的老板做法事，名声这才在港区一带传开。不到几天的时间，就有非常多的人找云清做法事，云清的要价也非常高。不过，云清的名声并没有因此受到影响，据迷信的人说，云清的道行很高。

由于历史原因，港区的宗教信仰五花八门，其中道教被很多人信仰。

罗峰撇着嘴说："云清怎么看都像个骗子。"

我的面色凝重，说道："是骗子不假，但恐怕是真有点本事。"

我让罗峰继续去调查云清，看能不能调查深入一点。

吃过饭之后，我们就去找港区警方给我们的地址。我们要找的这个人，原先就住在案发地点的隔壁，就是她说半夜的时候，听到有人打麻将的声音。资料上显示，这个人已经七十多岁了，是个老太。

警方发现尸体之后，她吓得换了住处，而且新住处和那老式公寓整整隔了两个街区。

老太的新住处也是破破旧旧的，门外很暗，陈凡不小心踢翻了一个东西。低头一看，那是个火盆，火盆里已经没有火了，只有被烧过的纸灰，这分明是用来给死人烧纸用的。

敲了门，整整三分钟之后，老太才开门。屋内的光线很暗，老太好像已经睡下了，她脸上的皱纹多得吓人，头发也是一片凌乱。她问我们是谁，陈凡掏出了自己的证件，说我们是警察。

老太问我们又来干什么，我笑笑，说还有一些事情，需要向她确认一下。

老太把我们迎进了屋里，屋子里满满都是香的味道。绕了一圈，我发现简陋的餐桌上，正放着一盘咸菜和一碗稀粥，咸菜和稀粥都已经发霉了，也不知道老太吃过多久了。

坐下之后，我问老太是不是家里有人去世。老太摇头，我问她外面的火盆是怎么回事。老太叹了口气："那是云清大师让我烧给鬼魂的纸，说只有这样，才能躲避灾难。"

又是云清，她已经彻底和这个案子撇不开关系了。

我问老太："云清还对你说了什么？"

"云清大师让我每天烧香，烧纸钱。"老太说，"请云清大师，把我的所有积蓄都花光了。"

罗峰低声骂了一声。罗峰虽然是港区帮会的话事人，但是从来不欺负弱小，云清连老太都骗，让他有些火了。

马上，我问了老太当时听到了什么声音。老太说："那几个晚上，我的确每天都会听到有人打麻将的声音。"她之前已经对警方交代清楚了，警方确认，老太听到打麻将的声音的那几天，就是餐厅给那间出租房送餐的时间。

陈凡见老太年纪大了，问她是不是听错了。

老太马上摇头，说："我虽然年纪大了，腿脚不方便，但是我的听力很好。刚刚，我就是从卧室出来开门的，我原本都快睡着了。"卧室和门之间有一段距离，我刚刚敲门的声音也不是很大，老太的听力，的确比较好。

而案发的公寓楼，隔音效果很差，老太听错一次有可能，肯定不会连续三个晚上都听错。

"除了打麻将的声音，还有其他声音吗？"我问。

老太想了一会儿，摇了摇头。我没有放弃，继续问她尸体发现前几天，是不是听到过什么奇怪的声响。通过询问，我们得知这个老太的老伴早已经去世了，儿女也在外打工，她基本待在那个出租屋里不出门。

她是最有可能通过听觉经历犯罪嫌疑人作案过程的人。

"有没有听到什么让你心烦的声音？"我换了种方式问。

老人家怕吵，有些声音，会让老太觉得不舒服。老太一开始还说没有，但是在我的一步一步指引下，终于说出了之前没有被警方问出来的话。她说，好像还听到有人挪东西的声音，也有一段时间，隔壁出租屋的电视声音非常大。

罗峰得意地拍了一下陈凡的后脑勺："多学着点，你们警察问话的套路，能问出什么来才有鬼了。"

罗峰提到"鬼"字的时候，老太打了个激灵。我暗自记下老太说的话，听到这两个声音的时间，老太已经记不清楚了，大约是发生在听到有人打麻将之前的一两天。没有再问出什么，我们准备离开了。

老太慢慢悠悠地送我们出门，当她看到火盆被打翻的时候，竟然一下子哭了出来，她揪着我们说："这下完了，要出事了！"

罗峰同情老太，掏出了一些钱，让老太再去请云清做场法事。

我们走出很远之后，陈凡才疑惑道："这个云清究竟有什么本事？才几天的时间，就能让这些人对她说的话深信不疑。"

我冷冷一笑："不管云清有什么本事，明天你向警方提一下这个人，调查一下这个人案发时间在哪里，在干什么。"

—— 第007章 ——

不在场证明

陈凡听说我想调查云清，马上开始分析起她的犯罪动机来。自从鬼叫餐案发以来，云清利用自己特殊的手段大肆敛财，据说有不少名人大户都开始请她作法了，光是这几天的收入，已经比云清四处打工的那几年赚的还多。

陈凡怀疑是云清想要追求荣华富贵，所以故意制造出灵异万分的案子，然后借机四处行骗。陈凡的推测不无道理，但我只是笑笑，没有回答他。陈凡着急了，说："云清和你之前预测出来的犯罪心理画像，基本符合。"

我推测，那个犯罪嫌疑人很细心，性格内敛，云清在作法的时候，确实一副得道高人的样子。而我说犯罪嫌疑人的职业或者爱好，可能和创新类的行为有关系，陈凡也认为，替人作法挺神奇的。而且，云清作法时候的手段，也的确高明，至少，我们目前还解释不出她是怎么让很多人看到鬼的，也推测不出她是怎么让那些蜡烛在没有风的情况下，同时熄灭的。

陈凡再三追问，罗峰又朝着他的后脑勺拍了一下。

罗峰让陈凡按照我说的做就好，不要多嘴。陈凡一个二十多岁的男人，这个时候表现得有些委屈。

我笑笑，告诉陈凡："你把事情想得太简单了。"

云清有很大的嫌疑，如果她是为了敛财而杀人，那么她敛财的方式，应该比较隐蔽，而不会搞得尽人皆知。她是不是凶手还不得而知，但可以肯定的是，她有问题。

陈凡听了，撇了撇嘴，不再说什么了。

我们回到酒店的时候，已经非常晚了。我坐在房间里，手里拿着云清给我的那张符，仔细地想这两天发生的一切。原以为问题出在符的身上，但没想到的是，这张符很普通，没有任何问题。

一直到深夜，我才迷迷糊糊地睡着。这一夜，没有再发生什么奇怪的事情。

天亮之后，陈凡照着我的意思去了港区警局，我没有跟去，免得被港区的警方看出什么来。罗峰找上了我，丢了一沓厚厚的资料给我。

“时间太匆忙，我派出去的人，只能调查到这种程度了。”罗峰说。

短短一天的时间，罗峰的手下就调查出了这么多，这已经让我非常满意了。我迅速地翻阅起这些资料来，内容很全。

我调侃了一句：“你手下的人，办事倒比警方快。”

罗峰不屑地说：“能一样吗？他们办事还得走什么乱七八糟的程序。”

我没有再继续和罗峰调侃下去，而是认真地看起了上面的内容。

罗峰的手下通过人脉关系，分散式地询问调查，很快就找到了云清父母的家庭住址，还有她被开除的学校，以及云清当初被送上山去的道观。

云清从小学习成绩就不好，也时常被同学和学校的老师打骂。等大一点的时候，云清就知道反抗了，她甚至朝同学和老师的身上吐口水。为此，云清的父母经常跟别人赔礼道歉。

云清的家里除了父母，还有一个哥哥。和云清相比，她的哥哥就很优秀了，如今已经是一家企业的执行官，年薪很高。罗峰的手下还调查出来，云清被学校开除，是因为她差点儿把学校的一栋大楼给烧了。

那件事之后，云清就被送到道观去了。据云清家的邻居说，之后不到一年，他们就听说云清又差点儿把道观给烧了，所以被道士赶下了山。云清没有回家，据说她和家人又大吵了一架，他们家的邻居也已经好几年没有见过云清了。

两把火，云清把父母给自己安排的两条路都给烧毁了。我找到了一个关键点：云清去的那个道观，也被传得很神，几乎整个港区的信众都经常去那道观。道观的香客也是络绎不绝，据说不管是求子，还是求姻缘，都非常灵验。

罗峰看到这里，也纳闷了起来："求子求姻缘，一般去的都是寺庙，我一直以为道士只是帮人算算命而已。"

"云清的性子很烈。"我说道。

每一个人都可能是潜在的犯罪嫌疑人，而孤僻、刚烈的性格，以及不和谐的家庭，可能是诱发犯罪的重要原因。

罗峰的手下怕打草惊蛇，没有直接和云清的家人接触。我想了想，等陈凡搞定警方之后，我们有必要去接触一下云清的家人。就目前案件调查的进度来看，云清最有嫌疑。

谈话间，陈凡已经回来了。

他给我们带回了一个好消息：负责鬼叫餐案的组长更信任他了，他们还互相留了联系方式，准备随时沟通。手提电话这东西，那个时候还不是谁都用得起的，为此，罗峰还特地给陈凡准备了一部手提电话。

陈凡取得警方进一步信任的原因是，他告诉警方对那老太询问的结果了。我们问出了之前警方没有问出的线索，这令那个组长刮目相看。那个组长，有人称呼他为基哥，也有人称呼他为肥基，因为，他很胖。

陈凡也已经让肥基注意云清了。

下午，在港区警方的同意下，我们三个人带了港区警方的书面文件，到了云清家人的住处。正值周末，云清的哥哥也在家，他非常热情地把我们让进了屋里，云清的父母正坐在沙发上看电视。

云清的家很豪华，一看就是富贵人家。云清的哥哥叫云高，姓厉。也不知道是不是父母刻意安排的，厉云清和厉云高，名字的末字连起来是清高。

云高很斯文，并不怎么会说普通话，说话之间，还时常会夹带两句英语。寒暄了好一会儿，云高的父亲才有些不安地问我们来干什么，我们出示了港区警方的文件，这让两个长辈有些担忧。

我也没有拐弯抹角，说是因为云清来的。

谁知道，刚提起云清，云清的父亲就破口大骂，如果不是云高阻止，我们可能已经被赶出去了。

罗峰哪里受得了这气，差点儿就来硬的了。好在云高一个劲儿地给我们道歉，并说一定配合警方的讯问。

厉老先生一气，心脏病犯了，吞了好几颗药才好一些。在我的印象里，港区人，总是带点心脏病或者哮喘之类的病。

众人的情绪都平静下来之后，云高才问我们想知道什么。

“厉先生，厉老先生，不知道你们听说过鬼叫餐的案子没有。”我是这样问他们的。

显然，他们已经从报纸和电视上看到报道了，也不知道是不是巧合，电视新闻这个时候就在对这件事进行报道。现场记者分明有煽风点火的意思，还说这件案子是港区历史上最悬的奇案。

这个时候，云高拿起遥控器把电视关了。他还笑笑说：“港区的新闻自由，你们可能会不适应。”

我的目光顿时变得凌厉，沉声问道：“厉先生似乎知道我们不是港区人。”

云高被我问得愣了两秒，从进门开始，我和罗峰就用港区话跟云高交流，陈凡也自始至终没有开过口。

就在我们以为云高有问题的时候，云高又笑了两声说：“这位警官刚刚掏证件的时候，我看上面写着京市。”云高还扶了扶自己的眼镜，非常镇定地反问，“我是不是说错话了？”

确实，陈凡的证件，也就能骗骗普通人，真的遇上文化人，就不管用了，好在我们有港区警方的书面文件。

我摇头，直言云清很可能跟这起案子有关系，需要他们配合。

厉老先生刚刚才平稳了情绪，一听我说的话，脸又马上气红了。厉老先生的普通话说得很好，只听他怒骂道：“这个祸害，又闯什么祸了？她杀了人？”

我很快发现，厉老先生对云清明显有偏见。我只说云清可能跟这起案子有关系，厉老先生却说出了这样的话。

为了能继续问下去，我马上摇头，佯笑道：“警方只是怀疑而已，没有证据，这才来找你们问问云清的具体情况。”

倒是云清的哥哥马上回答道：“我这个妹妹，虽然不懂事，但是杀人放火的事情，她绝对不会去做。”

陈凡的手提电话突然响了，他接起电话，听了几秒钟之后，皱起了眉头。他把嘴凑到我的耳边，说警方已经查出来了，云清在案发的那几天，有充分的不在场证明。

—— 第008章 ——

神奇的道观

厉老先生和云高都盯着我们看，我没有问具体的情况，只让陈凡出去好好地和组长肥基交流一下。陈凡出去之后，我若无其事地继续问起来。一开始，我的问题都比较正常，和警方的问话模式差不多。

厉老先生气得不想说话，都是云高在回答。我发现，云高给云清的定位一直都是不懂事。而云高对云清的描述，也都和罗峰调查出来的差不多。随着讯问的深入，我又问了一个很重要的问题："为什么云清会离家出走？"

这个问题一问出口，厉老先生就拍了桌子。他怒气冲冲地说："这个祸害不听我的话，太没用，我情愿从来没有生过这个女儿！"

罗峰一听，有些不乐意了："老头，我从小也不听话，但还是混得有头有脸的。"

厉老先生冷哼了一声，不再回答了。

"据我所知，云清被你们送去了一个道观，之后被赶了出来，她就是因为这件事离家出走的吧？"我问。

云高没有否认，他说是云清冒犯了道观的高人，所以被赶了出来。可云清死不认错，所以厉老先生一气之下，把云清关了起来。但是云清跳窗逃走了，之后就再也没有回来过。

云高对道观里道士的称呼为高人，值得深究。

我笑着问："厉先生也信这个？"

没想到，云高竟反问我："为什么不信？"

罗峰也向我投来了奇怪的目光，在他的眼里，像云高这样的知识分子，应该不会信这些东西，至少不会一开口就称呼那些道士为高人。在进一步的追问之下，云高竟然告诉我，他毕业后的两年，也被送去了那个道观，作为世俗弟子，在山上生活了两年。

云高越说，我越觉得那个道观奇怪。提起那个道观，厉老先生对我们的态度终于好了一些，话也多了起来。厉老先生一直赞不绝口，说道观里面的道士，法力都很高强。

我问他为什么会这样说，他也如实做了回答。

那个道观叫三松观，一般不收世俗弟子，但每年都会有一大批人将自己的孩子送上山去，如果被道长看中，就会被收留在山上两年。

我颇为惊讶，很少有人会主动将自己的孩子送去道观当道士的。一般的道士都是孤儿，或者是走投无路了才上道观的。

很快，我明白为什么港区会有这么多人将孩子送到三松观去了。

每一个道观收的世俗弟子下山之后，都在短时间内取得了很高的成就，云高就是一个例子。云高从小就很优秀，但是年纪轻轻的，想要混上一家大型公司执行官的位置不容易，然而两年的道观生活之后，云高后来就一路高升了。

厉老先生还给我说了好几个名字，这些名字，我一个都不知道，但是罗峰却听说过几个。他说："这些人在各个行业中，都算小有名气。"

云清算是一个特例，她被送上山后，不到一年就被赶下了山。她是那么多三松观世俗弟子中，唯一一个被赶下山的人，也是唯一一个没有出息的人。厉老先生说："云清给我们一家带来了耻辱。"

终于，我慢慢明白厉老先生为什会对云清偏见这么大了。云清从小就叛逆，厉老先生更偏爱优秀的云高。而云清被三松观赶下山这件事，算是真正让厉老先生放弃了云清。在他看来，云清不配待在他们家里。

"这些年，你们知道云清是怎么过的吗？"我问。

云高插嘴道："我打听过，也想很多办法给她安排了一些工作，但是她很快就发现那是我安排的，立刻就辞职了。”

罗峰冷笑道：“你就给你妹妹安排一些声色场所的工作吗？”

听到这里，厉老先生问云高是怎么回事，云高马上疑惑地问我是怎么回事。只是，云高的表情已经出卖了他，那些地方就是云高特地安排云清去的。云清一个女性，独自出门，没有学历，也只能去那些地方了。

这对兄妹很有意思，云高表面上装作对云清还算关心的样子，但是事实上，却并非如此。我没有说破，又把话题扯回到鬼叫餐的案子上。当我告诉他们，云清已经在港区北一带成了很有名的大师时，云高和厉老先生的脸色都不是很好看。

这里距离港区北较远，他们还没有听说。

厉老先生一口咬定，云清是在坑蒙拐骗。

我故意说道：“我亲眼见过云清抓鬼，道行很高。”

厉老先生这才开始犹疑了起来，他喃喃地嘀咕了一声：“难道这丫头真在三松观学了些本事？”

但是云高很快就否认了，他笑着说：“三松观从来只教我们修身养性，并作法为我们以后的道路扫除障碍，捉鬼，却是从来不教的。”

厉老先生还想说些什么，云高再次抢过话：“应该是云清用的一些小手段罢了，骗人的，她这个人，就是有点好要小聪明。回头，我再给她安排一个工作，您就放心吧。”

厉老先生这才不说话了，而云高的表情，尽收于我的眼底。

我站了起来，没有再继续问下去。云高亲自把我们送到了门外，此时陈凡也已经打完了电话。走了有一段路程之后，陈凡才问我：“怎么这么快就结束问话了？”还有些抱怨道，“我们是足足开了两个多小时的车才到这儿的。”

我刚要回答，就听见后面有人叫我们。回头一看，竟然是厉太太，刚刚我们在问话的时候，她一直没有说话。她的腿脚有些不方便，走起路来有些费劲。

“厉太太，有什么事吗？”我问。

厉太太犹豫了很久，才问我云清是不是已经被警方抓起来了。我照实回答厉太太说：“没有。”厉太太这才有些放松，她拜托我给云清捎一句话，她让云清认个错，回家过年。厉太太说完之后，又匆匆地往回走，分明是怕厉老先生知道她出来找我们了。

罗峰调侃道："这一家人，太奇怪了。"

这个家，做主的是厉老先生，厉老先生对云清成见很大，而云清的哥哥云高，暗地里似乎也没想过要帮云清。唯一真正关心云清的，只有她的母亲。

罗峰问我要不要调查一下这其中的复杂关系。

我回答说："先查云清，如果没问题，我不想管，和我没有任何关系。如果有问题，该查的，就得查。"

我这才问陈凡警方调查得怎么样了。陈凡说："鬼叫餐案前后的那段时间里，云清的确有充分的不在场证明。"陈凡对组长肥基说过，让他不要打草惊蛇，所以肥基没有直接把云清带回警局里问话。

但是，肥基却把云清上班的地点调查得很透彻。四具尸体被发现之后，云清还在一家酒吧上班，上的是晚班。从下午六点钟开始，一直到隔天天亮，云清都待在酒吧里，有不少酒吧女和服务员可以证明。

而白天，云清就在出租房里睡觉。那个时候，云清还和酒吧女合租，云清睡在上铺。据那个酒吧女说，那几天，云清整个白天都在宿舍里睡觉，没有出去过。到快晚上的时候，她们一起吃了个饭，之后就继续到酒吧开始夜班了。

陈凡突然问："会不会是云清趁着同宿舍的酒吧女睡觉的工夫，偷偷出去作案了？"

果然，陈凡一问出口，他的后脑勺又被罗峰狠狠地拍了一下，罗峰破口大骂："你是不是傻？大白天作案，会一个见过可疑人物的目击证人都没有？"

罗峰说得对，作案的时间，更有可能是晚上。

陈凡不敢吭声，只问我们接下来怎么办。云清直接作案的嫌疑，已经基本被排除了。但是，她和鬼叫餐的案子关系密切，依然不能被排除间接作案的嫌疑，所以对云清的调查，还是要继续的。

死磕在鬼叫餐案本身没有用，我想了想，决定再开一条调查的途径：查查老九四个人和我失去联系的那三天，到底去了哪里。

有些事情，让罗峰的人出面去调查，可能会更顺利。所以，我让罗峰的手下带着老九四个人的照片，去码头附近问问，看能不能找到什么线索。之后，我们回到了港区北。

回酒店之前，我们路过警局。很巧合地，我们遇上了组长肥基，他正失魂落魄地朝着警局里面走，肩膀还在发颤。我推了陈凡一把，让他去问问怎么了。

陈凡叫了肥基一声，肥基被吓住了。

转过脸来的时候，我们才发现，肥基的脸色苍白，他说："我收到冥币了。"

—— 第009章 ——

诡异的冥币

我马上问肥基到底是怎么回事。我这才发现，肥基的手上，正拿着一张烧给死人用的冥币，肥基就是被这张冥币给吓的。在我的印象里，肥基满脸横肉，胆子不算小。现在能被吓成这样，这张冥币，恐怕不简单。

我立刻把肥基手里的冥币和朝阳记老板收到的三张冥币联系在了一起。

果然，肥基颤抖着声音告诉我，他刚刚去了朝阳记，回来的时候，发现口袋里突然多了张冥币。原本我还以为肥基手里的冥币，是当初作为证据被警方收取的冥币之一，可是肥基却告诉我，这张冥币，是在从朝阳记回来的路上突然多出来的。

我问肥基具体的细节，肥基的脸色发青。他原本是想再到朝阳记问问情况，上头催破案催得紧。正是饭点，肥基就顺便在朝阳记吃了一碗面。

回来的时候，他在路边摊买水果，结果一掏，就掏出了一张冥币来。肥基当时就被吓傻了，他也顾不上买水果了，匆匆赶回警局。他越走越害怕，快进警局的时候，他的腿都要软了。

陈凡问肥基，是不是不小心把警局里的冥币给带出来了。陈凡刚问出口，罗峰就把他拉到了一边——陈凡问的问题太没有水准了。只是，这个时候的肥基已经被吓得没了主意，他磕磕巴巴地说，警局里的那三张冥币，早就作为证据封存了起来，不可能在他的口袋里。

而且，肥基在朝阳记掏钱付账的时候，根本就没看到这张冥币，这张冥币是凭空出现在他的口袋的。

我建议肥基先回警局，肥基同意了，罗峰没有跟进来。

我们到了警局之后，大家看肥基一副见了鬼的样子，都问怎么了。肥基又战战兢兢地把事情复述了一遍，这下，警局里炸开了锅，但大家也没有被吓傻，很快就有人取走冥币，送去鉴定了。

肥基站着和别人说话的时候，我从口袋里掏出了一张纸币，偷偷走到他的身边，小心翼翼地试图把那张纸币塞进他的口袋。可是，肥基很快就发现了我的动作。

肥基问我干什么，我的眉头紧皱，摇了摇头说："想试试而已。"

肥基已经确认过，在朝阳记掏钱的时候，冥币还不在他的口袋里，所以冥币一定是在他走路的过程中进了他的口袋。刚刚，我这样小心地想要将冥币塞进去，却被发现了。而且，这还是在肥基站着不动的情况下。

从朝阳记回来的过程中，肥基一直在走动着，想把冥币神不知鬼不觉地塞进他的口袋，不容易。

一个多小时之后，鉴定人员跑了出来。

那是一名女性鉴定人员，她对冥币进行了最快速的鉴定。冥币上，有三枚指纹：一枚是肥基自己的，另外一枚还没查出来是谁的，而最后一枚，她支支吾吾半天，没有说。肥基着急了，催鉴定人员快说，鉴定人员终于说出了结果。

可是，这让肥基受到了更严重的惊吓。

通过比对，那一枚指纹，和已经死去的老九的指纹完全一致。

闹腾的警局一下子安静了下来，死一般沉寂。离奇出现在肥基口袋里的那张冥币，彻底和鬼叫餐案撇不开关系了。

"那枚不知身份的指纹，是女性的还是男性的？"这是我偷偷让陈凡替我问的。

鉴定人员想了想，说那是一枚食指的指纹，比较小，更有可能是一枚女性指纹，但是并不能确定。我抱着试一试的态度，又偷偷让陈凡跟那名鉴定人员说，确认一下那枚指纹是不是云清的。

警方已经开始注意云清了，大家对云清都不陌生。已经没有主意的肥基点了点头，吩咐了下去。之后，我们坐在警局的角落，耐心地等着。

“方涵，这到底是怎么回事？”陈凡在我耳边问。我冷冷地扫了他一眼，他终于闭上了嘴。

到现在，一共出现了四张冥币：前三张是朝阳记收到的，第四张是肥基收到的。这四张冥币，稍有不同。前三张冥币，只有两个人的指纹，一个是朝阳记老板或者伙计的，一个是死者老九的。

而最后一张冥币，却有三个人的指纹。

相同点是，这几张冥币出现的方式都非常离奇。上面的指纹表明，冥币和死者有接触，和朝阳记的老板、伙计也有接触。再加上朝阳记老板那三天经过清点，每天少一张钱和多出一张冥币，这总让人觉得，朝阳记的冥币是钱直接变化而成的。

肥基并不记得自己本来有多少钱，所以没有办法判断口袋里的钱是不是少了。

坐了很久，我没想明白是怎么回事。

终于，就在天快黑的时候，那个年轻的女鉴定师又跑进了办公室。她告诉我们，鉴定结果出来了，那枚指纹，果然属于云清。肥基一听，马上冒了火，他让人去直接把云清带回来。

我们等了很久，云清被带回来了。云清身上正穿着道服，出警的人告诉我们，云清当时正在作法，他们带人的时候，主人家还特别不满意，怕引起冲突，他们只好等云清作法结束才带她回来。

云清一进到警局里，就四下打量了起来。

云清一开口就说：“山南水北为阳，山北水南为阴，这分局的位置，处于极阴之地。如果我猜得不错的话，警局里招惹了脏东西吧？”

云清装模作样的话，倒是让肥基愣了一会儿。在我的怂恿下，陈凡马上把肥基扶了起来，肥基也不准备把云清带进讯问室了，他厉声责问冥币上为什么会有她的指纹。听到冥币，云清很明显也怔了一下。

云清反问肥基：“什么冥币？”很快，马上有人把用塑料隔离袋装着的冥币给云清看了一眼。云清否认这是她的，至于上面为什么会有她的指纹，她也不知道。说这话的时候，云清的神情镇定自若。

陈凡以为机会来了，竟然拍桌大喊：“不要解释了，上面有你的指纹，也有老九的指纹。说吧，人是不是你杀的？”

我从身后扯了扯陈凡的衣服，但是已经来不及了，我没能阻止陈凡犯傻。已经有充分的不在场证明，云清绝对不会是直接的凶手。

云清很聪明，她从陈凡的话中找出了漏洞：“敢问警官，这一张冥币是不是当初朝阳记老板收到的冥币？”

云清还要求大家把这张冥币的来源告诉她，警方只能如实回答。云清听完微微一笑：“既然这样，你们怎么证明我是杀人凶手？实话告诉你们吧，要了他们命的不是人，而是鬼。还有这位警官，你撞邪了，还是趁早找我作法消灾解难，不然不出几天，你必然出事。”

主动权，全被云清占尽了。

我一直在观察云清的表情，她似乎真的不知道这张冥币是怎么回事。

有人问肥基要不要把人扣下，肥基摇了摇头，让云清走了。云清已经有了不在场证明，扣住她，没有任何作用。云清走出去之后，肥基让手下的人盯紧云清，不要让她离开港区。

已经到了下班的时间，众人也都各自离开了。诡异的冥币，就这样暂时不了了之了。肥基头痛地揉着太阳穴，摇摇晃晃地离开了警局。

云清在警局外面站着，竟然还没有离开。

她竟然是在等我，我一出来，她就慢慢地朝我走过来。

她问我：“考虑好没有？”

我反问她：“考虑什么？”

云清：“我不是告诉你，让你赶快离开港区嘛，你真的不怕再被恶鬼缠身吗？”

—— 第010章 ——

再发命案

我想了想，冷笑着问：“你为什么始终坚持要我离开港区？”

我和云清并不认识，原以为云清只是怕我们查她。但是仔细想想，她没有让别人离开港区，偏偏让我离开，这很奇怪。

云清抚了抚她的袖子，意味深长地笑了笑，还是一副得道高人的样子。

知道问不出来，我也不准备浪费口舌了。我告诉云清，她的母亲让我给她带句话。

云清的脸色一下子就变了，她慌张了起来，厉声质问我为什么要去接触她的家人。我似笑非笑地调侃道：“我认为你有问题，但你又什么都不肯招供，也不肯说，我能不去调查吗？”

云清阴沉着脸，威胁道：“如果敢再查我，我一定不会放过你们。”

罗峰一听，怒道：“女人，在港区，还没人敢这么威胁我。”

我阻止了罗峰发火，把云清母亲要我转告给云清的话，全部如实告诉了云清。

云清突然低下头，恰好一阵风吹过，她的样子，显得有些落寞。不过，云清很快就收拾了心情，她又一次警告我赶紧离开港区，之后转身就要走。我喊了她几声，云清也不停下脚步。趁着她还没有走远，我想了想，又喊了声：“我会去三松观调查的。”

果然，云清止住了脚步，她回过头，因距离比较远，我没有看到她的表情。沉默了好一会儿，她又开口了，这次，她没有再带威胁的语气，也没有再恼火，语气竟然还有些诚恳。

“你离不离开港区，其实和我一点儿关系都没有，我劝你离开，只是出于善心。”云清说，“就算你不离开港区，也不要到三松观去。”

云清说完这句话，走了。

我仔细思考着云清说的话，她的嫌疑很大，但是所有的嫌疑，都是她自己往身上揽的。她先是给朝阳记和出事公寓区的人做法事敛财，之后，她一次又一次地劝我离开港区，这更加重了她的嫌疑。

直觉告诉我，这个人，可能真的和鬼叫餐没有直接的关系。但是，她有问题，我必须去查。

我们回到酒店的时候，已经很晚了。

自从那个老太说听到电视和挪动重物的声音之后，警方就又去案发现场查了一下，但什么都没查出来。我考虑过，等天一亮，我要再次去案发现场看看，有了陈凡的帮助，我们再也不用偷偷去那里了。

鬼叫餐案的谜团仍然很多，可以说，警方和我都没有实质性进展。这几天，我一直在想着给我报信的老九，我想过，是不是有擅长化妆的人故意伪装成老九给我报信，或者是老九有双胞胎兄弟。

但是，我很快就否定了自己的推测。老九给我报信的时候，光线明亮，他和我距离很近，易容术并没有传说中的那样神奇，一般擅长伪装的人，都是利用光线或者其他环境条件以假乱真。但根据当时的环境条件，那个老九，不可能是刻意伪装出来的。

而老九这个人，也根本没有什么双胞胎兄弟。我已经派人调查过，老九出生的时候，因为难产，一共有三四个接生婆和护理在现场为他母亲接生，如果有同胞兄弟，根本隐瞒不了。

老九是在法医鉴定得出的死亡时间后两天找到我的，算上从港区到京市来回的时间，他如果是后来被杀的，他真正的死亡时间，至少会和法医鉴定出来的时间相差四天左右。

法医，不太可能会犯这么大的错误。

距离鬼叫餐案发生已经有一段时间了，警方的压力很大，港区也闹得更加沸沸扬扬了。我和陈凡一大早就去了警局，可是，我们却怎么也找不到肥基。警察告诉我们，肥基到现在还没有到警局来上班，电话也打不通。

警察还纳闷呢，说肥基从来不会迟到。可是，他的话音还没落，警局的电话就响了，那名警察接起电话，没听几秒钟，脸色霎时全白了。

他颤抖着手，放下电话对着整个警局大喊道："肥基死了！"

我也是一愣，整个警局都闹腾了起来，大家慌慌张张地戴上警帽，准备出警。因为肥基信任陈凡，陈凡也跟着去了。这种时候，没有人会在意陈凡是不是带着我。警车绕过两个街区，开到了肥基的住处。

肥基住的地方很清静，是廉价型的小别墅，这种住宅在港区很常见。现场已经有不少警察了，都是附近的警员，此时现场也拉起了警戒线。之前被派来找肥基的那名女警察就坐在门外，她已经被吓坏了，一直在哭。

有人问她到底发生了什么，她颤抖着手，一边哭，一边说她来找肥基时，肥基已经死了。从警局里赶来的警员也来不及多问，马上冲了进去。我和陈凡想要进去，被门口的警察给拦了下来，陈凡说了很久，最终我还是被拦了下来。

我绕到小别墅的后门，案子才刚发生，警方还没对别墅进行全面封锁，我翻墙轻松地跳了进去。进到里面之后，没人再拦我了，有的警察还向我打招呼，他们以为我是某个穿便衣的警官。

肥基死在了自己的卧室，卧室在二楼，我偷偷爬上了一棵树，终于透过窗子看到了肥基的尸体。肥基躺在床上，远远看去，致命伤似乎是在脖子处。我观察了起来，房间里到处都是血，一片凌乱。

由于视线受阻，我没有办法完全观察到案发现场的状况。

我给陈凡打了个电话，让陈凡马上把别墅的每一个地方都观察一遍。陈凡一开始还惊讶我怎么会知道案发现场是什么样的，但是他没有多问，马上照我的吩咐去做了。几分钟之后，陈凡给我回了话，他说犯罪现场的血迹实在太多了，但是出了房间，就没有任何可疑的痕迹了。

我考虑了一下，让陈凡出来。陈凡出来的时候，我已经跳下了大树，他问我怎么进来了。我没有回答，让他把案发现场的情况都告诉我。

陈凡说："我们进去的时候，肥基躺在床上，被子还是盖着的。"

被子上没有血迹，但是掀开被子一看，床褥上倒是有很多血。肥基全身上下，目前只发现了脖子上有伤口，那道伤口是刀伤，足足有五厘米长，伤口很深，喉颈部动脉被割破了。几乎可以确定，那就是肥基的死因了。

我问血迹的形态，陈凡想了想，说："血都是一摊一摊的，每摊之间还有不少血滴。"

我问："还有其他形态的血迹吗？"

陈凡又抓耳挠腮地想了一下，过了一会儿，他很确定地对我说："没有。"

"真的没有血雾状的痕迹？"我再三确认。

陈凡还是摇了摇头。

"第一犯罪现场应该不在房间里。"我对陈凡说。

陈凡有些惊讶地问："你怎么判断出来的？"

我解释道："喉颈部动脉被割断，鲜血必然呈喷射状态，最远甚至可达两三米，落地最有可能呈血雾状痕迹。"

如果没有被清理，一般情况下，动脉出血会在墙上、地面上，或者其他地方留下雾状的血迹。很显然，尸体在，屋里也那么凌乱，凶手并没有进行清理。

屋内的血迹和凌乱的模样，也是凶手刻意伪造出来的，只不过，他不懂痕迹学。

我朝四周看了看，肥基的小别墅在一个别墅群里，大门处有监控，所以案发现场应该在别墅区内，否则凶手想从外面把尸体转移到别墅里，会被监控记录下来。

想带着尸体翻墙进来，也比较困难，容易留下痕迹。

"最佳的犯罪地点，就在这个别墅院子里，跟我来。"说着，我带陈凡在这个别墅的院子里绕了起来。

别墅的后方，是一片杂草丛，肥基平时很忙，也没有时间清理这片杂草。我翻了翻，很快，我在一片草丛里，发现了少量的血迹，这是最容易被忽略的区域。

陈凡更加惊讶起来，他问我是怎么猜出来的。

发现案发现场，并不困难。只是，我突然发现，这里的所有杂草都直挺挺地立着，只有一小片地方有些弯了，那应该是肥基倒下之后压弯的。除此之外，其他杂草全部正常，而且，血迹也太少了。

肥基虽然胖，但反抗能力还是有的，凶手在这里动手，不可能不留下挣扎的痕迹。

—— 第011章 ——

又是冥币

我蹲下身，仔细地观察着杂草丛，陈凡着急了起来，他问我到底怎么样了。

“闭嘴！”我冷喝了一声，陈凡马上就不敢说话了。

我眉头紧皱地站了起来，比起屋子，这地方更像是第一犯罪现场，茂密的草叶上也的确留下了雾状的血迹。因为正是冬天，这一片杂草有的都已经发黄了，草叶很干燥，血迹沾染上去，就基本定型在上面了。

“这里是第一犯罪现场，肥基在这里被割破动脉，留下了雾状血迹。”我说。

陈凡左右看看，观察了很久，摇头道：“我怎么看不出是雾状血迹？”

我冷冷一笑，这也是凶手没有将这一片沾上血迹的草叶割走的原因。

我用袖子裹着手，把那一片草稍微聚拢了一些，问陈凡：“这下是不是看出来了？”

陈凡马上点头，那雾状的血迹很稀疏，很淡，不仔细观察，很难发现。这里的杂草虽然很密，但毕竟不能组成一个完整的平面，所以留下的血迹很难看出是雾状的。

我看了看天空，是阴天。

我告诉陈凡，肥基的死亡时间，可能是昨天夜里十一点钟之后。

陈凡知道我能根据尸体的尸斑判断出大致的时间，但是这一次，我并没有见过尸体。陈凡问我是怎么判断出来的，我笑了笑说：“只是偶然。”

昨天夜里十一点之后，风特别大，这个别墅的院子比较密闭，如果不是在风特别大的情况下，草不会被吹动得太厉害。草叶上的血迹那样稀疏，而且并不是特别有规则，说明血洒上去的时候，草是被风吹动的。

而且，凶手在杀肥基之前，肯定用了某种不透水但可以吸水的物体先铺在了草丛上，比如吸水薄膜纸。等肥基死后，再将肥基的尸体包裹起来搬到房间里，这样几乎可以避免血往外渗。

会在草丛里留下血迹，是一个意外。凶手没有在屋内制造出雾状血迹，他只知道隐藏自己的痕迹，说明他对专业的痕迹学，并不是特别懂。

割喉类的刑事案件，鲜血能从动脉射出很远，凶手显然没有预料到这一点，所以才不小心在草丛里留下了小部分的血迹。

凶手也不傻，只能说他运气不好。按照昨天夜里起风的态势，港区可能会下一场雨，所以凶手没想过要把这一部分的杂草割走。如果警方发现这里的杂草莫名其妙被割走，反而会更深入地调查。

如果血迹被大雨冲散，警方凭肉眼观察不出什么来，也就不会深究。

那一部分杂草被压倒的区域，我推测是肥基倒下的地方。其实，如果不是我带着目的性来观察，未必能看出来，杂草有自我恢复能力，再过不久，被压倒的杂草就会重新直立。

凶手在房间里制造出一个凶案现场，为的就是骗过警方。如果按照凶手理想的计划，可能等警方发现端倪，这部分杂草已经恢复原来的形态，血迹也被大雨冲刷干净了。可惜的是天公不作美，雨并没有下，血迹还残留着。

听了我的分析，陈凡又有了新的疑惑："人杀了就杀了，为什么凶手还要费这么大的劲儿，制造出第二个犯罪现场？"

我想了想，回答说："制造诡异的感觉。你忘了我说过的，凶手是一个喜欢玩花样、搞创新的人吗？很可能还有更诡异的现象，是你还没有发现。"

我的话音刚落，就听到屋子里传来了一声尖叫。我皱着眉头，让陈凡去看看发生了什么。陈凡马上去了，回来的时候，慌慌张张地告诉我："法医已经到了，对尸体进行了初步的现场勘验，结果法医竟然在肥基的嘴里，发现了好几张冥币！"

我微微一愣，果然，这起凶杀案，又和鬼叫餐扯上关系了。

那几张冥币，是被塞在肥基的嘴里的。

陈凡也聪明了一回，冥币基本是干燥的，他说应该是肥基死后被塞进去的，因为人死之后，唾液的分泌也会很快停止。但是，陈凡更加疑惑，如果凶手要制造诡异的气氛，直接把人杀了，然后在嘴里塞冥币，不留自己的任何痕迹就足够了，为什么还要转移凶案现场。

“刑事案件中，转移凶案现场，一般只有两种原因。”我说道。

第一种，是为了毁尸灭迹，隐瞒凶杀案，显然凶手没有这么做。第二种，就是为了掩盖自己不小心留在犯罪现场的痕迹。我推测，凶手转移凶案现场，就是出于第二种原因。

任何人都没有办法保证不留下任何痕迹，制造出第二凶案现场，可以迷惑警方，忽略真正的凶案现场。我又四处看了看，按照这种心理分析，第一凶案现场，绝对有被我忽略了的线索。

可是，不管我怎么观察，都没有找出来。

最大的疑点是肥基怎么死的。肥基身为一个警察，虽然昨天受了惊吓，但是警惕性肯定还是有的。凶手想要在他不挣扎的情况下将他一击毙命，几乎是不可能的，而且还是割喉这种方式。

有挣扎，草丛上必然会有踩踏，可是现场却没有。

进别墅的人越来越多了，肉眼看不出来，只能利用技术手段了。我让陈凡把我跟他说的，全部分析给现场的警察听，再把大家引到真正的凶案现场来进行详细勘查，看能不能发现什么线索。

翻墙出去后，我等了一个多小时，罗峰得到消息也赶到了这里。

罗峰告诉我，他派去码头的人有消息了。他派去的人，带着老九几个人的照片，问遍了所有客船和码头的工作人员，总算有人认出了这四个人来。

那个人说，老九四个人下船的时候，走得很匆忙，当时好像还和人撞上了。老九几个人和对方发生了争执，眼看就要打起来了，但是其中一个拦住了另外三个人，四个人不知道嘀咕了什么，之后马上走了。

这四个人，应该是怕在港区闹出大动静，影响我交代的事。否则，以他们的性格，肯定不会善罢甘休的。

“有没有办法查到他们上了哪艘船？”我问。

罗峰回答道：“还在查，从码头离开后他们去了哪里，没人知道。”

后来，罗峰又问我肥基是怎么死的。其实，当陈凡告诉我肥基腮帮子里有几张冥币的时候，我就把这件事和肥基昨天莫名其妙地收到冥币的事联系在了一起。

我告诉罗峰，等鉴定结果出来，警方肯定会在肥基腮帮子里的冥币上，发现云清的指纹。

我越来越觉得，云清和鬼叫餐的案子没有直接的联系。真正的凶手，似乎想利用云清作法的事陷害云清。

云清被带到警局的时候，还在装神弄鬼，说肥基会出事，这是大家都亲耳听到的。

肥基收到冥币之后，又离奇死亡，嘴里还塞着冥币，凶手的这一做法，一举三得：让案子变得扑朔迷离，迷惑警方的同时，这也是一种警告的行为。专案组的组长死了，凶手似乎在利用鬼神之说，警告大家不要再查下去。同时，如果在肥基嘴里的冥币上发现了云清的指纹，那云清就会彻底被警方盯上，凶手的目的就算是达到了。

凶手很狡猾，他能够制造出鬼叫餐这么离奇的案件来，一定不是一个普通人。

我和罗峰交谈的时候，陈凡和那些警察都出来了。

肥基的手下都很伤心，我发现，他们对陈凡刮目相看了，对陈凡的态度也比之前好了很多。陈凡也一脸得意，抽出空来见了我。

“涵哥，你真厉害，他们果然都信了。”陈凡对我的称呼已经改了。

陈凡告诉我，警方听了他的分析之后，马上就到了院子里的杂草丛察看。现在，正有一大批的鉴定人员和警察在现场提取痕迹。法医已经对尸体的死亡时间做出了大致的推测，法医给出的推测，和我告诉陈凡的差不多，至于精确时间，还得做了尸检才知道。

但是，这已经足够让港区的警方震惊了。不少人都说，京市的警察果然不简单。

陈凡一个小警察，难得找到了存在感，我让他跟着港区警察，随时给我报信，他很高兴地同意了。

下午的时候，陈凡总算给我带回了消息。

冥币的鉴定结果已经出来了，一切都和我预料的一样，上面发现了云清的指纹。

云清已经被警方彻底列为犯罪嫌疑人，警方开始对云清进行抓捕。但是，一整个下午过去了，警方都找不到云清。

—— 第012章 ——

一截水管

警方去云清的住宅强行破门，可是，云清却不在家了。警方打云清的电话，也没有人接听。

警方在云清家里，找到了她的身份证件，还在保险箱搜出了一大笔现金。那些钱，应该都是这些天云清做法事得来的，警方已经将这些钱列为赃款了。

云清不知所终，可能不是要逃，否则她不会连自己的身份证件都不带，就算她想离开，没有钱，也肯定办不到。我想了想，让陈凡继续和警方保持联系，不管云清去了哪里，都必须找到她。

趁着警方搜寻云清踪迹的时候，陈凡带着我们又去了一次鬼叫餐的案发现场。老太称，那几天，有一个晚上听到很吵闹的电视声，我一进门就直接开启了黑白电视，把音量调到了最大。

这栋老楼共七层，原先只有老太和老九他们几个住，其他的出租屋都是空着的。黑白电视很吵闹，嘈杂的声音，的确听得人心烦意乱，我让陈凡到隔壁老太的出租屋听一下声音，确认老太是不是在说谎。

出租屋隔音效果的确很差，虽然隔了墙，好像也没有什么作用。我深思了一会儿，可惜老太听到电视声音的时间记不准了，否则，我们还可以发现一些端倪。电视声音这么大，很可能是凶手为了掩盖作案时发出的声响，老太听到电视声音的时间，可能就是凶手作案的时间。

老太一共听到了三个声音：打麻将的声音、电视吵闹的声音，还有一种像是挪动东西的声音。按照这隔音效果，老太的听力又不错，在寂静的深夜听到麻将碰撞的声音，倒不奇怪。我好奇的是，老太听到的最后一个声音是什么。

我在出租屋里搜索了起来，出租屋虽然简陋，但是诸如桌子、椅子之类的东西，还是不少。挪动任何东西，都可能会发出声音来，老太也记不清那声音有什么特征了，想要一下子判断出老太听到的是什么物体挪动的声音，很困难。

陈凡想到了最蠢的办法，一一去试。

这想法很快让我否定了，如果不到最后时刻，这样太浪费时间，而且很可能会无意中破坏犯罪现场。在没有把所有的关键线索发掘出来前，犯罪现场必须最大限度地保持原样。

“涵哥，那怎么办？”陈凡问我。

我想了想，让他们在这里等我。说着，我到了隔壁老太的出租屋，这栋老式住房的每一间出租屋布局都差不多，老太的房间显得有些脏乱。她的腿脚不便，平时肯定不会经常打扫房间。

打麻将的声音，持续了几天，每天也都持续很久，老太对此感到心烦，所以记住并不奇怪。电视声音那么吵闹，老太在我的指引下回忆起来，也不奇怪。老人家爱清静，我正是根据这一心理特性，才逐步问出话来的。

老太回忆说：“挪动物体的声音，持续的时间并不久，也不是什么惊天巨响。”但是，老太在我的指引下，仍然记了起来。心理学认为，人对某件事越是在意，印象就会越深，即便后来不经意间忘记了，但通过指引还是有可能想起来的。

既然挪动物体的声音并不大，持续时间并不久，可是老太还记得。这说明，在当时这声音也已经严重影响到老太了，在老太的耳里，这声音绝对是噪声。但是，如果是在平时，挪动个物体很快就会消停下来，应该很正常才对，不致让老太认为是噪声。

马上，我想到了原因，便大步地走进了老太的卧室。这种细微短暂的声音会影响到老太，很可能是老太当时正准备睡觉，或者已经进入了轻度的睡眠状态，那声音把她给吵醒了。若是这样，一切就能解释得通了。

老太的卧室，位于出租屋的西侧，而与老太卧室隔墙相接的，就是案发现场的东侧，那是案发出租屋的卫生间。如果说凶手制造出打麻将的声音，是为了把案子和鬼神扯上关系，制造出电视的声音，是为了掩盖作案时产生的声响，那挪动物体，很可能是为了隐藏某种线索。

根据老太的描述，那声音很细微，显然，凶手很小心，并不是刻意发出声音的。麻将和被挪动的物体，在质量和体积上显然不是一个等级的。但是，麻将碰撞的声音很清脆，老太会听得更清楚，并不奇怪。

如果凶手是故意要让老太听到挪动物体的声音，那他就不会刻意发出细微而短暂的声响。这让我更加确定，这是凶手不小心发出的声音，有些声音，没有办法绝对避免。凶手很小心地挪动物体，但还是让老太听见了，说明声源处和老太靠得很近。

最有可能的地方，就是和老太卧房只有一墙之隔的卫生间。

分析到这里，我马上又回到了案发现场。罗峰和陈凡已经有些着急了，他们问我观察出什么来没有，我点了点头，走进了卫生间。卫生间里，可以挪动的东西，只有一个老式的洗衣机了。

大家都已经戴上了手套，我让他们把洗衣机小心翼翼地搬起来，轻轻放到一边。洗衣机被搬开之后，我仔细观察了洗衣机的后部。洗衣机的后部原本贴着墙，这是视线的盲区。

洗衣机的正面和侧面，以及洗衣机里面，我第一次来的时候就已经观察过了，没有发现可疑的痕迹和线索。洗衣机似乎很久没有用过了，背部很脏，绿油油的一片，还有股不太好闻的味道。

"看出什么了吗？"罗峰问我。

我皱着眉头正要回答，目光瞟到了地上的角落里。这个卫生间的塑料水管，都是露出地面的，老式的房子，一般都这样，我第一次来的时候就发现了，当时并没有起疑。

但是现在，我却发现了疑点。塑料管道被安装在墙脚，管道直径是2厘米到3厘米之间。我发现，被洗衣机遮挡住的那部分管道上，有两节黑色的胶布裹着，这塑料管道明显破损过，事后又被人接了上去，用塑料胶布裹着，这样在过水的时候，水就不会流出来。

塑料胶布看上去已经有些旧了，我转身，打开了水龙头，立刻，水流声响了起来。我仔细地观察着这两处胶布，并没有发现有水漏出来。我把水关上之后告诉罗峰和陈凡，这胶布，是近期才被缠上去的。

虽然胶布看上去有些老旧了，但是，如果胶布真的缠了很久，经过多次过水，黏性会减弱，而防水性也会逐渐变弱，绝对做不到滴水不漏，毕竟这只是普通的胶布而已。

这胶布表面上的老旧，是经过了简单处理的。

而这截塑料管道，又隐藏在洗衣机的后方。我推测，凶手挪动洗衣机，可能是为了取管道，之后再把管道缠上去，然后用洗衣机遮挡住。

陈凡摇了摇头："可是，这么做有什么意义吗？胶布总有一天会漏水。"

"但那是很久以后的事情。凶手没有办法保证警方在勘查现场的时候，会不会随手开一下水龙头，一旦水漏出来，警方可能就会深入调查，从而发现隐藏在洗衣机后面的秘密。"解释完，我小心翼翼地把胶布解开了。

陈凡早就准备好了专用的鉴定袋，我把胶布放到了鉴定袋里，而取下的水管，大约有15厘米长。我很确定，这截水管不是自然损坏的。刑事案件中，犯罪工具五花八门，对一些工具痕迹，我早已烂熟于心。

水管自然破损，破损处绝对不是平整的，会有裂痕。

这截水管的两端非常平整，明显是用利器割下来的。我又把这截水管放进了鉴定袋里，陈凡很小心地收好，没有再发现其他奇怪的线索，我们退出了味道难闻的卫生间。

"涵哥，你觉得这是凶手作案的工具？一根水管，怎么杀人？"陈凡一边摇头，一边茫然地问我。

我回答道："不一定，种种迹象都表明这截水管很可疑，先带回去鉴定一下吧。"

罗峰在这个时候也疑惑了："如果要用水管，这么小截的水管，携带方便，凶手没必要从犯罪现场取水管啊。"

—— 第013章 ——

是凶手还是陷害

我摇了摇头，老实地告诉他们，我还没有分析出来。

离开犯罪现场的时候，我又往墙上的血手印处扫了几眼，心里异样的感觉更加浓重。

肥基死后，大家很难过，整个港区警局都在全力调查肥基死亡的案子。陈凡带我去了警局，这个时候，也没人在意陈凡是不是总带无关的人进警局办公室了。

肥基死后，他的职务由另外一名警察暂代了。那名警察见陈凡来了，把一份卷宗交到了陈凡的手里。在众人眼里，陈凡虽然不是港区本地的警察，但是却很厉害，大家或多或少都对陈凡有些许期待，期望他能够帮助港区警方破案。

陈凡把那截水管和两块胶布交给了对方，说明情况后，港区警方马上带着东西去鉴定了。我和陈凡则坐在角落里，翻阅肥基这起案子的卷宗。

先是发现肥基尸体的那名女警察的口供。她称，因为肥基没有来上班，电话也打不通，大家才让她去找肥基。女警察在外面喊了很久，肥基都没有应声，女警察有些着急，所以让门卫来开门。

门卫只有小别墅院子铁门的钥匙，进去之后，女警察又猛拍房门，狂按门铃，可是过了很久，依旧没有人开门。女警察的神经很敏锐，她觉得有问题，所以想办法开锁进去了。

女警察看到尸体的时候，惊得全身瘫软，她不敢私自触碰尸体，所以犯罪现场被完美地保留了下来。

而且，女刑警还说："门的锁，是完好的，并没有被撬开。"

陈凡看到这里，说了句："这个凶手到底是干什么的，怎么连开锁都会？"

的确，凶手既然能进入肥基的家里，又不撬锁，只有两种可能：一种是他有肥基家的钥匙，另一种就是他会开锁。

警方已经迅速调查过了，肥基单身，常年只有一个人住，除了他自己，只有物业处有别墅的钥匙。而物业处的人，都有不在场证明，警方确认无疑，钥匙也没有丢失。据大家所知，肥基从来没带人到家里去过，所以不太可能轻易将钥匙交给别人。

别墅区的监控画面，警方也调查过了，除了别墅区里住的人，监控画面并没有记录到其他非住宅区的人进入大门。警方已经把排查重点放在了别墅区里的居民身上。不过，我倒认为凶手可能是翻墙进去的，经济型的别墅区，想翻进去不被人发现，避过监控探头并不困难。

肥基夜里十点钟左右进的别墅区，是从大门走进去的。法医的尸检报告也出来了，肥基的死因，的确是喉颈部动脉大出血，死亡时间在午夜十二点前后，这跟我推测的晚上十一点，非常接近。

监控探头显示，肥基进别墅区的时候，走得很慢，因为他受了惊吓，这并没有什么奇怪的。奇怪的是肥基回家的时间。云清被带回警局又离开之后，天虽然黑了，但是当时明显还不到晚上八点。照理说，肥基受到惊吓之后，没有要紧事应该马上回家。

那之间的一两个小时，肥基去了哪里，没有人知道，警方还在调查。

从肥基的房间和院子里的杂草丛提取到的痕迹，也被鉴定过了。屋内和草丛处，除了肥基自己留下的痕迹，没有发现其他任何痕迹。血迹鉴定结果表明，所有的血，都是肥基一个人的，包括草丛上面沾染的少量雾状血迹。

警方也已经认同了我的分析，院子才是第一案发现场。至于肥基为什么毫无挣扎地死去，警方暂时无法解释。

肥基腮帮子里被塞的冥币上，只有云清一个人的指纹，这是陈凡已经告诉过我的。我继续翻阅卷宗，警方没有列出更多的证据。短短的一天，警方能调查到这种程度，可见他们对肥基离奇死亡的案件，已是高度重视。

陈凡突然问了一句："涵哥，你这么厉害，为什么不亲自出面破案？"

我的心一下子就冷了下来："有些话，不该问的，不要问。"

陈凡撇了撇嘴。

我们看完卷宗的时候，鉴定结果还没有出来。并不是所有的鉴定都能这么快出来，我们正准备离开警局，就有警察在警局里嚷嚷了起来，他查出肥基离开警局和回家之间间隔的两个小时去哪里了。

我和陈凡停下脚步，听那名警察说了起来。那个警察说："我调取了相关路段的监控视频，还询问了附近的居民，最后发现肥基去了一家迪厅。"而那家迪厅，正是云清之前约我见面的那家。

警察得知消息之后，立刻去那家迪厅进行调查。果然，有人称，昨天夜里八点到十点之间，肥基和穿着性感的云清在迪厅里见面了，好像还交谈了很久。肥基离开的时候，是晚上九点多钟，按照路程和时间推算，肥基离开迪厅之后，应该立刻就回家了。

"他们谈了什么？"陈凡马上问。

警察摇头说："这个没有人知道。"

肥基在受了惊吓的情况下，不太可能会去迪厅寻乐，而且，大家都说肥基平常就不去这种地方。所以肥基和云清见面，绝对不是偶然。

我推测，肥基是想找云清，所以到云清常去的迪厅碰碰运气，结果真的遇到了。至于肥基找云清的原因，可能是肥基想要再试探下云清，也可能是一时犯傻，想去找云清消灾解难。

肥基死前见过云清，云清的嫌疑就更大了。

警方还在搜寻云清的下落，到目前为止，依然没有任何消息，这更让大家觉得云清有问题。立案警局已经通知了各地的片警，坚决阻止云清以任何方式离开港区。警察还告诉陈凡，已经通知了云清的家人，正准备带回警局问话。

于是，我和陈凡又耐心地坐了下来。

一个多小时之后，三个人被带进了警局，分别是云清的父母厉老先生、厉太太，还有云清的哥哥厉云高。厉老先生拄着拐杖，一进警局就喝问云清在哪里，他的脾气很大，说要打死这个祸害。

云高一身商务装，西装笔挺，可能是直接从公司被请过来的。他扶着厉老先生，嘴里一直在劝厉老先生，让他不要动怒。而云清的母亲厉太太，则走在两个人的后面，低着头，一副忧心忡忡的样子。

这三个人被带进了讯问室里，陈凡说他也要参加讯问，警方同意了。这是我交代陈凡的，我让他问的时候尽量不要说话，让港区警方问，他只负责把手机打开就行了。

我不能进去，只能通过手提电话听里面的动静。陈凡进去之后，接通了我的电话，听筒里的声音比较模糊。一开始，还是厉老先生接连不断地发火，在警察再三警告下，他才慢慢冷静下来。

警方问他们知不知道云清去了哪里。云高说："云清已经很久没有和家里联系了，我们自然不知道云清去了哪里。"

云高没有说谎，警方问了很久，都没有问出结果来，只能让他们离开。我和陈凡跟着他们出了警局，在他们马上要上车的时候，我叫住了云高。我说："能否耽误厉先生两分钟的时间？"

云高很有礼貌地点点头，跟着我走到了一边。这里没有人，我也不再装了，上去一把揪住了云高的衣领，厉声问："你很痛恨你的妹妹，为什么还要在厉老先生面前装出关心她的样子？"

云高一脸茫然道："警官，你这说的是哪里话，我怎么会痛恨我的妹妹？"

我冷笑道："你瞒不过我的眼睛。云清到底是凶手，还是被陷害的，还有待查证。不过，如果她是被陷害的，你倒很有可能是陷害她的那个人！"

—— 第014章 ——

痛恨妹妹的哥哥

被我这么一说，云高的肩膀颤抖了一下，有些慌张地说："警官，你可千万别乱说！"

我看得出来，他有些着急了，只不过，这着急是真的，还是刻意装出来的，我是没有办法一眼看出来。

云高还保持着礼貌说："我对这个妹妹是出自真心的好，只不过是见她比较顽皮，老是不肯回家，所以才故意在外面给云清找点难处，让她乖乖回家认错而已。"

云高说："云清以前在家的时候，总是惹父亲生气，父亲年纪大了，又有心脏病，一发起脾气来，经常会面红耳赤，就连呼吸都变得困难了。云清走后，虽然父亲闭口不提，或者提起她就破口大骂，但终归是他的亲生女儿。"

云高说："我看得出来，父亲还是很在意自己这个女儿的，只是嘴上比较犟而已。"说到这里，他笑了笑，"老人家就是放不下面子来，云清完全继承了他的倔脾气，一走就是好几年。"

在这几年里，这对父女谁也不让步，厉老先生没让云清回家，云清自己也不回家。唯一一次回家，是两年前过年的时候，云清偷偷回家见厉太太，但没想到的是，厉老先生散步提前回家了。

据云高说，当时厉老先生也没说什么，但云清一看见厉老先生，什么话都不说，就头也不回地离开了。云清刚刚出走的那段时间，云高还会让人偷偷给云清一些钱，免得她生活不下去，但是云清从来都不要。

被拒绝了几次后，云高也就不再给云清送钱了。至于给云清安排工作，其实也是厉老先生的主意。厉老先生嘴上不好说，但经常在和云高聊天的时候，暗示云高要给云清安排个工作，免得她饿死在外面。

云高称他自然很乐意给自己的妹妹安排工作，而且一开始，云高给云清安排了非常好的工作。云高甚至让一家策划公司主动联系云清，高薪聘用云清，可是，云清却拒绝了。

云高发现，云清宁可去酒吧、迪厅这些地方上班，也不肯接受他给云清偷偷安排的工作。云高一副老实的样子，他告诉我，当时他有些恼怒，但毕竟是自己的妹妹，他还是希望云清能早点回家。

于是，云高就托关系，让港区北一带的迪厅、酒吧或者酒店，录用云清。这种混乱的地方，女孩子去工作，肯定免不了会吃亏，而且很累。云高想着云清吃点亏，就会主动回家，到时候他再好好劝劝厉老先生和云清，事情就解决了。

他说他没有告诉厉老先生，是怕厉老先生心里舍不得，责怪他。

云高说着，叹了口气："云清会走到今天这一步，也是我没有预料到的。我这个做哥哥的，有责任。"

听着云高的陈述，我在心头冷笑，但没有表现出来。

我反问云高："难道你也相信云清就是凶手吗？"

云高表面上摇了摇头，但是嘴上却说他也不确定。

"但是，如果云清真的杀了人，我也希望她能接受法律的制裁，重新做人。"云高说，"我这个妹妹，脾气向来这样，从小就很聪明，只不过聪明劲儿用错地方了。"

云高虽然明面上没说云清是凶手，但是他话外的意思，我却听明白了。云高是说，云清可能把聪明用错了地方，故意杀了人，制造出闹鬼的传闻，然后自己做法事敛财。

我笑了笑："云高先生不是也信鬼神吗？为什么不觉得是云清在这些年里学了些本事，在为大家驱鬼呢？"

云高马上摇头说："我对云清非常了解，这几年的时间，云清终日都在打工，根本没有时间去学习那些道家的本领。”

云高还说，云清被送上三松观是被迫的，根本就没有用心学，所以她根本不可能会捉鬼。

“云高先生会捉鬼吗？”我问。

云高回答道：“警官先生的记性似乎有些差，我说过，除了三松观里的道长，没有人有这等本领。我们这些世俗弟子，只学习修身养性的本领，让我们前途开阔而已。”

我点了点头，不再问什么了。云高走后，陈凡马上跑过来，他问我是不是试探出什么来了，我点了点头。此刻，我更加确定云高有问题了。

陈凡大惊：“他才是凶手？”

我学着罗峰的样子，在陈凡的后脑勺上拍了一下：“谁跟你说有问题就一定是凶手了。”

我所说的有问题，是指云高和云清之间的关系。和云高的谈话，并不是消遣，而是为了试探云高，我也的确试探出了一些线索。云高说的话，表面上看合情合理，仔细推敲却漏洞百出。

云高总是说自己非常了解云清，还暗示我云清可能真的是凶手。这本没什么问题，如果是一些非常正派的人，大义灭亲的举动，可以理解。问题就出在，既然云高那么了解云清，他一开始就不会给云清送钱。

云清性子烈，除了厉太太，她不愿意和她的家人接触，又怎么可能接受云高送的钱。云高既然了解云清，就不该这么做。不仅如此，云高还说找了一家策划公司，高薪聘用云清。

云清没有学历，不会有公司花大价钱聘用她的，而且还是主动找上门。云清这么聪明，肯定一下子就会猜出这是云高给她安排的工作，当然不会接受了。

我很快就做出了一个判断：云高给云清安排声色场所的工作，根本不像他说的那样，是要让云清吃苦头从而乖乖回家，而是真的要为难云清，因为云高痛恨自己的妹妹。

以云清的性格，就算她吃尽苦头，也不可能回家，否则，她就不会在外面漂泊这么多年了。可是，几年过去了，云高还是不断地暗中给云清安排声色场所的工作，这就是他话里最大的漏洞。

我拍了拍陈凡的肩膀说："现在，港区警方对你已经非常信任了，你要利用警方的资源调查一些事情非常简单。"

我让陈凡动用警方的资源，调查云清和云高之间是不是曾经发生过难以平息的仇怨。

就算是亲生兄妹，也有可能反目成仇。

陈凡很乐意去做，他在京市的时候，从来没有这么威风过。

罗峰也是个大忙人，难得回一趟港区，他有很多事要处理。他给我安排了很多手下，还告诫那些人，见我如见他。正是陈凡大显身手的时候，他办事的效率也提升了不少。没过多久，他就给我带回了一份资料和一个消息。

陈凡还有些得意。

给我带回的资料，是胶布和塑料水管的鉴定报告。鉴定结果是，水管上和胶布上，并没有发现任何指纹。光是这一点，就已经让我百分之百地怀疑这两样东西有问题了。

如果是因为管道受损粘贴上去的，胶布和水管上不可能连一点儿指纹都不留下。随便用胶布缠裹一下，明显不是管道修理工干的。而普通人修水管，也不太可能戴手套。不戴手套，必然会留下指纹，就算随着时间的推移，指纹痕迹逐渐淡化或者被破坏，也不至于连一点儿纹路都提取不出来。

很明显，是有人刻意没留下指纹。

除此之外，胶布就没有问题了，那的确是两节很普通的黑色塑料胶布而已。我重点看了鉴定人员对水管内部的鉴定结果。鉴定报告上称，水管内部也没有发现任何非正常的物质，就连水垢的成分都特别少。

在取走这截水管的时候，我特地观察了与这截水管连通的两端，那里面比较脏，但这截水管却比较干净。当时，我已经感觉有问题了，鉴定人员的报告，更是印证了我的怀疑。

"这截水管，十之八九就是凶手作案时或者作案前后使用的工具。"我做了推论。

可是，陈凡又马上把问题引回到了原来的疑惑上：一截水管，怎么杀人，这么一小截水管，为什么凶手不自带，而要大费周章地使用出租房里的。

—— 第015章 ——

面带凶相？

这个疑惑，我已经想了很久，但是却没什么头绪。

我暂时把疑惑收了起来，问陈凡给我带回的是什么消息。

“关于云高的。”陈凡说。

云高和云清很小的时候，厉老先生一家移居港区了，这一住，就是二十年。厉老先生初到港区的时候经济拮据，打拼多年后才有了一些积蓄，供云高和云清上学读书。警方查得很细，他们发现，厉老先生还未到港区的时候，就已经有了宗教信仰。

只不过，那个时候厉老先生信仰的是佛教。厉老先生以前的邻居称，厉老先生比较虔诚，一到港区就开始打听哪里有寺庙，经常烧香拜佛。

而这个三松观，是近几年才慢慢出名的。厉老先生也是听说三松观很神奇，才由信仰佛教转变成信仰道教。对此，我并不感到意外，在一些人看来，佛道不分家，并没有太大的冲突。

那个时候，正值三松观招收世俗弟子，所以厉老先生就把云高送去了。

为此，厉老先生还把自己的大部分积蓄都交给道观，作为供奉的香火钱。厉老先生对宗教的热爱，已经不能用虔诚来形容，而是到了一种狂热迷信的程度。想把孩子送到三松观当世俗弟子的人很多，云高竟然真的被三松观给看中了。

当时云清还在上学，他们兄妹并不是同时被送去的。云高在山上待了两年，快要下山的时候，云清才被送到三松观。那个时候，云清已经被学校开除了，因为她差点儿把学校的教学楼给烧了。

据说，当时厉老先生也只是抱着试一试的态度，因为三松观不轻易收世俗弟子，云高能被三松观看中，已经是万幸了。让厉老先生没想到的是，三松观里的道长，竟然又看中了云清，就此，厉老先生成为港区唯一一个将自己的儿女都送上三松观的人。

云清刚被送上山的时候，厉老先生还以此为豪。

云清非常抵触，但是当时她还没有叛逆到敢完全和厉老先生对着干的程度。云清在山上的第三个月，云高被送下了山。自此，云高才正式开始工作，而且，他一路高升，赚的钱也越来越多。

这是让厉老先生非常开心的，厉老先生也希望自己这个叛逆的女儿，能像云高那样。可是，云清上山后不到一年的时间，竟然差点儿把三松观给烧了。当时正是白天，三松观里有不少信徒，场面一片混乱。

一开始，没有人知道火是怎么烧起来的，事后三松观的道长发现云清不见了，就断定是云清放的火。

云清实际上不是被三松观赶下山的，而是自己离开的。或许是为了维护三松观的面子，三松观后来称云清桀骜不驯，被三松观逐下山去。

云清下山之后没有回家。厉老先生听说之后，暴跳如雷，千辛万苦找到了云清。他们大吵了一架，就此开始了多年的冷战。

“涵哥，我查出来了，云高和云清小的时候，关系的确非常好，和普通的亲兄妹没有什么两样。”陈凡说。小时候，云清因为性格叛逆，和别人打架受了欺负，一向斯文的乖乖生云高为了保护自己的妹妹，和别人打了起来。

这件事，厉老先生的不少邻居都知道。那些人说，云高对云清很好，小时候，云清对云高也非常亲昵，根本不像现在这样。甚至于，听说云清差点儿烧了学校，云高还请求三松观的道长让他下山，去看看自己的妹妹。

三松观的规定特殊，世俗弟子在山上生活的两年间不准下山。但是那一次，云高长跪三松观，终于得到了三松观的特殊允许。当时，厉老先生正和云清吵得不可开交，厉老先生还对云清大打出手，云高抱着云清，用身体替她挡下责罚。

当时，云高和云清的关系还非常好。陈凡推测，让他们关系发生变化的，是三松观。云高和云清被送上道观的时间虽然不同，但是却有三个月的交叉时间，那三个月，他们共同居住在三松观里。

这一次，陈凡很聪明。排除云高从小就装作对云清很好的可能，只有这三个月的时间，可以让他们之间的关系发生变化。因为，云清离开三松观之后，就没有回家了，云高开始给云清送钱，并给她安排一些声色场所的工作。

那个时候，云清不肯要云高的钱，不肯接受云高介绍的工作，足以说明他们的关系和从前不一样了。我想了想，决定去一趟三松观。

不管云清是被陷害的，还是真的是凶手，她都已经和案子脱不开关系了。而云高有陷害云清的嫌疑，所以调查他们一家，势在必行。

陈凡叹了口气："当初去云高家里的时候就觉得，那不会是我们最后一次和他们见面。果然，现在情势变得更加复杂了。"

我觉得，云清不是杀肥基的凶手，警方找不到她，也不是因为云清畏罪潜逃了。凶手杀肥基，能不留痕迹，很明显是有预谋的。既然是有预谋的，如果云清真的要逃，不会连保险柜里的钱都不带走。

警方虽然已经在各关口布置了人手，保证云清没法逃走，但是港区这么大，想要找到云清，也不是一时半会儿就能做到的事情。

第二天，我和陈凡带着罗峰给我的人上了三松观，为了不引起别人的怀疑，我们一行只有四个人。三松观并不在港区北，光坐车就要好几个小时。下车之后，我们还得爬山。

三松观在山上，从山脚到山顶没有公路，只能走小道，就算全速前行，也要走一个多小时。沿途全是石阶，很不平整，有好几次，陈凡都差点儿滑倒。

石阶小道两边是密密麻麻的树木，大白天的，那幽森的树木依然让人看得头皮发麻，总让人觉得会有什么东西从树林里蹿出来。上山和下山的人很多，每走一会儿，我们都会遇上一两个人。

小道很窄，我们不得不侧身让道。

终于，一个多小时之后，我们爬到了山上，看到了三松观的大门。道观很恢弘，也很新，远远看去，道观里全是人，有道士，也有上山烧香的人。我们就像普通香客一样，进了三松观。

陈凡也有些惊讶，在很多地方，除了一些文化遗址或者文化旅游景点，道观一般不会装修得这么豪华。而三松观却完全相反，它既不是什么文化遗址，也不是旅游景点，但是装修豪华，香客众多。

不过，陈凡马上就释怀了："也对，这个道观这么出名，每天给香火钱的人很多，再加上那些各行业的精英世俗弟子，它根本不缺钱。不过，他们怎么不花钱把上山的路给修一修？"

罗峰的两个手下，一副流氓样，其中一个操着浓重的港区口音，对陈凡笑着说："人家是修仙的，如果谁都能轻易上来，还怎么成仙？"

他们都没有把彼此的调侃放在心上，但陈凡的话却提醒了我。三松观不缺钱，政府不管，但是三松观出于方便信徒上山的原因，也应该稍微修缮一下上山的小道。三松观这么豪华，没有修小路，显然不是为了显得道家有多云淡风轻。

我心里始终觉得，这个三松观有问题。

我们正准备跨过门槛的时候，突然有人拦住了我们。那个人，一副道士打扮，他对我们鞠了个躬，说："几位道友面带凶相，请恕三松观不能接待。"

这下，我更加觉得这道观有问题了。进三松观的人，有很多都是五大三粗的，可是这道士唯独不让我们进。

我冷笑着，脸放了下来："如果我非要进呢？"

—— 第016章 ——

不老的玄一

那个道士还是保持着微笑，又对我们鞠了一躬："如果诸位非要进，我也没办法，但是道家的仙人不会坐视不管。如果诸位发生什么事情，三松观是不会负责的。"

这个道士虽然表面和善，但是语气之中却有一种"丑话说在前面"的意思。

罗峰的两个手下容不得别人这样对他们说话，揪住那个道士的衣领就想打人。但是他们还没有动手，很多人就冲着我们嚷嚷，还指指点点的。罗峰的手下更恼怒了，正想发火，我阻止了他们。

他们只得把那个道士放了。我上下打量着这个道士，长得很清秀，斯斯文文的，看上去也就三十岁左右。他还是一副处变不惊的样子，直挺挺地站在我们面前，围着我们的人越来越多了。我问："为什么会觉得我们面带凶相？"

道士笑了笑说："面不无故生凶，凶相从心而发。这位小兄弟，怕是心里有冲天的仇怨吧？"

陈凡也有点被惹恼了，只是进个道观，别人都能进，我们却被阻拦了。他骂了声："别人五大三粗的就不凶，我们这样子就凶？你别胡扯了。"

道士的话，让我愣怔了很久，不自觉地想起……

陈凡刚骂完，就有人朝着我们扔东西，我们几个转身闪开了，陈凡就没那么幸运了，他的脸上被砸了黑灰。

最终，还是那个道士阻止了大家，他让大家不要行恶，还说，有些事情，道观里的仙灵自然会做。

我没有发火，来这里，只为调查，而不是打斗。我学着道士的语气，问他是怎么看出我们心里的凶相的。

道士云淡风轻地笑了笑说："上山之人，皆为求道。可是诸位上山，却不为求道，而是带着戾气和血气来的。"

道士指着山下的路说："如果各位想查什么事情，应该到山下去，而不是上山来。山里只有仙人和神灵，没有世俗中的打打杀杀。"

我已经不敢小瞧这个道士了，他竟然知道我们是来上山查案的。

但是，他这么说，让我非但不想转身下山，反而更想进去查查这个不简单的道观。

山上的民众，显然已经把我们当成了敌人。就在我们不知道怎么办的时候，有人叫了一声我面前的这个道士。那是一个老道士，头发束了起来，没有戴帽子。

他的头发花白，白花花的胡子很长。那个老道士，称这个年轻的道士为玄一。玄一对老道士的称呼是师兄，很是恭敬，他们的年纪相差很大，没想到竟然是同辈。

老道士扫了我们几眼，一脸和善地笑道："来者是客，请各位自便。"

这个老道士一开口，就没有人反对我们进去了。大家都很快就散开了，玄一的脸上也没有异样，只是对我们笑了笑，转身离开了。

我们终于走进了道观，一进道观，浓重的烧香味就扑鼻而来。道观很大，里面的人来来往往，大部分都在烧香拜神。

道观里有一个大殿，几个小殿，都是对所有信徒开放的。大殿的人最多，里面还有不少道士，经过他们身边的时候，我听到了这些道士和居民的谈话。

这些民众，大部分是家中遇到了难事，所以才来解惑。道士嘴里都说着高深莫测的话，让人很难懂。那些民众听得云里雾里的，一会儿摇头，一会儿点头，这群道士的态度非常好，很耐心。

在道观里绕了一整圈儿，我们都没有发现什么可疑的地方。但是却有一个地方，我们进不去。在大殿的后面，有一道不起眼的小门，门上写着"闲人勿入"。门外，还有一个小道士把守，我们一走近，他就把我们赶走了。

我觉得奇怪，找了一个信徒问话。这个信徒看我们是第一次上山，很乐意回答我们的问题。

他告诉我们，经常上山的人都知道，那道门是三松观的止步门，不仅上山的信徒不能进，就连三松观的道士也不能进。之前有居民因为疑惑，问了三松观里的道士。道士说："整个三松观，只有老道长能进去，就连玄一道长都进不去。"

我注意到，他对玄一和那个老道士的称呼有些特殊。他告诉我，道观里，辈分最大的道士只有这两个，没有人知道那个老道士的道号是什么，因为年纪大，所以大家都称呼他为老道长。

而玄一道长，自然指的是之前拦下我们的年轻道士了。

陈凡有些惊讶地问："没人知道老道长的道号是什么？道观里的人也不知道？"

那大汉摇了摇头说："不知道。"

陈凡嘀咕了一声："怎么跟做贼一样，不让别人知道他的法号？"

陈凡的嘀咕，引来了那个信徒的不满。他怒斥陈凡，让他不要说不敬的话。为了继续问下去，陈凡只好假意道歉。

问起玄一究竟多少岁了，他说，没有人知道玄一道长多少岁了，但是很多人都说，玄一的年纪，可能不比老道士小多少。他还说，玄一这个人，非常和善，面对谣言，一般都会委婉地反驳两句。

唯独对他年纪很大这个说法，玄一没有反驳。

所以，大家都认为，玄一跟老道长的岁数差不了多少。否则，年纪相差这么多岁，一般会是师徒的辈分，而不是师兄弟的辈分。

说着，他还往四周看了看，见没人才偷偷告诉我们："我有一个朋友，年纪很大了，他二十年前就见过玄一道长了，可是二十年过后，玄一道长竟然一点儿都没变。"

我微微一愣，问他是什么朋友说的。这个信徒话也多，说起来没完没了。他告诉我们，三松观的确是近几年才建起来的，它原先是港区最南部的一个小道观。

他的那个朋友，在三松观还没搬迁重建之前，就经常到三松观拜神，他见过玄一。

而且，不止他的朋友说，这个信徒发现上山的信徒中，也有不少称很久以前就见过玄一，但是玄一一点儿都没有变老。所以大家都说，玄一不会变老，还说他的道行可能已经超过了老道长。

我想了想，又问他认不认识云清。

他的脸色马上变了，让我们千万不要在三松观里提起云清，因为大家都痛恨云清。当初的那把火，算是亵渎了大家心中的圣地。

问起那把火，他给我们指了一个地方。那个方向，正是那道止步门的方向。

当初的那场大火，是在止步门里烧起来的。也就是说，当初云清不仅放火烧三松观，而且还偷偷进了止步门。

陈凡问了一句："止步门不是大家都进不去吗？那么大的火，难道扑火大家也都不进去吗？"

他点头，说是大火发生之后，整个道观的人都被惊动了。有人要进去扑火，但是老道长却阻止了，他一个人推门进去后，把小木门关上了。一开始，大家都很担心，但没想到，没过多久，里面的火竟然真的慢慢灭了。

老道长一个人扑灭了大火，大家更是对老道长的道行和法力赞不绝口。

在我们说话的时候，大殿里突然安静了下来。玄一正坐在大殿中央，信徒说玄一要给大家讲道了，说着，他不再搭理我们，跑了过去。

他走远之后，陈凡才说："这些话怎么越听越玄？"

之前没有关注玄一的年龄，现在一听玄一讲道的声音我才发现，他的声音有些沙哑，很老成，如果不看他的样子，只听声音，的确像是已经七八十岁的人了。

"这个玄一，真的不会老吗？"陈凡问。

我冷笑了一声说："怎么可能不会老。有意思，回去之后查查玄一，看能不能查出什么来。"

陈凡一愣："我们这就要回去了？"。

我摇头，说了一个字："等。"

—— 第017章 ——

止步门内的声音

我们退出了三松观，我注意到，我们离开的时候，玄一还扫了我们一眼。我们在外面坐了一个傍晚。

陈凡问我："这山上的道长是不是真的有道行？止步门内着了大火，如果老道长没有道行的话，靠他一个人，根本不可能那么迅速地把大火扑灭。"

我皱着眉头，也在仔细思考着陈凡的问题。陈凡见我不回答，就没有再多问了。

到山上来的信徒，在天黑之前，一个一个地下山了，远远望去，弯弯曲曲的小道上都是移动的人头。

道观里不通电，用的都是油灯和灯笼，这个年代，不通电的道观已经很少了。一开始，三松观的大门还没有关上，天完全黑下来之后，我们还能看见里面红色的灯火。晚上九点钟左右，终于有一个道士来关门了。

大门关上之后，没过几分钟，三松观里的灯火就全部熄灭了，月亮被阴云笼罩着，山上一片漆黑。加之没有灯光，远远看去，三松观被淹没在黑夜里，就像是凭空消失了一样，连轮廓都很难用肉眼看清。

陈凡说道观一下子变得瘆人了，我告诉他们三个人，只要在这里等着就行了，我一个人进去。罗峰的两个手下不放心，但我已经决定了，他们也不好反对。我喜欢一个人行动，这三个人毛毛躁躁的，人越多，越容易出问题。

等了一个下午，自然是想进那道止步门看看。玄一道破我们上山来的目的，这已经让我下定决心彻查这个被传得神乎其神的道观了。山上很冷，阴冷的风似乎也没有规律，我总觉得四面八方都有风朝我吹。

月亮藏在了乌云后边，我小心翼翼地绕到三松观边上，翻墙进去了。可是，我刚跳下墙，脚下就一滑，若不是及时扶着墙，恐怕就会跌倒。我好像踩在淤泥上了，我下意识地俯下身，手指往地上捻了一下，果然是淤泥。

白天在三松观里绕的时候，我并没有看到哪里有淤泥，三松观里修饰得很工整。天太黑，我看不清，为了不浪费时间，我马上站起了身，小心翼翼地跨了过去，朝止步门的方向走去。这个时候，月亮终于从阴霾里绕了出来，我隐隐约约看清了眼前的路。

三松观里安静得吓人，绕过大殿，就是一片住宅区了。似乎除了老道长之外的所有道士，都住在这片厢房里。走过厢房的时候，我格外小心，避免发出声响，可就在这个时候，传来一阵很轻的开门声了。

我迅速地躲到了一棵树后面，厢房里走出了一道人影，我仔细观察了一下，看了半天才终于认出来，他正是大家口中不老的玄一。玄一走路的时候也很小心，完全没有了白天得道高人的模样，反而显得鬼鬼祟祟的。

玄一竟然也是往止步门的方向走。我偷偷跟了上去，玄一走路的时候，还不住地四处张望。很快，玄一走到了止步门的外面，止步门此时已经没有人看守了，但是似乎上了锁。

止步门里应该是一座大院子，院子的围墙很高，想要翻进去很困难。玄一明显是冲着止步门去的，我心里冷笑，止步门后面恐怕不简单，否则玄一也不可能大半夜到这种地方来。而且，止步门是连玄一都不能进的地方。

作为一个道人，竟然会干这种偷鸡摸狗的事情，如果让他的那些信徒知道，恐怕要引起轩然大波。我正想着玄一会怎么进去的时候，他突然过了一个转角之后不见了。

由于怕被发现，我不敢靠太近，玄一突然消失之后，我才大步走了过去。玄一是不见了，但是我发现围墙的墙角上，正叠放着几块大石头，玄一应该是蹬着这几块大石头翻进去的。尽管有石头垫脚，但是抬头看了看围墙的高度，身手差一点的人，就算踩着石头也进不去。

我立刻判断出来，这个玄一恐怕不像表面上那样文弱。

我也迅速蹬着石头，轻松地翻了进去。围墙里面是一片杂草，落地的时候几乎没有声音，玄一已经不知道去哪里了。我观察起这个院落来，院落依然很大，有好几栋比较矮的房子。我借着月光朝前摸索。院落里空无一人，表面上，看不出哪里特殊。

我把目光放到了那几座房子上，慢慢走了过去。我观察了很久，还是没有发现玄一在哪里，但很快，我突然隐隐发现，有一个房间里有光。

我悄悄贴到了木门外，窗是纱窗纸，里面微弱的光时隐时现，很明显是烛光。我找了一个缝隙，偷偷朝里面打探，里面一张方桌上放着一个烛台，老道长就坐在桌子前。

他张着嘴，好像和什么人在交谈，可是我往他的对面一看，那里根本什么人都没有。

我只能看到老道长的侧脸，在烛光下，老道长侧脸上花白的胡子微微泛黄，他对着对面空空的座位说着什么。由于距离太远，我听不到。老道长的样子，不像是在修道，因为他时不时还会对着空气招手。

这举动，仿佛他面前有一个人一样，有些瘆人。

趁着老道长在这间房间里，我小心翼翼地进了其他几间房间。其他房间里，立着很多书架，上面的书上满是灰尘，我翻了其中几本，仍然没有发现可疑的线索。我又回到了老道长所在的房间外面。

往里一看，他还在对着空气自言自语。这间房和其他房间都不同，显得空空荡荡的，除了一些道家仙人的道像之外，就没有其他杂七杂八的装饰物了。突然之间，我听到了一声尖叫，声音不大，甚至可以说很微弱，但我很快就听出来了，好像是云清的声音！

声音是从房间里传出来的，我心里一紧，老道长也在这个时候站了起来，可是，他大步朝门外走来。我以为被发现了，赶紧躲到了一边。但是，老道长开门之后，竟然连门都不关，大步地朝前走去，身影很快就消失在了黑夜之中。

而我则趁着这个机会，马上进了这间房，门打开的时候，风灌进屋子里，烛火已经熄灭了。我轻声喊了几声云清的名字，没人回答，我仔仔细细地把整个房间都翻了一遍，就连床底都翻了，还是没有找到云清。

我开始怀疑自己是不是听错了，我怕听错了声源，所以再一次把隔壁几间的屋子搜索了一遍，结果依然没有。这花了我大半个小时时间，老道长走后，就再也没有回来，还有之前进来的玄一，依然不知所终。

我心里有很不好的预感，所有能藏人的地方，我都找过了，也没有发现云清。这时，我的移动电话振动了起来，陈凡问我怎么还没有出去，他告诉我玄一已经下山了。我一怔，原来玄一早就出去了。

“跟着玄一，别跟丢了。”挂断电话之后，我也往外走去。

止步门从外面锁上了，我只能从来时候的地方翻了出去。

远远地，我终于看到了老道长，他正站在大殿前面。我有些诧异，没想到他竟然也出来了。门从外锁着，没人给他开门，他也只能翻出来，除非他会穿墙术。但是，老道长的年纪大了，不管怎么看都不像是能翻出来的样子。

我没有再靠近他，而是准备跟踪玄一。

我翻到了三松观外，陈凡他们早就不见踪影了。我正准备往下追，三松观的大门突然打开了，我下意识地回头，开门的，正是老道长。老道长的手上，提了一个红色的灯笼，红灯笼把他的脸映得一片通红。

老道长面无表情，目光呆滞，开口就说了一句：“下山去吧。”

我正准备回答，发现老道长似乎不是在对我说话，我在老道长的侧边，距离他有两三米远。而老道长的眼神，却一直盯着前方漆黑的下山路，我忍住没出声，继续观察。

老道长突然点了点头，又开口说话了：“在我身边待几十年了，下山去吧，不要祸害人间。”

老道长举起他的手，慢慢地挥了挥，就像是跟人道别一样。

看他的样子，不像是在装神弄鬼，我皱眉听着。这个时候，老道长突然举起了红灯笼，吹灭了里面的烛火。

老道长进了门，但是在门关上的一刹那，我听到了老道长说：“方涵，离开港区吧。”

—— 第018章 ——

仙逝?

我大惊失色，我并不认识他，但是他竟然叫出了我的名字。我发愣的时候，老道长已经把门关上了，我拍了几下门，却没人答应。我正准备再翻进去时，陈凡给我打来了电话。

陈凡告诉我，他们三个人，跟丢了玄一。

我对着电话怒骂了一声："废物，跟个人都会跟丢。"陈凡被我骂得不敢出声，他问我接下来他们要怎么办，我让他们再四下找找，看看能不能找到玄一。陈凡挂断电话，马上照做了。

等我再翻进墙的时候，老道长已经不知道去哪里了。

我把整个三松观找了一遍，甚至又翻进止步门内的院子找了一番，依然没有找到他的踪迹。我琢磨着，老道长可能是故意躲起来不愿意见我。

等天一亮，老道长总得见信徒。我暂时收起心底的讶异，离开了三松观。我走得很快，夜里的空气很潮湿，使得石头小径更加打滑。小径两旁的树林被风吹得"沙沙"作响，天太黑，我看不到那幽森的树林，声音就像是直接在我耳际产生的，迎面吹来的冷风，让我更加觉得好像有人在我的耳朵吹着凉气。

我的脑海里，此刻想的全部是老道长面对空气自言自语的模样，看他的样子，一点儿都不像是假的，就好像他真的送了什么我看不到的脏东西下山一样。快到山脚的时候，我猛然止住脚步，我的脊背发凉，好像有什么东西跟着我。

可是，当我回过头的时候，身后只有一片苍茫的夜色。我眯着眼睛，凝视着那片幽暗的地方，感觉那里好像有什么东西在动，很快，我看到了一只手在左右挥动着。

我慢慢地朝那个地方走了过去，当我止步在那地方的时候才发现，只是一棵小树苗而已，它的枝丫被风吹得左右摇摆。我松了一口气，心想是自己太多疑，正准备回过头的时候，一只手突然搭在了我的肩膀上！

冷汗一下子冒了出来，几乎没有任何犹豫，我转身就挥拳打了过去、那是一张脸，我的拳头重重地砸在了那张脸上。一声惨叫，那道人影差点儿滚下山去，是另外两个人扶住了他。终于，我看清了，是陈凡和罗峰的两个手下。

被我打中的，是陈凡。

陈凡有些委屈地问："涵哥，你为什么打我？"

"为什么突然拍我的肩膀？"我反问。

陈凡更加委屈了："我们大老远就叫你了，你一直没答应。"

我微微一愣，因为我根本就没有听到陈凡叫我。

陈凡说他给我打了好几个电话，我都没有接，怕我出事才往回走找我的。我掏出手提电话一看，果然，上面有好几个未接来电，都是陈凡打来的。

陈凡不敢对我发火，忍下了，他问我是不是刚刚发生了什么，觉得我有些心神不宁。我摇摇头，不想多说，正准备继续往山下走，陈凡突然问了一句："那是什么？"

我一回头，陈凡正指着那棵小树苗。

我仔细一看，小树苗的枝丫上，正挂着一个手镯，手镯上还贴着一张符。刚刚匆匆扫了一眼，我没有发现，如果没有陈凡的提醒，我可能就忽略这个手镯了。不会有人平白无故挂一个手镯在树上，还贴一张符在上面。

我正准备伸手去拿，罗峰的一个手下就颤抖着说让我不要乱动。他听人说，山上经常会出现一些脏东西，那些脏东西喜欢用身上的物件引人上钩。他不敢看那手镯，说这东西明显有问题，否则也不会有人在上面贴符了。

他说话的时候，山上的风更大了，我冷冷地回答道："再敢乱说话，神神道道的，我就撕碎你的嘴。"

他马上闭嘴不说话了，我用袖子把手裹了起来，问陈凡要了一个鉴定专用袋，把手镯和符装了进去。

一切都太诡异了，就在刚刚，我还觉得这里有人。很快，我就在这里发现了奇怪的东西。

把手镯和符收起来之后，我们往山下走。陈凡告诉我，玄一从三松观出来之后，大步朝山下走去，一开始陈凡三个人还能跟着，但是那个玄一越走越快，就像脚下带风一样，他们根本就追不上。

他们显然已经被三松观神奇的传言给影响了，在描述玄一的时候，还把他说得很神。玄一的动作的确很快，再加上玄一对这座山很熟悉，甩掉陈凡他们，并不是难事。正因如此，我一开始才叮嘱他们盯紧一点儿。

结果，人还是跟丢了。

不知不觉中，已经到了山脚，我们上了车。

"涵哥，我们现在回去吗？"陈凡问我。

我摇头道："等天亮，我要再会一会那个老道长。"

他们有些不情愿，但又不好说什么，只好在车里睡下了。

借着车上的灯光，我仔细地观察着鉴定袋里的手镯和符咒。手镯是银制的，看上去已经很破旧了，而且有些变形。手镯上的花纹很简单，并不精致，样式很复古。我推测，这个手镯很可能是上世纪五六十年代的饰品。

而那张符，倒还算新的，除了有些发潮，没有其他问题。

我很晚才睡着，迷迷糊糊中，听到了奇怪的声音，像是有人在敲车窗，声音很小，像是在做梦一样。我最终也没有醒来，我从来没有感觉这样疲劳过。天亮的时候，我才睁开眼，陈凡和另外两个人已经醒过来了，他们不知道在讨论什么。

我一醒过来，陈凡就问我："涵哥，昨晚你听到有东西敲车窗的声音了吗？"

我这才明白过来，昨天夜里迷迷糊糊听到的声音，根本就不是梦境，而是真的。

他们三个，也听到了。只是，当他们听到那声音的时候，都不敢睁开眼睛，声音很快就消失了，没人敢下车去看。他们总觉得，这个三松观和这座山，都阴森森的。

直到天亮，陈凡一说，其他两个才表示他们也听到了。

我直接下车去，但在车子周围没发现什么线索。

这个时候，已经有不少人开始陆陆续续上山了。这群淳朴的居民，几乎把所有时间都花在了三松观上。

我正准备往山上走，目光突然扫过了我的手指。我的两根手指上，竟然是红色的，这是血！

我猛地想了起来，我翻墙进三松观的时候，脚下一打滑，由于当时天太黑，我看不清，以为那是一片淤泥，还蹲下身用手捻了捻。这血迹，应该就是在那个时候留下来的。也就是说，我踩的那片地方，还有未干的血。

我让陈凡马上联系港区警局。陈凡看到我手上的血，也知道可能有大事要发生了，他马上联系了港区的警方。很快，距离我们最近的几个警察赶了过来，他们问发生了什么，我把手上的血给他们看了看，他们皱着眉头马上跟我们上山了。

这时，正是一天当中居民上山最多的时候，我们花了很长时间才到三松观外面。

三松观，明显和我们昨天来的时候不一样。大家都像在看热闹一样挤在门外，大门被围了个水泄不通。而三松观内，传来了哭声。

我们进了大殿，大殿最里面有一个很大的石像，那石像是一个仙人的，正对着大门，一副悠然自得的样子。我关注的，并不是这个石像，而是正坐在石像前面，低着头的那个人。

他是老道长。

他的脑袋向下耷拉着，双腿盘坐，他的四周，跪着很多身穿道袍的道士，他们掩面大哭，就算是傻子都知道发生了什么事。陈凡已经到了我的身边，他惊讶地张大了嘴巴："这老道长昨天还好好的，怎么一下子就走了？"

我问老道长怎么死的，一个道士哽咽了半天才说，今天一大早，就有人发现老道长正坐在大殿里。起初大家还以为老道长在打坐，可是走近一看才发现，老道长已经没有了气息，他仙逝了。

—— 第019章 ——

兽血？自然死亡

那两个警察也过来了，他们操着一口港区话，问是谁最早发现老道长死去的，两个道士一边抹着泪，一边朝我们走过来。

他们一大早就准备打开大殿的门，供上山的信徒祭拜，一推门就发现老道长坐在这里，之后就发现老道长死了。

我皱着眉头，死死地盯着老道长的尸体。我发现，老道长的手里还拿着一把拂尘，地上放着一本经书。他的脸上没有痛苦和挣扎的表情，走得非常安详，周围没有打斗的痕迹，不像是谋杀。

但是，我依然没有办法相信，昨天夜里才跟我见过面的老道长，竟然就这样离开了。发现尸体之后，两个警察立刻通知了警方，大约一个小时之后，更多的警察赶到了现场。出现场的法医，把老道长轻轻放到了担架上。

有不少道士都阻拦，不愿意让警方把老道长的尸体带走。警方承诺，查出老道长的死因后，就会把尸体送回来。很快，老道长的尸体被抬下山了，三松观派了不少道士跟去。道观内死了人，上山的信徒也被警方遣散了。

三松观倒很配合，立刻把大门锁起来，除了陪老道长尸体去的道士，其他人都等着警方问话。为首的警察问我们是哪里的，陈凡老实说他是京市的警察，正在协助港区的警方查鬼叫餐的案子。

陈凡还给他看了证件，那名警察也就不再多问了，他可能认为我也是警察。于是，我更加自由地在三松观里绕了起来。我很想知道这个老道长到底是谁，为什么会知道我的名字，又为什么让我离开港区。

但是，我在老道长的卧房内搜了半天，也没有搜到能表明身份的证据，也问遍了整个道观的道士。事实果然和昨天那个信徒说的一样，没人知道这个老道长叫什么，就连一个道号都没有。

没查出什么，我退了出来。陈凡问我："老道长是怎么死的？"

我扬起嘴角，摇了摇头："不知道，看上去，像是自然的生老病死。"

很快，最先和我们碰头的两名警察找上了我们。

他们问我那血迹在什么地方，我凭着自己的印象，到了那个地方。白天，我终于看清了，那的确是一片淤泥，只不过，那淤泥的颜色却很诡异，一片暗红，混着灰色。淤泥还没有干，戴上手套之后，我抓起一把淤泥，放到鼻子前闻了闻。

有泥土的味道，但仔细一嗅，还是有淡淡的血腥味。血和泥土混在一起，泥土的味道盖过了血腥味。两名警察马上找来了出警的人，开始提取这些泥土，准备带回警局鉴定。

同时，他们问遍了道观里的道士，可是没有一个人能说上来这些血是怎么回事。

我们又到了止步门外，警方和道观内的道士发生了争吵，警察想进止步门调查，但是道士不让。

警方没有强行闯入，老道长看上去的确是自然死亡，在没有证据之前，警方也不好强行侦查。这么耗下去不是办法，所以我假装温和地说："老道长既然已经仙去了，一定是放下了凡尘的一切，这道止步门，也不应该再止步，不该让我们看到的，老道长自然会隐去，不让我们看到。"

陈凡也讪笑道："道长，行个方便，我们也只是交差，不会乱动里面的东西，一会儿就出来。"

我们的说法似乎起到了作用，最终，一个可以做主的道士同意了。讨价还价之下，他们允许我们进去两个人，而且必须尽快出来。

我们把他们给说通了，为首的警察指了指我，说我很机灵，让我跟他一起进去。

进去之后，我们分头行动了，我第一时间到了老道长昨天坐的那个房间。白天，我对这里的布局看得更清楚了。这房间的布局很奇怪，整个房间只有一个门，而且只有靠门的那边有窗户，其他地方就都是密闭的墙了。

和我昨天透过烛光看到的一样，这个房间的摆设很简单，除了一些跟人一样高的道像外，就是一张桌子和一张床了。桌子两边，有两个厚厚的坐垫，老道长昨天夜里坐的那个坐垫，中部向下凹，有明显的坐痕。

当我往另一边的坐垫看去的时候，竟然发现那个坐垫也有坐痕。

我的脑海里，一下子就浮现出老道长对着桌子对面的空气自说自话的模样。我正仔细回想着，跟我进来的警察叫了我一声，他问我在看什么，我摇了摇头，没有回答。

坐垫有坐痕，并不代表要两个人同时坐着，很可能是老道长在不同的时候分别留下的。

那警察也没发现什么，之后，我们两个人又在这些房间里重点搜查了一下，依然没有发现什么。我对这几间屋子特别在意，因为那个时候我听到了云清的尖叫声，尽管不知道是不是自己听错了。

外面的道士已经开始催促我们了，我们只好走了出去。

我们在道观上一直待到了下午，带血的淤泥也被送下山去鉴定了。或许是因为涉及宗教，警方的动作很快，太阳快下山的时候，我们就陆陆续续接到了回复。首先是那些带血淤泥的鉴定结果。

警方回报称，那的确是血，但不是人血，而是兽血。不少警察松了口气，说是虚惊一场，但是我却有些奇怪。整个道观都不知道那血是哪里来的，也没有人在三松观内杀生，上山的信徒，更不可能在道观里做这样的事情而不被人发现。

兽血为什么会和泥土混在一起，并出现在三松观里，成了一个谜团。因为不是人血，警方也没有要深究的意思。

之后便是老道长的身份信息调查了。警方迅速调取了一下身份信息，发现老道长的身份信息根本就没有被录入。也就是说，他是个黑户，没有人知道他叫什么。

最后是老道长的死亡原因，法医给出了初步的尸检结果：老道长是自然死亡。

还在山上坐着的警察一听，都纷纷站了起来。他们也不愿意多事，既然是自然死亡，那就代表没有出什么大事，都准备下山了。

陈凡问我怎么办，这个道观的确诡异，但什么都查不出来，我们也不能干耗着，只能跟警方的人一起下山了。

下山之前，玄一依然没有回来，我问道观里的道士玄一去哪里了。

有人告诉我，玄一前两天就奉了老道长的命令，说要下山一段时间。老道长为玄一卜了一卦，说最佳的出行时辰是昨天夜里。至于老道长派玄一去哪里，干什么，那些道士都说不知道。

就这样，两天的时间内，我们在山下和山上来回跑了很多趟。

到山下的时候，天正好快黑了，老道长的尸体被抬了回来。老道长双目紧闭，双唇发白，我下定决心，一定要查出这个老道长的身份。

还有那个玄一，这两个人都太怪异了，我总感觉他们好像认识我。

我们回到酒店之后，很快就睡下了。

鬼叫餐的案子和肥基的案子，还是一点进展都没有。听陈凡说，警方为此操碎了心，而失踪的云清，也不知道去了哪里。

我把调查老道长和玄一的任务，交代给了罗峰他们。

就在我以为又要毫无进展地过完一天的时候，陈凡突然给我带回了消息：云清找到了。

云清是在一间偏僻的屋子里被找到的，那间屋子里，还供奉着老九四个人的牌位。

我微微一愣，那个地方，我之前跟踪云清去过……

—— 第020章 ——

认罪

云清已经被港区警方逮捕了。肥基嘴里塞着的冥币上有云清的指纹，再加上云清在肥基死前和他见过面并交谈很久，警方有足够的理由对云清采用强制措施。

云清被找到的过程有些奇怪。警方接到报警，有人说在那房子周围听到凄厉的哭声，偶然路过的居民害怕，这才报警。附近的警察赶到后，也的确听到了撕心裂肺的哭声，警方破门而入，竟然发现发出哭声的人是云清。

这些都是陈凡听来的，他还听说，云清当时正坐在地上，身上很脏，满是泥土。警方抓她，她也完全不反抗，任凭警方把她带回了警局。

瘆人的是，云清竟然对着那四个牌位在哭，就好像在为死去的人哭丧一样。第一次到朝阳记的时候，云清正在做法事，事后我跟踪云清，发现云清进了那屋子，屋子里的确供奉着老九四个人的牌位。

我想了想，让陈凡替我安排，我必须和云清见一面。陈凡倒是答应得很爽快，还有些得意，他说现在港区的警察非常信任他。

陈凡替我安排好的时候，已经过中午了。我们刚到警局，警局里的一个警察就有些兴奋地告诉陈凡，云清认罪了！我一怔，马上问：“云清认的什么罪？”

警察瞟了我一眼，可能心里高兴没多想，回答道：“她认了鬼叫餐案的罪，还承认是她杀了肥基。”

那警察说，上午云清被逮捕的时候，云清的家属就接到通知往局里来了一趟。

厉老先生发起火来，把整个警局搞得鸡飞狗跳的。厉老先生身体不好，也没有警察敢强硬地把他撵出去，免得惹上什么事。

云高提出要见云清，但是没想到的是，云清竟然不肯见他们。这让厉老先生气得岔了气，一边骂云清是祸害，一边往嘴里吞药。最后，云高怕厉老先生身体承受不住，只好先带他们离开了。

“对云清的讯问结束了？”陈凡问。

那警察回答：“不算结束，她认罪之后就什么都不肯说了，我们准备过段时间再问问。”

警察走后，陈凡也有些惊讶，问我：“涵哥，这是怎么回事？云清就算是凶手，也不会这么轻易地认罪。”

四周没人，我非常确定地回答道：“云清绝对不是凶手。”

此刻，我已经完全确定了。

一来，如果云清真的杀了肥基的话，那她不会把留有自己指纹的冥币塞到肥基嘴里，等着警方去查。二来，除了肥基嘴里的冥币之外，警方并没有其他证据证明凶手就是云清。就算云清要认罪，也应该只承认她杀了肥基，而不会承认鬼叫餐的案子是她干的。

假设云清犯了罪，良心发现想要认罪，那她也应该老老实实地把自己犯罪的过程全部如实告诉警方，而不是单纯地说句人都是她杀的。见云清，势在必行，陈凡又打通了一下关系，警察马上去询问云清的意见。

我不是警察，没有讯问的权力，所以不能强行见云清，就像云高想见云清一样，必须云清自己同意才行。我心里有些忐忑，我不确定云清会不会见我，但是几分钟之后，去办事的警察回来了，他告诉我，云清同意和我见面，人已经在会面室了。

我见到云清的时候，云清正坐在桌子的一边，我们之间隔着生锈的护栏，云清的双手被铐在桌子上。本来有一个警察站在会面室里，我朝陈凡使了个颜色，陈凡笑嘻嘻地把那个警察拉出去了，还递烟给那警察。

陈凡似乎在京市也经常干这事，很快，会面室里就只剩下我和云清两个人了。云清的样子有些狼狈，她身上还穿着道袍，发丝凌乱地飘在脸前，低着头，从我进来的时候开始，就没有说话。

我打量了一下云清，问她为什么要认罪。云清这才缓缓抬起了头，她脸色苍白，嘴唇一点血色都没有。我发现云清的眼睛里有不少血丝，就连眼眶都有些红肿，她刚哭过没多久。

云清的声音异常沙哑。她没有回答我的问题，而是反问："你不是怀疑我吗？"

我点了点头，承认自己的确一直都在怀疑她。

云清一笑："那我认罪，不是正合你意吗？"

这一刻，云清不再像之前那样装模作样了，除了她穿的那身道袍，我从云清身上看不出任何一点道士的模样来。我的声音冰冷了下来，如实回答："你有罪无罪，和我没有半点关系，我只想知道凶手是谁。"

"死的那四个人是你的亲人？"云清问。

我摇头。

"那他们是你很好的朋友？"云清又问。

我依然摇头。

云清突然笑了起来："我知道，你不是警察，为了四个和你没有什么关系的人留在港区，最后送了命，值得吗？"

我抓住冰冷的护栏站了起来，越来越觉得，老九四个人的死，不是巧合。而我的直觉也告诉我，他们的死，和我派他们来港区找的那个人有关系。正因如此，我没有退路。

"我要在港区查个人，他们的死，和那个人有关系。"我对云清说，我想看看她有什么反应。

可是，我失望了，云清的神色并没有异常，她问我找谁。

我没有说话，云清又扬起嘴角笑了一声："你果然不是一个普通人，找个人都神神秘秘的，你要是不肯说，就算了。"

我死死地盯着云清，她的头微微上扬，同样目不转睛地和我四目相对。云清和已经死去的老道长都知道我的名字，并且都让我离开港区，这绝对有问题。

我在观察云清的时候，目光瞟到了云清被铐在桌子上的手。我发现，她两只手的手腕处，都有一圈瘀青。我想了一会儿，又坐回椅子上，故意点了根烟。闻到烟味，云清咳嗽了几声。

云清在声色场所待久了，经常闻到烟味，她自己也抽烟。如果不是有一两天没闻到烟味，不太可能会因此咳嗽。

我笑了笑："你好些时候没闻到烟味了吧，也是，待在三松观那种地方，怎么可能闻到烟味。"

云清的脸色马上就变了，她的嘴唇颤抖了几下，但是没有说话。我心里冷笑，一个简单的试探，就证实了我心里的推测。

"就算你不开口也没有用，我已经知道你失踪的这两天在哪里了。"我站起来的时候，从上往下打量了云清一番，陈凡说得不错，云清身上的确有些脏，有泥土的痕迹，我立刻就想到了上三松观的那条小径。

云清手腕上的那两道瘀青，分明是捆绑留下的。正是寒冷的冬天，稍微有力的作用，人的身上就很容易留下瘀青，更何况还是云清这样皮肤白净的女人。我想到了在三松观止步门内听到的尖叫声，现在想来，那根本不是我听错了。

云清失踪的这两天，警方找不到人，云清也没有带身份证件和钱，联系眼前的这些线索，我猜云清是被绑到三松观上面去。云清的表情已经告诉我，我的推测是正确的。只是，我还是没有想到云清当时被藏在哪里。

按照声音的大小和传来的方向，她应该是被藏在老道长坐着的屋子里了。可是我找遍了整间屋子，都没有找到。

云清还是不肯说话，我又问："知不知道老道长已经死了？"

云清听了我的话之后，脸色大变，但是马上，又表现得有些高兴，甚至还笑出了声。云清的反应，被我记在了心底。

"为什么这么高兴？"我问。

"他不是好人，死了活该。"

"玄一呢，是好人还是坏人？"我又问。

"道观上，唯一的好人就是他。"云清回答。

"你呢？"我继续问。

云清扫了我一眼："你觉得呢？"

我说："我不想猜，你是好人坏人也跟我没有关系。但我肯定，人不是你杀的，你为什么要认罪？"

云清说："我都承认了，人是我杀的，我想赚钱，杀了人，我去做法事，能赚很多钱。"

云清不打算和我说实话了，我拍了一下桌子，猛地站了起来，质问道："你是怎么杀人的？"

云清一下子哑口无言了，认罪，谁都会，想个认罪的理由，也不是难事，可是，云清根本就没有办法解释鬼叫餐案中那些诡异的现象。

云清什么都不肯说，我不准备再浪费时间了，转身准备离开。开门前，我又回过头说："你会认罪，和三松观有关系，和你的哥哥也有关系。"

—— 第021章 ——

他也不是凶手

她的反应又一次印证了我的推测，她突然激动了起来："如果你再不离开港区，随时都会没命！"

我扭过头，冷笑一声："你不是说老道长是坏人吗？为什么他也让我离开港区，是担心我丢了命吗？"

云清脸上的表情非常丰富，她一会儿激动，一会儿讶异。而此刻，她满脸震惊地问："他也让你离开港区？"

我点了点头，之后，云清低着头，好像正在思考着什么。

直到我离开会面室，云清都没有再抬起头。陈凡正在和那个警察交谈，见我出来，他敷衍了两句，和我一起离开了。陈凡问我问得怎么样了，我老实告诉他，云清绝对不是杀人凶手。

陈凡有些丧气，他以为终于能回京市去了。他说，京市的警局已经联系他了，算算时间，我们到港区也有些天了。被请到港区协助调查的我，嫌疑已经完全排除了，陈凡是时候回去了。

陈凡说他顶住了压力，局里同意他再待几天，但是他不知道还可以撑多久。陈凡把希望全放在了我的身上，如果真的在这起案子里立了功，那他回去之后，肯定能很快升职。

我想了想，这起案子的证据很少，疑点很多，正因如此，警方的调查才迟迟没有进展。不论是犯罪嫌疑人的杀人动机，还是犯罪嫌疑人的犯罪手法，以及犯罪嫌疑人的身份，警方都不知道。

唯一的进展，就是云清认罪了。只不过，这在警方眼里是进展，在我看来却是阻碍。云清认罪之后，警方一定会把精力都放在讯问云清上，而云清又不是凶手，既浪费时间，最后还可能草草了事，造成一起冤案。

自从陈凡跟着我之后，他问的最多的问题就是怎么办，他又问我怎么办。我想了想，调整了策略，决定暂时放下对凶手犯罪手法的调查，先确定更加可疑的嫌疑人。云清认罪，和三松观、云高都可能有关系。

三松观内，我已经算是比较仔细地查过了，道观本身，似乎没有什么异常，怪异的是玄一和老道长。老道长身份不明，并且已经自然死亡了，可以重点调查的，只能是离开三松观的玄一了。

玄一在三松观内鬼鬼祟祟的，后来又迅速下山，可能有问题。

我把调查玄一的事情交代给了陈凡，他已经取得警方的信任，要调查，并不困难。至于云高，我决定亲自接触。

夜里，陈凡突然打电话通知我，朝阳记有些吵闹，据说是云高正在那边。我一愣，赶紧换了衣服，赶了过去。我到朝阳记的时候，已经有不少警察在这里了，不过，那些警察都和陈凡站在一起，像是在看热闹。

我看了看手表，已经晚上八点钟了，朝阳记的铁门半拉着，似乎正准备打烊。鬼叫餐案发生之后，朝阳记重新开业，敢来吃饭的人也寥寥无几，自然早早地就准备关门了。我在人群中看到了云高。

云高西装笔挺，他的面前，站着朝阳记的老板和伙计，看样子，云高和他们发生争吵了。我走近，问陈凡怎么回事。陈凡说："警局接到报案，说这里可能要打起来了，因为地点是朝阳记，所以警方比较关注，马上带人过来了。"

他们赶到之后才发现，所谓的争吵，只是朝阳记的老板和伙计不愿放云高离开而已。甚至于警察赶到现场之后，朝阳记的老板、伙计还和警察发生了冲突，双方一直僵持了快一个小时。

陈凡也是来之后听云高和老板的谈话才知道的。就在一个小时前，云高开车到这里吃了碗面，在付账的时候，云高突然给了朝阳记老板一个信封。

老板一开始还纳闷，问那是什么，云高只是笑笑，让老板打开看看就知道了。

老板打开信封之后，发现里面有很多钱。老板有些惶恐，问云高为什么要给他那么多钱。陈凡有声有色地说到这里，我就知道，云高不是单纯地到朝阳记吃面的，一碗面，值不了那么多钱。

果然，陈凡马上告诉我，云高说要替自己的妹妹道歉，给朝阳记一些物质上的补偿。

我的眉头皱了起来，云清被逮捕，除了警方，目前别人还不知道，因为案子还没有破，警方也没有对外公开的意思。可是，这个消息却被云高透露了出来，争吵，就是这样发生的。

云高说云清犯了错，还装神弄鬼，讹诈了很多钱，他这个做哥哥的，只能给被云清欺骗的人一些钱，算是补偿。朝阳记的老板和伙计，亲眼看过云清施法时候的手段，对云清的法力和道行深信不疑，容不得别人说云清一句坏话。

争吵还在继续，云高面无表情地站着，也不还口，但是朝阳记的老板却是不肯消停。老板指着云高，气得脸都红了："你竟然诬陷自己的妹妹，诬陷一个法力高强、除鬼惩恶的大师，你一定会遭天谴的！"

前两次见这老板的时候，老板表现得唯唯诺诺，我没想到，他骂起人来竟然这样咄咄逼人，喋喋不休。这个时候，云高开口了："云清已经被警方逮捕，我只是来替妹妹赎罪而已。"

老板自然不信，云高指着我们说："如果不信，可以来问他们。"

这个时候，陈凡告诉我，云高之前就已经和他们这样说过一次了，当时老板是问过警方的，警方的人不知道应该怎么回答，因为他们不敢随随便便就将案件泄露出去。警方的迟疑，使得冲突愈演愈烈，老板还骂警察说："如果你们抓了云清，一定不得好死。"

我站在一边，把手放在胸前，也想看看接下来会发生什么事情。见警方还是不肯正面回答，老板着急了，他拉着一个警察的手说："云清的法力是真的高。"他还说，"在云清施法前，我每天都看到不干净的东西，但是云清一施法，我就什么事都没了。"

云高一改绅士的态度，直言老板在说谎。

老板一听，恼怒得不得了，正要对云高动手，云高说道："云清是我的妹妹，她犯错我也伤心。云清被三松观赶下了山，什么捉鬼的本领都没有，我是三松观的世俗弟子，一眼就看出来了。"

听到"三松观"三个字，老板也冷静了下来。常人不一定听说过三松观，但是这些相信鬼神的人，肯定是听说过的。老板开始犹豫了起来，就在这个时候，我站了出来。云高看到我，有些惊讶，似乎没有想到我会出现在这里。

"老板没有说谎，因为他看到的脏东西，我也看到了。"这样说完之后，我似笑非笑地盯着云高。云高的心思，我已经有些猜透了，我想看看他会怎样应对。我确实没有说谎，虽然相信一定是某种障眼法，但是我在天台上看到的鬼脸，还有在酒店房间里看到的光怪陆离，听到电话里女人的哭声，这一切都是真的。

这就是老板所说的脏东西。

云高皱着眉头，依旧说不可能。

但是，越来越多的人站出来，说他们也看到了。自从案子发生之后，云清在这一带作法频繁，能作证的人自然也多。

云高很快就冷静了下来："云清都已经认罪了，警察先生，你的重点应该是查出云清究竟是怎么装神弄鬼的吧？"

我耸了耸肩："我又不是警察。"

云高的脸色微变："你不是警察凭什么向我问话？"

我笑答："他是警察，我没说我是警察，看你乐意回答，我就问了。"说着，我指向了陈凡。我耍起了无赖，让云高彻底愤怒了，他不再和众人纠缠，直接转身上了他的那辆车，走了。

云高走后，警察把大家都遣散了，我收起笑意，沉下了脸。陈凡看了我的表情："涵哥，怎么了？你的表情有些吓人。"

"云高不是个聪明人，他和云清的认罪有关系，但未必是凶手。"我回答陈凡。

很明显，云高和云清的关系，已经发生了变化。现在的云高，非常痛恨妹妹，关心，只是装给厉老先生看的。这种人，除非是厉老先生的主意，否则不会主动替妹妹进行赎罪赔偿。

云高，似乎是想故意将云清被捕的消息透露出去。只是，他没想到今晚的事情会演变成这样，从云高有些气急败坏地离开就能看出来。揭穿云清装神弄鬼，讹诈众人，无非只有一个目的：利用舆论给警方制造压力，尽快结案。

“涵哥，如果是这样，那他就是凶手！”陈凡非常肯定地对我说。

我摇头道：“不，他也不是凶手。”

—— 第022章 ——

十分钟

陈凡彻底糊涂了："云清不是凶手，云高也不是凶手，那谁是凶手？"

我先后怀疑过云清和云高，但慢慢的，我把这两个人的嫌疑都排除了。特别是云清，我已经彻底认为她是被陷害的，只是出于某种原因认罪而已。

云清认罪的理由，我推测可能和三松观或者云高有关系，因为云清对这个道观和她的哥哥表现怪异，不只是单纯的憎恨和厌恶而已。至于云高，我依然觉得他有问题，但认为他不是凶手。

云高刚刚还用并不算高明的手法，想要揭穿云清，利用民愤给港区警方制造舆论压力，结果却有些弄巧成拙了。我不相信先后制造了鬼叫餐案、杀了肥基的人，会使用这么低劣的手段。

我让陈凡继续调查玄一的身份和踪迹。陈凡回答："我已经在警局里打点过了，到目前为止，玄一还没有回三松观，大家都不知道玄一去哪里了。"

我让陈凡别急，但是陈凡却表现得非常忧虑。

距离鬼叫餐案的发生已经很久了，他问我到底能不能破。我也犹豫了一会儿，但还是给了陈凡肯定回答："案子，一定能破，你只需要乖乖听我的话。"

"涵哥，我们也算是朋友了，我很想知道……"陈凡的话没有说完，就被我一个冷眼给硬憋了回去。我知道，陈凡又想问我是什么人了。

我扫了他一眼："如果再多问，我会给你苦头吃。"

回到酒店，已经是深夜，陈凡直接回房间睡觉了，连日的奔波，使得陈凡也疲惫不堪。半夜的时候，我接到了一个电话，那声音让我的心都缩了起来。这个声音是玄一的，玄一直呼我的名字，并说要和我见面。

我马上问他在哪里，玄一说了一个地方，我竟然发现，这个地方是云清被捕的那间小屋子，也就是云清供奉老九四人牌位的地方。玄一的声音云淡风轻，和之前一样宛如得道高人，只是声音显得万分老成，像极了七八十岁的老人。

我马上想到了关于玄一不老的传言。玄一跟我约的时间，是十分钟之后。他说他有重要的事情要知会我，但他只等十分钟，如果我在十分钟内没有赶到，他会就此消失，再也不见我。

我反问了一句："你凭什么认为我会去？"

玄一只是淡然一笑："你难道不想知道老道长为什么让你离开港区，不想知道老道长放下山的那个女鬼是谁，也不想知道你手里的手镯是谁的吗？"

玄一连续问了三个问题，这三个问题，个个让我震惊。

"计时，现在开始。"之后，就是电话被挂断的声音。

我立刻套上衣服，冲出了酒店，门外还站着罗峰留给我的弟兄，他们在身后喊我，好像问我要去哪里。

但我跑得很急，他们的声音很快就听不到了。我一边朝约好的地方跑，一边看着手表。秒针转动得很快，已经是深夜，就连的士都没看到几辆，十分钟，根本就不可能到那个地方。

我跑得非常快，打不到车，我只能徒步前去。我的脑海里还在想着玄一问的那三个问题：听玄一的语气，老道长叫我离开港区，绝对不是偶然；老道长对着空气自言自语，也不是偶然；还有我在山上得到的那个手镯，更加不是偶然。

当我气喘吁吁地跑到约定地点的时候，已经是十几分钟之后了。四周一片荒芜，除了枯萎的杂草丛，没有任何生机。幽白色的月光下，那间小木屋突兀地伫立在这片郊外，小木屋的门是开着的。

被风一吹，小木屋的门猛地关上了，但我走近几步之后，小木屋的门却突然开了。我止住了脚步，死死地盯着那间小木屋，木门一直"嘎吱"作响，好像有人在控制着小木门一样。

但我观察了一会儿，并没有发现人影，于是我又慢慢地朝小木屋走了过去。跨过门槛的时候，一阵冷风迎面吹来，门又猛地朝着我的面门砸了过来，我伸手挡住了。走进去之后我才松开手，门在我的身后关上了。

屋子里的凉风四处吹着，让人分不清风是从哪里灌进来的。屋子里很黑，只有隐隐的几个光点在闪烁着，我又一次在这里闻到了烧香的味道。天气很冷，我的背脊发凉，我四处摸索了起来，黑暗中，好像有一只眼睛在盯着我。

那感觉，就像是有一个人正在慢慢地朝着我的背后靠近，可当我回过头，看见的却又是一片漆黑。

我掏出手提电话，给玄一打了电话，但是玄一没有接。我一边拨着电话，一边在小木屋里搜索起来。那几个小光点，是几炷香在慢慢地烧着，我在木屋的桌上，找到了一根蜡烛，烛芯还微微有些发烫，好像才灭掉没多久。

我把蜡烛点燃了，烛火闪了几下，把漆黑的屋子照亮了。

玄一一直都没有接电话，我咒骂一声，把手提电话收了起来。十分钟早就过了，看来玄一真的不准备见我了。

我一眼就看到了那几炷香后面的四个牌位，牌位上依然是老九等四个人的名字。这一次，我直接把这四个牌位取走了。我很奇怪，云清是在这个地方被逮捕的，警方也称当时屋内供奉着老九等人的牌位，这东西应该被当作证据带回警局才对。

我抱着四个人的牌位，离开了阴森的小木屋。我几步一回头，那间小木屋离我越来越远，但我心中怪异的感觉却越来越浓重。回到酒店的时候，罗峰的几个手下问我去哪里了，他们有些着急，说如果我出了事，他们没法向罗峰交代。

说着的时候，他们注意到了我手上抱着的四个牌位，有一个人往后退了两步，说我大半夜抱着牌位，总感觉有些瘆人。那个人一说，又有人应和，说我的脸色苍白，看上去不像是人。

连续几天遇到不少诡异和心烦的事情，我让他们全部闭嘴，之后就回房间倒头大睡了。

第二天昏昏沉沉醒来的时候，发现床边坐着一个人，我马上腾地坐了起来，睁开眼睛看清楚的时候，我才放松下来。床边坐着的是罗峰，我问他怎么进来没有敲门，罗峰拍着我的肩膀，说他都敲了好几分钟的门了，见我不开，担心我出事，所以找酒店服务员要了钥匙。

“你的脸色太难看了，发生什么事了吗？”罗峰问。

我往床前的镜子里瞟了一眼，果然，我的脸色要比平时苍白不少。我想了想，把罗峰离开我们这段时间发生的事情，全部告诉了他。

罗峰有些惊讶，他站起来，来回走了几步，说三松观太神秘了，必须查清楚了。

“我已经让陈凡查那个玄一了。”说着，我问罗峰怎么有空来找我了。

罗峰这才拍着脑袋告诉我，他查到了一些线索。这段时间，罗峰都在忙着帮会的事情，但他派人调查老九几个人来港之后的行踪这件事却没有落下。因为没有什么线索，罗峰只能用了最笨的方法。

他让手下的人去码头附近的街区，拿着老九几人的照片，一个人一个人地问。终于，问出了一些线索来。罗峰说：“跟码头隔了两个街区的一个便利店老板，称当天看到了老九四个人。”

我马上从床上下来：“老板说了些什么？”

罗峰回答，那家便利店在一条小巷子边上，而小巷子里面，是一家隐蔽的声色场所，知道的人，都叫它野店。老板记得，当时有一个衣着暴露的小姐，把老九几个人往小巷子里面引。老九他们跟在后面，脸上还淫荡地笑着。

我微微一愣，老九来港区之前，的确说过要到港区玩玩，但当时他说的是事情办完之后，我也觉得他或许是在开玩笑，也就没有在意。老九是我的人，不是罗峰的，罗峰对老九不了解，他问我老九是不是真的会色迷心窍，误了正事。

我想了想：“难说，只是当时，我的手下只有这四个人身手最好，办事最让人满意。”

罗峰拍了一下我的肩膀：“为什么不找我？”

我摇了摇头：“暂时还不想把你拉下水。”

罗峰不再说什么了，我问他那家野店查过没有，罗峰说还没有，他一有消息就先通知我了。

我穿了衣服，要和他马上去一趟。

——第023章——

声色场所

那地方很偏僻，便利店就在一条冷清的小巷子外面，往巷子一扫，巷子外面有几个衣着暴露的女人蹲在地上抽烟，这么冷的天，她们穿得很少。

罗峰见了，不屑地笑了一下："这些女的为了生活，也是拼了命。"

罗峰的手下告诉我，巷子里头的野店，已经偷偷摸摸开好几年了，一般人不知道，都是他们出去拉的客，说是道上的不少兄弟都会来这里。

我想了想，这野店倒是和其他店不太一样。罗峰的手下点了点头，说："说好听的是声色场所，说不好听的，就是一群女的在卖身体。"他还说，一些社会上稍微有头有脸的人都喜欢来这里，主要原因是非常隐蔽，不好查出来。

了解情况后，我们走进了巷子边上的便利店。我注意到，那几个蹲着抽烟的女的还看着我们，朝我们抛媚眼。便利店也很简陋，老板正在暖炉上烘手取暖，冷清的店里，除了老板，一个人都没有。

我们进来之后，老板也不看我们，只说了声东西在最里面，让我们自己去拿。我微微一愣，朝狭小的便利店最里面扫了一眼，明白老板说的是什么了，那是一些成人用的东西。巷子里的野店，给这个便利店老板提供了不少商机。

我微微一笑，走到桌前，双手撑在桌子上，叫了老板一声。老板这才抬起头来，问我什么事，我让他把当天看见老九几个人的事情详细地再说一遍。老板本来不怎么愿意搭理我，但看到罗峰的时候，脸色马上变了，他笑盈盈地跟我们说起了当天的事情。

寒冬，正是声色行业的淡季，来这里的人并不多，所以老板隐隐约约有些印象。老板说的时间，正是老九他们来港区的第一天，听老板确认之后，我的心冷了下来。我没想到，他们竟然会真的暂时放下我交代的大事，先到这种地方来享乐。

罗峰拍了拍我的肩膀，轻声说道："以后要用，直接用我的人。"

我点了点头，让老板继续说下去。老板想了想，说当时这四个人，有人想进便利店来买东西，但是带着他们来的小姐，一个劲儿地把他们往外拉，说野店里什么东西都有。

老板还记得，当时有人说要进来买水喝，但那小姐说里头也有水。

听到这里，我明显觉得不对劲了。老九四个人都已经被拉到了这里，生意肯定是跑不掉了，小姐这样着急，倒是头一回听说。那小姐，分明是故意不让老九几个人进来，我推测，那小姐有问题，怕被老板发现了端倪。

我问老板认不认得那小姐，老板摇头说："虽然便利店和巷子挨得很近，但我怕惹事，从来不接触里面的人，我只是在这儿开了一家便利店而已。"而且，当时，老板也是在烘手，低着头，他只是抬头扫了几个人一眼。

他发现，那个小姐戴着毛绒帽，跟老九几个人拉扯的时候，头也低着，老板没看清那个小姐长什么样，只是模模糊糊记下了老九几个人的模样。罗峰敲了敲桌子，威胁老板，让他不要说谎话。

老板马上慌了，说自己就是有一百个胆子，也不敢对罗峰说谎。罗峰又问老板记不记得那个小姐的声音，老板挠了挠头，有些恐慌，他觉得那些小姐说话的声音都嗲声嗲气的，一个样，没法认出来。

问不出什么，我们只好出了便利店，往巷子里面走。在巷子外面蹲着的几个小姐马上站了起来。我们这次来，罗峰只带了一个手下，在港区，敢动罗峰的人也没有几个。那几个小姐凑了上来，亲昵地挽住我们的手。

罗峰虽然在道上混，但是一身正气，甩开了。我倒是没有甩开，捏了捏那个小姐的脸，佯装欣喜地跟着她们走了进去。巷子很长，这一段路，我故意走得很慢。很快，我就和拉着的小姐攀谈上了。

她告诉我，这段时间，不知道是不是警方查得严，还是那些客人都太忙，来小巷子的人很少，店里不少姐妹都暂时离开了。也就是说，店里没有几个小姐了。走出小巷，这几个衣着暴露的女人拉开一道铁门，把我们往阴暗的楼道上带。

一开始，楼道还有些脏，但是上了二层之后，这里一下子就变得干净了。又推开一道门，里面装修得很不错，有几个小姐裹着浴巾从一些小房间里走出来。罗峰直言要见这里的头头。

大多数人还是认得罗峰的，很快，一个四十多岁的丰腴女人走了出来。她抽着烟，看见罗峰就暧昧地朝罗峰眨眼睛："峰哥，我们这里，你倒是头一次来，这里的小姐你随便叫，保证让你爽。"

我和罗峰在进来前已经商量过了，罗峰直接对这女人厉声说："我有几个弟兄来你这里玩过之后，不见了踪影。"

女人一听，慌了神，她称不知道发生了什么事。女人的神情，被我看得一清二楚，不像是装出来的。我掏出老九几个人的照片，问她认不认得这几个人。女人仔仔细细地看了几眼照片之后，摇头说："来这里的人实在太多了，我记不住。"

罗峰一听，指着冷冷清清的楼道："这像是人多的样子？"

女人有些委屈，说在早些天的时候，人还是很多的，但是不知道为什么，突然有一天开始，来这里的人就特别少了。至于为什么，女人也在查。我微微一怔，问女人是什么时候开始冷清的，女人想了想，给我说了个日期。

我发现，那个日期，正好是老九几个人到港区后的几天。

在我们的要求下，女人把所有小姐都叫了出来。我们一个一个地询问，结果没有人承认接待过老九四人，说不知道是不是其他人招待过。老九来这里的时候，这里的生意还很火爆，大家应接不暇，基本没有人会注意谁招待过什么人。

钱都是由小姐自己收的，但是小姐每个月都要给女老板缴纳固定的费用，女人就靠这种手段赚钱。这也和其他地方不太一样，女人说，这样就会让那些小姐勤奋拉客，拉得少，就缴不了固定的费用，就会被赶出去，拉得多，小姐自己还能存下很多钱。

这里的小姐已经所剩无几，女人说因为生意一下子凋零，她也没有办法强留那些小姐，否则万一闹了起来，对她也没有好处。

女人说等生意好了，那些女人就自然会回来。

女人给了我们一份名单，上面足足有二十多个女人的联系方式，这二十多个女人，就是暂时离开这里的人。我们在每个房间查了一下，没发现什么，但是，我在楼道口里发现了后门。

那是一个小楼的通道，出去之后也非常偏僻，但是铁门是上锁的。女人告诉我们，这是紧急通道，万一发生了什么事，大家会从这里逃走，钥匙只有她一个人有。自从在这里做生意以来，这道门就没开过，因为从来没发生过什么事。

听了女人的说法，我走到铁门前观察了一阵，锁并没有坏。我想了想，让女人把铁门打开，女人照做了。我们通过后门离开了这里。罗峰问我有没有看出什么来，我告诉罗峰，老九几个人的死，一定和这家野店有关系。

而且，嫌疑犯可能就在那些暂时离开野店的小姐当中。

野店突然之间变得冷清，一大群小姐暂时离开，可能是为了让我们查不出嫌疑犯来。在我的要求下，罗峰马上打了个电话，让他的手下去调查，这家野店究竟为什么会突然门庭冷落。同时，罗峰也让人盯着之前和我们交谈的那个女人。

老九四人来这里的时候，人还很多。大家都是来这里玩的，再加上这家野店的管理方式有些奇怪，的确没有人会注意老九几个人。老九几个人，一定是在这里出事了，否则他们不会接下来的几天都不联系我。

我怀疑，他们进了这家野店之后，就已经被限制自由了。如果排除整家野店都有问题的情况，那被限制自由的老九四人，不太可能是从小巷子离开的。后门很冷清，一个人都没有，他们很可能被嫌犯从这里带走了。

“那道门是上锁的。”罗峰对我说，“钥匙只有那个女人有，她有问题？”

“有没有问题，要再查，你派人盯紧一点。”我对罗峰说，“你不要忘了，肥基死在家里，但是门锁却没有坏，嫌犯可能有开锁的技能。”

罗峰点了点头。我们终于走出了偏僻的路段。

“如果老九几个人是从这里被带走的，那很可能被人看见，我要问问。”我说。

—— 第024章 ——

迷晕？离港

这也是一条巷子，巷子的一头是封死的，如果老九四个人是从这里被带出来的，那他们只有一条路可以走。巷子很窄，只能供人通过，这就排除了用车子把他们接走的可能性。

出了巷子之后，有一些零零散散的店铺，我们开始一家一家地询问。果然，我们在好几次的询问之后，终于发现了一些线索。有一个人说，在老九四人进野店的那天，看见有一个女人连续扶了好几个人出来，并把他们扶上了一辆在远处等候的车子。

我们详细询问起来，那人仔细地回想后说："大概一共扶了四个人出来，每次大约间隔十分钟。被扶着的四个男人，像是喝醉了，走路摇摇晃晃的，扶着他们的女人非常吃力。"因为这条巷子一般不走人，所以那人记得很清楚。

不过，这人当时也没有想太多，人们都隐隐约约知道巷子后头是什么地方。这个人的说法，马上就引起了我的重视，我的推测是正确的，看来老九四人在野店的时候，就已经被限制自由了。

带老九几个人走的女人很聪明，她利用老九四人好色的心理，把他们带进那家野店，之后可能用了某种药物迷晕他们，再佯装成他们喝醉的样子，扶他们出来。普通人不知道野店的后门一般是不打开的，这样就不会有人怀疑，全当他们是在里面玩高兴的人。

我让罗峰赶紧分别去查暂时离开野店的二十多个女人，犯罪嫌疑人应该就在里面。罗峰马上把那份名单和联系方式交给了他的手下。车子往酒店里开的时候，罗峰见我眉头紧锁，问我在想些什么。

我想了想，把心底的疑虑告诉了罗峰，我怀疑老九有问题。

老九四个人刚到港区没多久，就被引进了野店，当时正是白天，后来他们被迷晕带走了。但是，这和案发现场出租屋房主的说法有出入。那个房主说，当时是老九亲自找他拿钥匙的，时间是老九他们来港区的那个晚上。

照理说，当时老九也已经被迷晕了才对。出租屋的房主并没有说老九当时有什么古怪的，这样看来，老九又不像是被控制了。

"会不会是其他三个人被控制，凶手要挟老九去拿钥匙？"罗峰问我。

我马上摇头说："这四个人，不像你的兄弟那样肯出生入死，如果有人有机会可以逃走，肯定会选择逃走的。"

我又想起了老九在法医鉴定死亡时间之后给我报信的事情。

"难道真的有长得一模一样的人？"罗峰突然说了一句。

我放心不下，又让罗峰去替我详细调查一下，老九这个人是不是真的有什么同胞兄弟。之前，我已经算是比较彻底地调查过了，但为了保险起见，罗峰决定更加彻底地再调查一次。回到酒店的时候，陈凡正在我的房间外面来回踱步，他有些着急。

陈凡一见到我，马上说："玄一已经离开港区了。"

我一怔，问是什么时候的事情。

陈凡告诉我，我一吩咐他，他就立刻让警方去调查玄一这个人和他的去向了。终于，警方查到了玄一的出港记录，就在昨天夜里。陈凡给我说了具体的时间，我发现，玄一离开港区的时间，是给我打电话之后没多久。

我下意识地摸出了兜里的那个旧手镯，玄一在电话里对我说的每一句话，都萦绕在我的脑海。玄一和老道长一样，都太诡异了。这个手镯，我已经送到鉴定中心鉴定过了，上面没有发现任何人的指纹。

陈凡说："玄一离开港区，去了其他地区，因为警方没有证据，不能扣住他。"

罗峰听了，有些不耐烦地说道："警方办事，程序太多，要不要找人把他给抓起来？”

我摇了摇头：“盯住他就好。”

玄一的身份也调查出来了，他并不像老道长那样神秘到没有办法查身份。只是，陈凡在查出玄一的身份之后，倒吸了几口凉气。就如当初在三松观的信徒所说，在好几年前，三松观还在港区的最南部，只是一间名不见经传的小道观。

那个时候，三松观还没有老道长，一切事宜皆由玄一管理。

陈凡顿了顿，脸色有些难看。他告诉我，玄一本是港区南部某个小城镇里的普通居民，后来因为妻子突然暴毙，上山出家为道，原本没什么问题。可是陈凡却查出，那一切，都发生在五六十年前。

陈凡哆哆嗦嗦地对我说：“按照年龄推算，玄一现在已经有七八十岁了。”

我和罗峰都有些诧异。陈凡接着说，当初的三松观，就是因为玄一不老的传闻才慢慢出名的。当时，玄一不收任何徒弟，道观本身也不大，三松观上上下下就只有玄一一个道士，不管是扫地，还是招待香客，都由玄一一个人负责。

当地有不少居民想请玄一解签，指点迷津，但是玄一却从来不答应。慢慢的，开始有人说玄一是骗子，玄一也不反驳，终日只在道观里念经扫地。三松观的门也随时开着，供香客上山，自行烧香拜仙。

这一晃几十年过去了，当大家真正发现玄一不会老的时候，对玄一的怀疑才彻底消散。上山的人越来越多，小小的道观容不下那么多人。从十几年前的某一天起，上山的居民突然发现，三松观里没有玄一的踪影了。

玄一这一失踪，就是好几年的时间。再后来，港区突然出现了一个更大的三松观，有人发现，失踪已久的玄一又出现了，而且还和神秘莫测的老道长是同门师兄弟。而玄一自己，几十年如一日，依旧没有老去的痕迹。

“真玄。”罗峰听了，骂了一声，“这个道士，我得盯紧点。”

我们都还站在酒店的过道上。我算了一下日子，来港区也有一段时间了。我心里总是充满着不安，我想了想，告诉陈凡和罗峰：“我们必须尽快破案，然后离开港区。”

对此，罗峰并不在意，他只是摆了摆手：“港区是我的地盘，你们想待多久就待多久，不会出事。”

我没有回答罗峰，回房去了。

第二天天一亮，我们就分头行动了。我发现，云高的手段起了作用，媒体开始见风使舵，传出所谓的捉鬼大师云清是个招摇撞骗的人，用了某种手段制造出鬼叫餐的案子，从中讹诈钱财。

不出我所料，警方把案件调查的重点放在了讯问云清身上。陈凡告诉我，云清自从认罪之后，就一句话不说，这让警方非常头痛。舆论压力有些大，警方一直想着如何迅速地破案。

只是，云清迟迟不肯供述自己的犯罪手法，案子没有办法彻底了结。

我一声冷笑，云清不是不肯说，而是恐怕连她自己都不知道鬼叫餐的案子是怎么回事，因为她不是凶手。傍晚的时候，罗峰给我传回了消息，他已经派人去调查暂时离开野店的那二十多个女人。

野店没有了生意，她们有的到了其他地方接客，有的则去了酒吧工作。

而她们每一个人，都称自己没有见过老九四人。

罗峰的效率还是很高的，他向我保证，他已经再次非常详细地摸过底了，老九绝对没有什么同胞兄弟。

至于离开港区的玄一，罗峰暂时没有找到他的踪迹。

陈凡和罗峰都问我接下来有什么打算。我想了想，说："必须想办法让云清翻供，我担心警方没了耐心，会直接草草结案。"

云清翻供，我们才有更多的时间追查真正的凶手。这起案子非常复杂，不仅案子本身诡异，而且突发事件也不断，每当我做好接下来的计划，就会马上被打乱。

我让陈凡和罗峰完成自己手头上的任务，我则继续把重点放在云高和云清的身上。虽然已经推测出云高可能也不是凶手，但是我始终认为，云清认罪与三松观和她的哥哥有关系。

趁着天还没有黑，我去了一趟云清曾经上学的学校。我找陈凡替我弄了一个证明，很轻松地就进了学校。这所学校是小学和中学混合管理的，一进学校，我就看到了各个年龄段的学生。

当初，云清就是差点儿把这所学校给烧掉，我总觉得，这其中可能有什么隐情。

带着陈凡给我准备的证明，我很容易就见到了校长，在办公室里的，还有当初云清的几个老师。

他们以为我是警察，所以都对我很客气，我问起话来，也没有什么阻碍。

不管是校长还是云清的老师，都说云清是个坏学生，不仅学习成绩差，而且脾气也不好。但很快，我发现有一个女老师低头不语，看她的样子，似乎不是很赞同其他人对云清的评价。

—— 第025章 ——

女教师，不干净

我仔细观察着那个女教师的表情，但我没有直接问她话。其他人还在你一言我一语地说着，在他们眼里，云清就是一个彻头彻尾的坏学生。云清认罪的消息，已经通过云高传遍了各大媒体，云清的老师和校长也已经听说了。

他们已经完全把云清的坏形象和杀人犯等同了。我站了起来，道过谢之后，转身走了出去。但是，我没有马上离开学校，等那名和其他人反应不一样的女教师出来之后，我叫住了她。

她有些紧张，似乎怕我问她什么。

“你认为云清不是一个坏人，不可能是杀人犯，对吗？”我问女教师。

女教师犹豫了很久，最终点了点头。她把我带到了她的办公室，正是上课的时间，其他人都去上课了。女教师给我倒了杯水之后，坐了下来，等着我问话。

我问：“为什么觉得云清不是一个坏学生？”

所有和云清认识的人，都知道云清的坏形象，他们对云清的评价，也几乎一模一样。女教师想了很久，说了一句：“她很乖。”

我微微一愣，目光在女教师的办公桌上瞟过，我看到了几本化学教材。我猛地明白了过来：“大火，和化学有关系！”

一瞬间，云清作法时候的模样，也闪现在我的脑海里。蜡烛会在没有风的情况下突然全部同时熄灭，也一定是云清通过化学手段，在烛芯上做了手脚。

果然，女教师回答了我的问题，我的推测是正确的。女教师告诉我，所有人都认为云清是一个坏学生，功课也非常差，但只有女教师知道云清在想些什么。云清，的确对其他功课不感兴趣，但是却对化学情有独钟。

女教师还记得，云清几乎每门功课的成绩都是个位数，但那一次，云清的化学却拿到了满分。女教师非常诧异，但很快，关于云清作弊的传闻席卷而来，没有人相信云清会拿到一门功课的满分。

女教师记得很清楚，那一天，厉老先生也被叫进了学校。厉老先生大发雷霆，云清直接把那张满分的卷子撕了，夺门而出。从那之后，云清所有的考试，都交了白卷。云清也因为那件事，受尽了大家鄙夷的目光。

女教师发现，云清只有在上化学课的时候非常认真，而且，好几次云清都偷偷地在化学实验室外，透过窗子看里面的动静。有一次，女教师叫住云清后拍了拍她的肩膀，女教师原本以为云清会直接离开。

可是，云清咬了咬嘴唇，像做了什么重大决定一样，对女教师鞠躬，说想进实验室。云清的语气诚恳，非常有礼貌，根本不像平日里大家传言的那样。女教师已经观察云清很长一段时间了，按照规定，当时云清是不能进实验室的。

但是女教师同意了。从那天起，女教师经常会在实验室空着的时候，偷偷带云清进去。女教师惊讶地发现，云清考试根本就没有作弊，因为云清对一些基础化学知识非常了解，应付一场简单的考试，根本不成问题。

云清简直就是一个化学天才，女教师从来没有见过那么有天赋的学生。她们相处了很长一段时间，云清请求女教师不要事情告诉任何人，女教师答应了。女教师告诉我，如果在当时云清有什么可以交心的人，在学校里，只有她了。

云清再怎么叛逆，也只是一个小女孩，好几次，云清都对女教师哭诉。女教师也知道了云清叛逆的原因，厉老先生重男轻女，有时候会对云清大打出手。因为云清的性格，她不希望照着厉老先生给她安排的路走，厉老先生越是安排，云清就越是反抗。

女教师说到这里，叹了口气："也是一个可怜的孩子，脑子很聪明，我不相信她会杀人。"

"那场大火是怎么回事？"我问。

女教师说，一段时间之后，她能教云清的都教了，她没有每次都陪云清在实验室里。大火发生的那天，云清好像正在实验室里做什么试验，结果把实验室烧了，大火迅速蔓延，差点儿把整栋大楼都给烧了。

大火发生之后，云清独自把事情揽了下来，没有连累女教师。云清很快就被学校开除了，之后怎么样，女教师就不知道了，因为她再也没有见过云清。女教师有些懊悔，说当初应该大胆一点儿，替云清说情。

“云清还对你说过什么吗？”我问。

女教师摇了摇头：“她只跟我说过，她跟她的哥哥很好，其他就什么都没有说过。”

女教师的话，让我的心沉了下来。尽管之前一直推测过，但都没有证实。看来，云清和云高的关系，的确是他们同时在三松观的那几个月里发生改变的。没有再问出什么，我离开了学校。

通过陈凡，我又见了云清一次。云清依然没有拒绝，但是警局里的人说，云高好几次来警局想见云清，但是云清都不肯见他。云清和我见面的地点，和之前一样，云清问我查出了什么。

我意味深长地笑了笑，问云清：“你就这么怕我查到你哥哥身上吗？”

云清咬了咬牙：“鬼叫餐的案子，和他绝对没有关系。”

我依旧玩味地笑着：“你知道凶手是谁？”

云清摇了摇头：“我不知道，但是凶手绝对不是他，他不会杀人。”云清算是当着我的面，承认她是在做假的有罪供述了。

我站了起来，就和上次一样，居高临下地盯着云清。我问云清：“你知不知道，云高已经把你认罪的事情传了出去。现在整个港区的舆论都在声讨你，警方已经有些扛不住舆论的压力了。”

我从云清的嘴角，观察到了一抹苦涩。但是她深吸了一口气，摇了摇头：“我不想知道，求你，不要再查下去了。”

“其实我也知道他不是凶手，但是凶手应该和他有关系。我会查出来的。”我对云清说。

云清再次警告我：“如果你再查下去，不马上离开港区，你很快就会没命。”

云清知道的绝对不少，但是她不肯说。

“利用化学的手段作法骗人，挺高明的。我很想知道，你为什么要放火烧了止步门。”我问云清。

云清一共造成过两次大火：一次在学校，一次在三松观。学校那次是云清做化学实验不小心烧起来的。但在三松观内，就算云清想要偷偷做实验，也不可能待在止步门里面，那里有人把守，除了老道长没人能进。

那把火，绝对是云清故意放的。

云清的肩膀突然有些颤抖：“你不是警察，你到底是谁，为什么什么都能查出来？”

云清的问题，值得深思。

云清知道我的名字，还让我离开港区，她应该认识我才对，可是她这个问题却表明她不认识我。我没有回答云清的问题，还有一件事我想不明白，那就是为什么让云清替他们作法的人会看见鬼。

而且，所谓不干净的东西，我也连续看到了两次，一次是鬼脸，一次是在酒店的房间内。

云清似乎开始发现我正在套她的话，马上闭口不言了。

从警局里出来的时候，罗峰正在外面抽着烟等我。我一出来，罗峰就说他已经查到那家野店为什么突然那样冷清了。我一怔，马上问为什么，罗峰告诉我，是因为经常去那家野店的人，突然听到了一个传言，说野店不干净。

我饶有兴致地问罗峰这个不干净是指什么。

罗峰摇了摇头，说：“去那家野店的人，一般都小有名气。他们想偷腥，但又怕身败名裂，那家野店给他们提供了机会。正因如此，去野店的一般都不是普通民众，至少都是有点小钱的。”他接着说，“能把这个传闻传到这些人耳朵里的，也不会是普通人，再不济，也和那些人是同一个层次的。否则，根本没有办法接触他们，更不要说传消息了。”

罗峰偷偷派人接触了那些人，有的人说那家野店的小姐不干净，也有人说，那家野店里有脏东西。

不管不干净指的什么，都很容易让人望而却步。

不管是谁，都不想因为偷腥染上什么病。

无风不起浪，我对罗峰说的第二个可能很感兴趣。罗峰进一步解释说，有人说在晚上去那家野店的时候，总觉得有一双眼睛在盯着他们看。更有甚者，有的人在办事的时候，突然看见柜子里有一双眼睛。

那些人被吓得想要去开柜子，但是野店的小姐却极力阻止，还表现得神神道道的，这更让那些人吓破了胆。

我看了看手表，天已经暗下来了。

我邪邪一笑："原来那地方这么有意思，看来，我们必须得再去一次了。"

—— 第026章 ——

小眉，眼睛

罗峰也没有拒绝，我们到那条小巷子的时候，夜已经深了，巷子边上的便利店也关了门。

巷子里一片漆黑，白天蹲在巷子外面抽烟拉客的小姐，现在也一个不剩了。我和罗峰朝里面走去，巷子太黑了。罗峰的一个手下说，以前这里晚上是有灯的，但是自从野店变得冷清起来之后，外面的灯也不亮了，这都有一段时间了。

没有灯的巷子，几乎是伸手不见五指，天气又冷。罗峰的手下打听过了，说这里不干净的那些人，曾经在离开这条小巷子的时候看到了脏东西。罗峰一听，不屑地一笑："如果真的有脏东西，那就出来让我们瞧瞧。"

他的话音刚落，巷子里突然就有了动静。我猛地回头，巷子的墙头，有什么东西在动着。罗峰的手下有些害怕了，如果不是有我和罗峰在，他或许已经失声尖叫。那东西距离我们有些远，看不清是什么。

但是，看那摆动着的影子轮廓，好像是一只只手从墙的那头伸出来。罗峰啐了一口："我就不信邪了！"

说着，他朝着那个影子大步地走了过去。很快，他已经到了那影子周围，伸手抓住了那影子。

"树枝而已。"罗峰突然笑着对我们说。

我们也都走了过去，月光使我们终于能稍微看清巷子里的路了。罗峰的手，的确正握着树枝，仔细一看，巷子的墙头，正有一棵树的枝丫是伸出来的。我皱着眉头，仔细观察了一下。

野店在二层，树就在墙里面，墙的那一头，应该是一个小院子。罗峰把手缩了回来，他正要带我们继续往里面走，可是没走几步，他突然止住了脚步。他猛地回过头，有些震惊地说了一句："刚刚没有风，树枝怎么会动得那么厉害？"

我早就发现了，所以才观察墙那头的地理位置。

"有人在里面摇树，装神弄鬼。"我回答。

罗峰有些发怒了，他挽起袖子，大步地朝里面走，非要把装神弄鬼的人找出来。罗峰进了楼道，幽暗的楼道散发着腐烂的味道，我跟在罗峰的后面，没让罗峰的手下跟进来。

罗峰捂着鼻子说："这里怎么比之前还臭？"

我点了点头，在墙上摸索了几下，打开了楼道里的灯。终于，我发现那腐烂的臭味是从那里散发出来的。楼道口的角落里，堆积着不少生肉，那些肉都已经腐烂了。

看样子，肉不少，起码也有十几斤那么重。

我忍着恶心，蹲下了身。罗峰不知道想起了什么，他脸色有些难看地问我："这不是人肉吧？"

我仔仔细细地观察着这些肉，它们都已经被剁碎了，全就是碎肉，而且已经腐烂了，根本没有办法直接用肉眼分辨出是什么肉。在巷子里活动的，也只有野店里的人了，再怎么说，这楼道都算是野店的门面，她们不可能随意地把碎肉扔在这里。

我和罗峰都感觉出了问题，突然之间，楼道里传来了脚步声，那声音一开始很轻，但慢慢的脚步声越来越大。我和罗峰还没有回头的时候，那脚步声停了下来。我能感觉到，有人停在了楼道的拐角处。

甚至于，我似乎能感觉到有一双眼睛正盯着我们看。

我和罗峰都转过头，对视一眼，几乎是在同一个时间，我们猛地转身，朝着楼道的拐角处快速跑去。与此同时，那脚步声再一次响了起来，听那声音，像是皮鞋的声音。可是，当我和罗峰跑到楼道拐角处的时候，只看见一片漆黑，脚步声也随之消失了。

罗峰压低了声音："怎么回事？这地方怪怪的。"

我知道罗峰说的话是什么意思，看来，关于野店不干净的传闻是真的。但是，我和罗峰都不信这些，我们知道，肯定是有人在玩儿什么花样，我们就是要把那个人揪出来的。

但是罗峰说得不错，这家野店，今夜的确有些古怪：太安静了，安静得吓人，就好像是所有人都死光了一样。

据罗峰的手下调查，虽然野店变得冷清，但也不是完全没人来。不敢再来的，只是之前那些常来的人而已，但是野店里的小姐会自己出去拉一些客人。今天晚上，还没到普通店铺打烊的时间，这里却陷入了一片死寂。

这让人有些慌。我和罗峰小心翼翼地朝上面走去，罗峰还叫了几声，可是他的声音在楼道里回荡一会儿之后，又消散在一片沉寂之中。我一边往上走，一边在墙壁上摸索开关，但这一次，我却没有再找到电灯的开关了。

最后，我和罗峰只能各自拿出手提电话，借着电话上微弱的蓝光继续走。我们已经到了二层，这里我们来过了，可是，和当时不一样的是，这里一个人都没有。二层一进门，就是一间看似普通的客厅，客厅里简单地摆放着桌子和椅子，墙上的时钟、秒针每跳动一下，都要发出一声轻轻的声响。

而过了客厅，是一条长长的走廊，走廊两端是一间又一间屋子，这是给小姐接客用的。罗峰走过去，一间一间地推开，每一个房间都没有上锁，进去之后，他在墙壁上摸索几下，找到了开关。可是，不管他怎么按，灯就是不亮。

这里，好像真的一个人都不剩了。

当我们推开最后一道门的时候，房间里，竟然站着一道身影，直挺挺地站着，一动不动。门推开的一刹那，罗峰本能地被吓了一跳，喝了一声："刚刚的脚步声是你发出来的？"

我观察着这道黑影，身后是一扇窗子，幽森的月光透过窗子洒了进来。这是个女人，头发很长，一直披到腰间。但是由于太黑，我没能看见她的脸。一开始，女人并没有应声，等罗峰大步踏进去的时候，女人才终于出声了。

女人的声音很细，听语气，有些惊恐。

她反问罗峰什么脚步声，罗峰一把抓住女人的手，让她不要再装蒜。没想到，女人竟然嘤嘤地哭了起来。罗峰冷笑了两声："这里只有你一个人，脚步声不是你发出来的，是谁发出来的？"

女人哭得更厉害了，她说她只是留在这里看野店而已。

我让罗峰松手，罗峰这才甩开了女人的手。详细问起来，女人才说今天傍晚的时候，这里的电全部断了，电工来修了一个下午都没有修好。没有电，这里也没法再做生意了，女老板想着反正本来来的人也没几个，干脆带着这里所剩无几的小姐出去打麻将了，留她一个人在这里看着。

女人告诉我们，她叫小眉。

外面的月光暗了下来，月亮似乎又进到了云里去，我们几乎要看不清小眉在哪里了。小眉替我们点了根蜡烛，我们终于看清小眉长什么样子了。她的头发又黑又直，皮肤很白，长得很清秀。

"楼道口那里的腐肉是什么？"我问。

小眉摇了摇头："谁知道呢，突然有人扔在了那里，没通电，我们也没整理。"

她问我们是不是来玩的，我说是，小眉把身上的外套脱了。她坐到床边，没再说话。我转过身，朝罗峰使了个眼色，罗峰很快就明白了过来，走出去并把门带上了。

这个小眉有些奇怪，我想趁机试探一下，顺便问问这家野店的情况。门彻底关上前，罗峰还朝我做了个动作，示意我他再去外面查查看。

回过头，小眉就坐在床边，我走到她身边，什么话都没有说，小眉就拉住了我的手。她的动作有些生涩，根本就不像是一个小姐。我发现问题之后，试探性地笑了一句："你刚做这一行？"

小眉点了点头："你不脱衣服？"

"先聊会儿天。"我说。

没想到小眉竟然直接站了起来，一下把我推倒在了床上。在我的注视下，小眉开始解自己身上的衣服了。我坐起来，小眉再一次把我推倒在床上，她坐到我的身上，笑了一声："聊天有什么好玩的。"

小眉银铃般的笑声在我的耳边响着，这个样子，和她刚刚生涩的样子完全不一样。我越发地觉得这个小眉有些古怪了，我下定决心要试探她，于是邪邪一笑，翻身把小眉压在了身下：“那玩点别的。”

果然，我发现小眉的脸色有些变了。

但很快，我听到了一些动静。

我一扭头，发现房间的木门下方破了一条细缝，房间里的烛光，让我看见细缝外面，正贴着一只眼睛……

—— 第027章 ——

没有这个人

我一下子从床上坐了起来，但是我起来的时候，小眉却一把将我拉住了。

她笑了起来，看到她的笑容，我心里突然升起了异样的感觉。我觉得她很熟悉，仿佛在哪里见过一样。小眉笑的时候，一点儿都不妖艳，反而让我觉得她很干净。

小眉的身体微微上扬，她在我的耳边轻轻说了一句："不要走。"

听到这三个字的时候，我的心里莫名地难过，但是，我立刻恢复了理智，猛地推开了她。我的动作带起了一阵风，烛火瞬间被熄灭，房间里又陷入一片漆黑。

我立刻把门打开，借着从窗子透进来的月光，发现门外空空如也。我叫了罗峰几声，罗峰很快答应了我，朝我跑过来，问我怎么了。我把门外那只眼睛的事情跟他说了一遍，罗峰咒骂一声，立刻和我开始找了起来。

我看见鬼眼的时候，罗峰正在楼上，这里一共就三层，楼上是个露天的天台。罗峰告诉我，上面什么问题都没有。我和罗峰先是下了一层，罗峰的手下就守在这里，他说没有任何人从这里经过。

罗峰让他继续守着，我们又上了三层。一出楼道，冷风就像刀子割在脸上一样朝我们吹来，天台不大，空荡荡的。我们一眼就看清楚了，这里什么人都没有，走到天台边上，终于，我看清了这里的地形分布。

这地方太奇怪了。这三层楼的野店边上是没有房子的，但是却有围墙把这栋楼围起来，围出了一个院子来。我们之前看到那没有风在抖动的树木，就是从那院子里伸出来的。院子的围墙和野店对面民房的墙，组成了一条巷子，也就是我们进来的那条巷子。

这并不奇怪，奇怪的是，我们发现没有通道可以通向那个院子。

野店一共有两个进出口：其中一个就是我们刚刚进来的那条巷子，从楼道上来，直接就是二层了，一层看似是被墙封死的；另外一个就是那道被上了锁的楼道，之前女老板还说那道门从来就没有开过。我们已调查出来，老九等人被迷晕后，就是从那里被一个一个扶着离开的。

罗峰说他上来的时候就发现了，还没来得及跟我说。

院子的围墙也是封死的，也就是说，那个院子竟然是密闭的。罗峰已经在野店二层找过了，的确没有哪里是可以通向一楼院子的。

一般而言，不会有这么奇怪的建筑。我看向那个院子，院子里的树有不少，我隐隐约约看到，那里似乎有一个很小的窝，看上去像狗窝。杂草已经长得很高了，突然之间，罗峰指着一个地方说："草在动！"

我定睛一看，果然，好像有什么东西在草丛里爬着。我立刻转身下楼，找了一下，果然，没有任何通道可以通向一层的院子。我又跑到了那条小巷子里，罗峰的手下不知道去了哪里，罗峰叫了他几声，他没有出现。

罗峰有些着急了，他跑出巷子，结果发现他的手下正躲在便利店前头。他的手下一看罗峰，就恐慌地说刚刚围墙里面的树又剧烈地摇晃了起来，而且还听到了有人在哭。罗峰的手下被吓得很惨。

"这个院子里，到底有什么？"罗峰的脸沉了下来。

"你们等着我，我进去看看。"我对罗峰说。

罗峰和我一起出了便利店，我抬头看了看，巷子边的围墙大约有两米高。我跳了起来，抓住围墙的时候，我的手心一阵刺痛，由于天太黑，我没发现围墙上还粘着碎玻璃，我的手流血了。我正要继续往上攀，突然有人叫住了我们。

我转头一看，竟然是野店的女老板带着那些小姐回来了。我暂时松手，跳了下来。听女老板的声音，本来还有些生气，但看清是我和罗峰之后，女老板马上又变得谄媚了起来，她朝我们抛媚眼，问我们怎么又来了。

"你们干什么去了？"我直接问。

女老板的回答和小眉说的差不多，说是带大家出去打麻将了。很快，女老板也问我们来这里干什么，我笑笑说来这里玩。

女老板似乎有些不相信，她问了一句："来玩还需要翻墙？"

罗峰不高兴了，他沉了声音："说得好听叫你一声老板，说得不好听，就是老鸨，我们来干什么，还需要你多问吗？"

女老板也不乐意了："峰哥，我们这里虽然这两天人少了点，但我的朋友还是很多的。我这地方，也不是你说乱来就乱来的。"

我已经明显发现女老板的强硬了，而强硬的原因，就是因为看我翻这道墙。女老板显然是一个不愿意轻易得罪人的女人，可是此时，她却为了荒芜的院子得罪罗峰，这让我更加肯定，这院子有问题。

罗峰冷笑一声："来你这儿的都是什么货色我很清楚，我罗峰虽然不敢说谁都不怕，但是来你这破地方的人全加在一起，也没法让我眨下眼睛。"

罗峰的厉害，女老板清楚得很，她已经有些想要退缩了，但似乎又有些下不了台。

我问女老板："为什么留小眉一个人待在这里？"

女老板怪异地盯着我，她身后的那几个小姐，也全都盯着我。女老板问了我一句："什么小眉？"

罗峰的脾气已经上来了，他又是冷哼一声："别给我装神弄鬼！"

女老板欲哭无泪："峰哥，你到底在说什么？"

看她的样子，好像真的有些莫名其妙，罗峰只好耐着性子，把刚刚我们见到小眉的事情说了一遍。

这下，女老板和她身后的那些小姐都脸色大变。女老板告诉我们，这家野店，根本就没有小眉这个人。

我吃了一惊，马上转身往回跑，楼道处那发臭的腐肉还堆积在那里。女老板跟着我们跑上来的时候，嘴里又喊着："谁把这些恶心的东西丢在这里？"

我跑回了那间房间，小眉早就不在房间里了。罗峰问他的手下，有没有看见女人跑出去，罗峰的手下哆哆嗦嗦地摇了摇头。

我俯身到床上看了一下，床非常整齐，就连一个褶子都没有。

“峰哥，你们该不会，见鬼了吧？”女老板问了一句，她问出口的一刹那，那些小姐全部倒吸了一口凉气。

罗峰恼了，他让手下马上带人到附近找一找，别让任何可疑的人离开。

我向女老板再三确认，女老板非常明确地告诉我，这里根本就没有叫小眉的人。而且，野店里的每一个小姐，头发最长的也才到肩而已，根本就没有头发披到腰际的。女老板声称，她走的时候带走了所有的小姐，已经不准备做生意了，她没有留任何人。

我越听越觉得背脊发凉，我在想，那个叫小眉的女人究竟是谁。现在再想起来，小眉嘴角的弧度，还有她苍白的脸色，似乎有些瘆人。一个来历不明的女人，谎称自己是小姐，刚刚还紧紧地抱着我，重要的是，我竟然觉得她有些熟悉，仿佛在哪里见过。

我盯着女老板和那些小姐，看女老板的样子不像是说谎，其他小姐都很害怕的样子，一个个交头接耳，仔细一听，她们都在说我见鬼了。我来回走了几步，坐到了床沿上，蜡烛还放在桌子上，我掏出打火机，把蜡烛重新点燃了。

我跷着腿，在床上找到了一根头发，那头发太长了，拉开近乎有一米长。我笑了笑，质问女老板：“你不是说这里没有头发过肩的女人吗？这头发怎么回事？”

女老板的脸色马上变了，她犹豫了一会儿，低声对我们说：“峰哥，这位大哥，你们赶紧走吧，有个大师说，这里不干净。”

罗峰也笑了：“这里突然生意变得不好，就是因为这个传闻，你为什么还说不知道？”

女老板也是一脸委屈，她说这里不干净的说法，是野店刚被建立起来时一个大师说的。女老板也信风水，按照那个大师的说法改建了一下这个地方，围出了一个院子来，据那个大师说，这是聚阴。

之后，这里一直平安无事，女老板也逐渐忘了这件事。

直到最近，野店闹鬼的传闻越来越厉害了，不仅客人看到了，就连野店里的小姐也看到了。

“是一只眼睛吧，刚刚我也看到了。”我冷静地说，“那个大师是谁？”

“是玄一道长。”女老板回答。

—— 第028章 ——

聚阴的院子

女老板的话，让我非常吃惊，又有一件诡异的事情，和玄一扯上了关系。一切，都从我让老九几个人来港区找人开始。一开始，虽然心里古怪，但我还是觉得查完鬼叫餐的案子，或许就能结束一切。

但是，诡异的鬼叫餐案非但没有查清楚，诡异的事情还一桩接一桩。而接踵而来的事件，好像都是冲着我来的，这绝对不是巧合。我和罗峰对视一眼，我们都从彼此的眼神中，看到了一抹忧虑。

女老板也不再遮遮掩掩了，她说，这家野店已经建了很久，女老板就是看中了这里偏僻的位置。女老板还是比较在意风水的，所以她特地请人看了看。

让女老板没想到的是，玄一竟然自己找上了门。女老板也去三松观上烧过香，她自然认得玄一。对于玄一不老的传言，女老板也是信得不得了。玄一告诉女老板，这个位置位于阴阳交界的地方，阴是极阴，阳也是纯阳，在这里做生意，要么就是生意兴隆，要么就是门庭冷落，甚至噩运缠身。

当时，女老板一听就害怕了，她直接就打消了要在这里做生意的念头，但是玄一的话，又让女老板重新拾起了这个念头来。玄一说可以在这里作上一道法，然后再利用阴阳五行建一个封闭的院子聚阴，这样一来，保证女老板能生意兴隆。

女老板动心了，传言玄一道长的法力非常高，女老板深信不疑。女老板唯一疑惑的是，玄一似乎知道女老板要做的是什么生意，他为什么还要帮助她？女老板也隐晦地问过玄一，玄一对此的回答是八个字："人各有途，无所卑微。"

玄一的回答很玄乎，但是却让懵懂的女老板放下了心。之后，玄一果然在这儿作了一次法，而且还亲自请人按照他给出的设计图，围出了一个院子来，还把野店的一层给封死了，这使得野店里没有通道可以通向那完全密闭的院子里。

而且，玄一还交代过，让他们不要到那院子里，说那是聚阴所用，阴气太重，一旦人进去，恶鬼缠身，必死无疑。之前女老板态度强硬，就是因为我准备往里面爬，她怕出事担责任。

罗峰听了女老板说的，也坐到了床边，笑了两声，说："这玄一真够玄的，这野店都和他有关系。"

我想了想，故意带着威胁的语气又问了一遍："你们确认这里没有小眉这个人？如果让我知道你们谁撒谎，我会把你们的衣服全扒光，挂到街上去。"

女老板肯定地说道："我们哪里敢骗你们啊，这里真的没什么小眉，你们恐怕是见了不干净的东西了。看来，我得去一趟三松观，把玄一道长请下来。"

我又问她们，还有谁见过这里不干净的东西，不少小姐都站了出来。

事发之后，大家都想起当初玄一说的，一个个都吓得不行。女老板害怕事情传开，让小姐们都强装镇定，把事情给压下来。一开始，还只是一两次，再后来，事情变得更加严重了。

女老板想起当初玄一说的，也不敢深究，她只让那些小姐不要说出去，准备抽出空来，去一趟三松观。但没想到的是，一夜之间，野店一下子就冷清了下来。

罗峰问女老板，说这都好几天了，为什么她还没有去找玄一。女老板回答说："大概是一个月前，玄一道长来过这里，那时候还没出事。玄一道长却说，已经非常重了，恐怕不久后要出事。"

女老板非常惊慌，问玄一怎么办，玄一让女老板把人都撤走了，他自己在里面待了一天，也不让人靠近。女老板和那些小姐，都被人赶到了非常远的地方干坐了一天，直到夜深人静的时候，玄一才手拿拂尘走了出来。

玄一说，阴气已经被他镇压住了。玄一还告诉女老板，或许过一段时间这里还会出事，他让女老板不要着急，说是该出现的时候，他自然会出现。正是因为玄一的这句话，女老板才一直等着玄一，没有着急去三松观。

但是今晚的事情和最近的传闻，已经彻底让女老板按捺不住了。

“也就是说，一切诡异的事情，都是在一个月前玄一又来这里一次之后发生的，对吧？”

我问女老板，女老板想了想：“确实是那么一回事。”

我站了起来，这个时候罗峰的手下回来了，已经叫了更多的帮手，可是却没在附近发现任何可疑的人。

小眉故意装神弄鬼，此刻恐怕早就已经远远离开这里了。

我下意识地往身上一摸，我惊住了，因为，我身上的手镯不见了。自从在三松观小径上发现那个奇怪的手镯之后，我就一直把它带在身上。特别是玄一打电话的时候对我提起这个手镯之后，我就对它更加在意了。

我很确定，手镯是被小眉拿走了，因为就在不久前，小眉和我近过身。

我紧皱着眉头，罗峰问我怎么了，我对他一笑：“应该又遇上一个诡异的人了，她是冲我来的。”

罗峰很紧张地问：“和那件事有关？”

回忆，一下子又在脑海里闪现，但马上，我微微一笑：“不知道。”

罗峰一副无法理解的表情：“你怎么还笑得出来？”

我耸了耸肩，反问：“难道我要哭吗？”

罗峰不知道怎么回答我，我转过身对女老板说，我要到那院子里看一看。女老板的脸色马上就变了，她哀求我不要乱来，还说我进去肯定会出事。对于女老板的哀求，我无动于衷，罗峰的手下凶神恶煞的，女老板也不敢阻拦我们。

我们一群人，又到了巷子里去。我手心的血已经止住了，罗峰的手下给我准备了一双手套，罗峰准备和我一起进去，我怕外面也会出事，所以就让他留在外面了。我很轻松地就翻过了墙。

进到院子的时候，我明显感觉到，这个院子的空气有些潮湿。

南方的冬季，树木不会凋零得太厉害，这个院子里就有很多树。我第一时间走到了那个小窝前面，刚刚从天台往下看，感觉这是个狗窝，但现在观察了一下，这绝对不是狗窝。这个小窝是用砖块堆砌起来的，有一个方形的口子，我看了一下，口子的长和宽，大概都有半米，足够一个人爬进去。

进来的时候，我带了手电筒，手电筒的光束打进了这个小窝。我发现，里面很宽敞，而且，我还在里面发现了一条厚厚的被褥，那被褥本来是白色的，但是现在看上去，已经脏得发黑了。

这并不让我吃惊，让我震惊的是，这个小窝里竟然有很多腐肉，腐肉散发着臭味。仔细观察，这腐肉和外面楼道里的是一样的，只不过，这小窝里的腐肉没剩多少了而已。

再次看到那腐肉，我还是分不清肉种。我想起了罗峰之前问的那个问题，在诡异的地方看到腐肉，总能让人轻易地联想到人肉。我马上站了起来，这个小窝，似乎表明有谁在这里居住。

我马上绕着这个院子走动了起来，树木都不高，但是却很密。我抬头，几乎整个院子都要被这树给填满了，从天台往下看，大部分视线都会被树叶和枝丫遮挡住。而树下，到处都是杂草，最高的，几乎都要漫过我的腰部了。

我四处打量着，周围一点儿动静都没有，但我坚信这里面有人，至少之前是有的。因为没有风的时候，延伸出围墙的树动了，在天台的时候，这底下的杂草也动了。我慢慢地在院子里走了起来。

我的脚步声很轻，这种感觉太奇怪了，我总觉得，就在某一个黑暗的角落，有人在盯着我看。我手里的手电筒左右摆动着，光束几乎把院子里每一个角落都给照了一遍，但是没有发现任何人。

就在我准备放弃，想要翻出墙的时候，我突然听到了一阵笑声。

那声音，是女人的，又尖又细，本不是什么恐怖的笑声，可是在这院子里听到，我突然觉得头皮发麻。我迅速地在院子里搜索了起来，那幽森的笑声还在继续，很快，我发现一片草丛动了起来。

有东西，在那里爬动！

我大步走了过去，可是，我才刚走了两步，一个头伸了出来……

—— 第029章 ——

捉“鬼”

突如其来的一幕，让我全身的寒毛都立了起来，并不是害怕，而是一种本能的警惕。那颗人头，是从院子角落里的杂草丛中慢慢升起来的。距离有些远，但我确定，那绝对是一颗人头。

我已经止住了脚步，死死地盯着那颗人头，高高的杂草把人头下方的空间全部遮挡住了，远远看过去，那颗人头好像是凭空悬在那里的。阴森的笑声只停了几秒，马上，那让人头皮发麻的声音又一次响了起来。

这声音给我的感觉依旧，本不是什么恐怖的声音，但是在这样的场景下听到，总是让人不寒而栗。我咬了咬牙，走了上去。

我听到了罗峰在外面叫我的声音，我没有回答，就在我马上要靠近那颗人头的时候，人头突然又消失了。等我反应过来才明白，那颗人头已经钻进了高高的杂草丛里，我大步地跑到我看见人头的地方，但那里已经空空如也了。

我冷笑一声：“立刻滚出来，我最讨厌别人装神弄鬼。”

我的话音刚落，草丛开始动了起来，那东西移动的速度非常快，如果不是刚刚看到了一颗人头，我或许会以为有什么大型的蛇类动物在草丛里爬行。

我目不转睛地盯着草丛的动静，正准备往前走，一只手用力地搭在了我的肩膀上。我几乎是毫不犹豫地转身挥出一拳，但那拳头被对方挡下来了。我看清楚了，是罗峰，他不知道什么时候也进来了。

罗峰没有说太多，他也发现了草丛里的动静，他挽起了袖子问我草丛里是什么，我回答：“一颗人头。”

罗峰微微一愣：“没看错？”

我摇了摇头，说我确实只看到了一颗人头，但既然草丛在动，那应该就是一个人了。

罗峰啐了一口，骂了一声：“是个人，还搞得跟鬼一样。”罗峰一边骂，一边往前走，我把他拦下来了。罗峰问我怎么了，我双手环在胸前盯着有动静的草丛，突然起了兴致。我饶有兴致地告诉罗峰，我想看看，这个人究竟想要干吗。

那东西还在一直移动着，完全没有要停下来的意思，但是，那东西移动的速度却越来越慢。罗峰大笑了一声：“那东西应该累了。”

我们站着的时候，罗峰的不少手下也爬进来了，他们的反应就不像我们这么淡定了。

有的人看到有动静的草丛时，吓了一跳，特别是当他们发现窝里的腐肉时，更是觉得这被玄一用来聚阴的院子不干净。我和罗峰站在最前面，突然之间，我发现草丛不动了，我第一时间跑了过去。

动静是在一面墙的地方停下来的，我掀开草丛，发现那里有一个小洞口，目测了一下，这个洞口，最多只能供一个小孩进出。我抬头看了一下，这个洞口和野店的楼层相连，罗峰走到我的身边，问我那东西是不是进去了。

我点了点头，让罗峰派人去封死野店的两个楼道进出口，罗峰马上照做了。在我的要求下，罗峰还亲自守在这个院子里，我又翻了出去。外面的女老板和小姐都等急了，女老板神神道道地问我：“里面有脏东西？”

我嗤笑了一声：“你这院子里的确住了一只鬼，你要和我一起去抓吗？”

女老板的脸色马上就变了，没人敢和我一起进去。我也不在意，拿起手电筒上了楼道。又一次，我来到了二层，这里还是一片漆黑。我已经确定，野店和那个看似密闭的院子，并不是真的没有互通的通道，院子里的那个小洞口，就是一个通道。

我找了很久，终于在二层厨房里发现了端倪。二层的厨房，灶台下面是一个柜子，柜子里全是内藏的水管，刚打开我就闻到了一股潮湿的下水道味，里面全是水垢。我把头伸进去，借着手电筒，的确在灶台下方的柜子最深处，发现了一个洞口。

那个洞口，和院子里的那个洞口大小差不多，最多只能供一个小孩进出。

我站了起来，搬来一张厚重的桌子，把下面的小柜子堵死了。因为我不知道，那东西是不是已经从洞口里出来了，如果没出来，封死这里，那他迟早都要从院子里的洞口出去。离开厨房之后，我又一间房一间房地检查了起来。

一个又一个房间被我摸索过了，到了最后一间房的门口，这一个房间，正是之前小眉在的那一间。我小心翼翼地推开门，和之前罗峰推开门一样，门刚被打开，我就看到了一道人影，那人影就伫立在门前。

我下意识地往后退了一步，心都提到了嗓子眼儿。但很快，我借着手电筒的光束看清楚了，那根本不是一个人，而是一个可以移动的衣架，衣架上正挂着一件女人的长衣服。我确定，院子里的那东西，就在这个房间里。

因为，我们刚刚离开这房间的时候，衣架的位置不在这里。我扬起嘴角，微微一笑，对着看似空荡荡的房间说了一句："你也不是特别聪明，你以为一个衣架，就能把我吓走了？"

房间里一片寂静，没有人回答我说的话。我走进去之后，把身后的门彻底反锁上了。我开始慢慢地在房间里绕了起来，这房间很简陋，除了一张床，就只有一个大衣柜可以藏人了。我走到衣柜面前，把衣柜打开了。

一股女人的香味迎面扑来，衣柜里，除了满满的女人衣服，就什么都没有了。我转过身，把目光放到了那张床上，我把被单掀了起来，随后，我蹲下身。整间房间，可以藏人的地方，只剩下这个床底了。

我俯下身的时候，一个黑影从床底朝我扑了过来，我看到了一张被发丝覆满的脸。那张脸几乎要和我贴到一起，但它始终也没有碰到我，因为，我伸手掐住了它的脖子。

我直接把它从床底拖了出来，这下，我终于确认了，这是个人，而且，是个小孩。

我微微有些震惊，看到那个洞口的时候，我以为是有某种生理缺陷的成年人在装神弄鬼，但我没想到会是一个这么小的孩子。这是个女孩，她的身上很脏，头发把整张脸全部挡住了，看样子，最多也就十一二岁。

被我揪出来之后，她就在地上非常用力地挣扎了起来，我赶紧把掐在小女孩脖子上的手松了。因为没有预料到会是个小女孩，我出手的时候根本没有留情。我松手的时候，女孩不挣扎了，她开始剧烈地咳嗽了起来。

这下，不知所措的反而是我了。

女孩咳嗽了很久，这才慢慢地从地上爬了起来，她直挺挺地站着，身高才一米二左右。我刚想问女孩话，但我马上又警惕了起来，这个女孩非常不寻常。她站起来之后，又一动不动了，她低着头，嘴里还发出奇怪的声音。

女孩身上很臭，全是腐肉的味道。这副样子，一般人见了，恐怕都会被吓一跳。

我掏出手提电话，让罗峰不用在那里守着了，说这儿有个人我搞不定。

一分钟之后，罗峰带着人冲了上来，他一看见我，就问什么人竟然连我都搞不定。但很快，罗峰和跟着他上来的人，就发现站在床前的小女孩了。好几道手电筒的光束打在小女孩的身上，我们看得更清楚了，但同时，这个一动不动的小女孩，让人更加觉得恐怖了。

我们身后传来了好几声尖叫，女老板和那几个小姐终于都壮着胆子跟罗峰上来了，但当她们看到小女孩的时候，一个个都吓得脸色煞白。我揉了揉太阳穴，今晚发生的事情，全部出乎我的意料，我感觉一阵头痛。

“闭嘴！”我喝了一声，她们马上闭上了嘴，但身体却还都在颤抖。我告诉罗峰，我什么人都能搞定，唯独就是搞不定小孩。

罗峰看着那个小女孩，调侃了一声，伸手想去撩她脸前的头发，但是小女孩突然动了。小女孩的速度很快，她抓住了罗峰的手，在大家目瞪口呆的表情下，竟然一口咬住了罗峰的手。罗峰倒吸了一口冷气，他抽回手的时候，鲜血竟然从他的手上淌了下来。

我有些震惊，一般的小女孩，咬人绝对不可能咬出这么多血来。

终于，小女孩慢慢抬头了，她的脸上全部都是血，看上去，根本不像是一个人……

—— 第030章 ——

鬼女孩

女老板和小姐们再次发出了尖叫声，她们连滚带爬地想要逃，但是罗峰一个眼色，他的手下就把她们全部给拦住了。我目不转睛地盯着这个女孩，这才发现，她面目狰狞，紧咬着牙根，一副想要攻击我们的样子。

而且，小女孩的牙齿非常尖利，一点都不像是人的牙齿。小女孩脸上的血是干的，但她嘴角边的血还在往下滴，罗峰盯着自己的手，骂了一声："这也太狠了，肉都给老子咬下一块了。"

果然，罗峰手上不仅是破皮那么简单，如果不是罗峰反应快，可能会掉更大一块肉。小女孩的半张脸还被她又脏又乱的头发挡着，她的两只眼睛露了出来，手电筒光束打在她的脸上，这使得她的眼睛瞳孔收缩，看起来恐怖异常。

这小女孩的肩膀颤抖着，嘴里还发着奇怪的声音。罗峰已经按住了手上的伤口，他问我要怎么办，我想了想，试图慢慢靠近，但是罗峰却把我拦下来了。他示意我女孩很危险，我拍拍他的肩，告诉他没事。

如果换作平时，这场面一定有些滑稽，特别是对罗峰来说，堂堂一个帮会的话事人，竟然跟别人说一个十岁左右的小女孩危险。但是，这一刻谁都笑不出来，因为这个小女孩，不一般。

慢慢地，我发现了异常，和罗峰不一样，我靠近小女孩，小女孩竟然一点儿攻击的意思都没有。终于，我到了小女孩的面前，小女孩没有攻击我，于是我慢慢蹲下了身，面对面观察了小女孩一会儿。我突然发现，小女孩的嘴角微微扬着，我怔了怔，这个小女孩好像在对我笑。

只不过，小女孩嘴角的弧度有些诡异，说是笑，但又不太像。我想了想，和罗峰一样，想伸手去撩小女孩的头发，罗峰刚要阻止我，他就停了下来，因为我已经轻轻地将小女孩脸前的头发撩到了一边。

小女孩的脸上很脏，除了暗红色的血迹，还有发黑的污泥。

“你会不会说话？”我试探性地问了一句。

很诡异的是，小女孩点了点头，这分明是在回答我的问题。但是让我不解的是，她既然会说话，却不开口。接下来的几个问题，小女孩都以点头或者摇头来回答我，但就是不说话。

女老板颤抖着走进来，她问我这女孩是人是鬼。女老板的话音刚落，那个小女孩突然就笑了起来，还慢慢地朝女老板走去。女老板吓得赶紧又跑了出去，我伸手按住了小女孩的肩膀，小女孩果然不动了，还一个劲儿地冲着我笑。

罗峰远远地问我发现没有，他说这个小女孩，好像只对我没有攻击性。

我点了点头，更加仔细地观察着这个小女孩，突然，我发现了一些端倪。我让罗峰的手下快点去打一盆水来，拧了毛巾，我替小女孩把脸给擦干净了。没有了血迹和污泥，小女孩白皙的脸蛋露了出来，这是一张很可爱的脸，并不像之前那样狰狞和恐怖。

彻底看清小女孩的脸时，我愣住了。

小女孩的脸，和玄一有一点儿像，我在小女孩的身上，看到了玄一的影子。

“你认识玄一吗？”我问小女孩。

小女孩点了点头。

我问：“玄一是不是你的爸爸？”

我问出这个问题的时候，大家都有些惊讶，这也只是我的推测而已，小女孩和玄一长得的确有些像，他们很可能有血缘关系。但是，出乎我意料的是，小女孩摇了摇头。我又问小女孩和玄一是什么关系，小女孩不再回答了。

我站了起来，来回踱了两步。女老板和那些小姐，简直都要哭出来了。罗峰的手下问罗峰，要不要报警。罗峰一巴掌就扇在了那人的头上：“报你妈的警，一个帮会报警，你被吓傻了？”

今晚发生的事，也让罗峰觉得纳闷。

我往外走，正准备和女老板搭话，那个小女孩竟然在我的背后出声了。

“方涵哥哥，不要走。”

我猛地回头，这句话是从小女孩的口中说出来的。又是一个我不认识，却能叫出我名字的人。我大步走到小女孩面前，蹲下身，双手搭在她的肩膀上问：“你到底是谁？”

小女孩的眼睛转悠了一下，没有马上回答我的问题，而是又问了我一句：“方涵哥哥，我告诉你，你能带我走吗？”

我和罗峰对视了一眼。

我感觉，把小女孩带走，或许有更大的用处。我总觉得，自从我到港区之后，已经被人彻底地盯上了，很多事情都是冲着我来的。

我对小女孩点了点头，小女孩竟然高兴地笑了。很快，小女孩告诉我，她不是人，是鬼。小女孩的话，让我的心往下一沉，小女孩笑的时候，尖牙露了出来，看着让人一阵发寒。

女老板已经掩面哭了：“我究竟造的是什么孽，怎么会引来这种脏东西？”

我冷静了下来，问：“你是鬼，这是谁跟你说的？”

小女孩很快就回答说，这是玄一告诉她的。这个小女孩虽然有些奇怪，但分明就是个人，她看上去才十岁左右，心智不全的人，基本不会自己主动装神弄鬼，我怀疑有人教她说这些话。

果然，小女孩很容易就被我问出来了。

我问小女孩在这里多久了，其实，我心里已经有了盘算。近段时间，这家野店的传言，其实都是因为这个小女孩，而一切都是在一个月前，玄一又来野店之后开始发生的。

那么，这个小女孩可能已经在那院子里住一个月了。

小女孩没有时间概念，她就数白天和晚上，她给我说了个数，说是已经在院子里度过快三十个昼夜了。

“玄一让你在这里干什么？”

小女孩说："等人来接我走。"

接下来，小女孩说的话，越来越让我们心惊。

这个小女孩，会说话，会和人交流，一切都好像和普通人没有差别，可是她吃生肉。小女孩就住在院子里的窝里，平时她会通过那个狭小的通道，钻进野店的厨房，从厨房里拿生肉。

我马上想起了窝里的腐肉，我的胃里一阵恶心，我没想到，那竟然是小女孩的食物。

小女孩说，她在很小很小的时候，就生活在野外，她每天都会见到玄一，玄一每天也都会带一些生肉给小女孩吃。除此之外，玄一还教小女孩走路、说话。玄一还告诉小女孩，她不是人，而是一个鬼。

我已经惊讶得说不出话来了，我盯着小女孩尖利的牙齿，总算明白过来了，小女孩从小就吃生肉，所以她的牙齿才会长得这么尖利，就跟动物一样。如果推算一下时间，小女孩可能刚出生没多久，就被放到野外了。

尽管玄一会给她食物，但是玄一分明是像驯养野兽一样在照顾这个小女孩。

小女孩不知道自己和玄一是什么关系，但是看他们眉目之间长得这么像，他们很可能是父女。一个父亲，把自己的女儿像动物一样放养在野外，这太可怕了。

小女孩还告诉我，玄一把她放到这里之后，叮嘱她不要让任何人发现，还说很快就会有人来接她走。听到这里，罗峰把我拉到了外面。

"这小女孩有些邪门，就算是玄一让她装神弄鬼的，一个小女孩，怎么会这么听话？"罗峰问出了心底的疑惑。

我摇了摇头，我和罗峰想的完全不一样。

按照小女孩的说法，她从小就被玄一当成动物养，唯一不同的是玄一教过小女孩说话和走路。小女孩吃生肉长大，没有因为细菌感染死去，能长这么大，已经是个奇迹了。

小女孩就像动物一样被驯化了，会这么听玄一的话，一点儿都不奇怪。甚至于，小女孩装神弄鬼，说自己是鬼女孩的行为，也都是从小就被玄一培养起来的，就和吃生肉一样，近乎是本能，小女孩自己也感觉不到异常。

这么多年的动物式圈养，让小女孩不像人，更像是动物。而玄一，就是她的主人，她非常听话。

我和罗峰转过头，盯着那个小女孩，这一切，太过惊世骇俗了。在此之前，我只见过受害者从小被圈养囚禁的刑事案件，却从来没有听说过有人从小被当成动物一样驯养的案子。

我又走到小女孩的面前，问："为什么要听他的话？"

小女孩竟然答不上来，这说明，我的推测是正确的。小女孩已经被彻底驯化，她认为听玄一的话，天经地义，没有理由。

我换了个问题："你为什么要跟我走？"

小女孩说："我等你很久了。"

我眯起了双眼问："你怎么知道我是谁？"

—— 第031章 ——

见过我？带在身边

这个小女孩对我一点儿敌意都没有了，她很快就回答了我的问题。她说，她见过我，玄一告诉她，有一天我会把她带走，玄一让她跟在我的身边。

我仔细回想了一下，问小女孩是什么时候见过我的。

小女孩说，她小的时候，几乎天天都会看到我。后来，我突然不见了，小女孩就天天哭，玄一告诉她，总有一天，我会回去把她接走的。

在不久前，玄一把小女孩放到了院子里，嘱托一番之后，说很快就会再见到我。正因如此，再加上小女孩原本就很听玄一的话，所以才会一直隐藏在院子里，从不离开。听了小女孩的话之后，我有些诧异了。

按照小女孩的说法，玄一养她的地方，就在三松观附近的一个林子里，除了这次隐藏在野店的院子里，小女孩就从没有离开过山上了。连山上都没有离开过，更不要说离开港区了，这是我第一次到港区来，我敢肯定，小女孩绝对没有见过我。

可矛盾的是，小女孩却能认出我，还能叫出我的名字来。罗峰走到我的身边，他尝试着靠近小女孩，但是小女孩的面目马上就狰狞了起来，她尖利的牙齿露了出来，那样子像极了一只正在准备进攻的野兽。

罗峰也是一阵无奈，他停在了我的身边，不再靠近小女孩了。

罗峰也很好奇："你什么时候来过港区？"

罗峰对我的事情知道得很清楚。最早的几年，我在警校上大学，被开除之后，我就一直混迹京市，不久之后就认识了罗峰，和他成了好兄弟。

如果我来港区，罗峰一定知道。

我又试探性地问："你是不是记错了？"

小女孩摇头，说她绝对没有记错。但是，我详细地询问后发现，小女孩的记忆有些模糊了，她不记得和我见面的时候发生了什么事，只能肯定，曾经有一段时间，她每天都能看到我。

这就更加不可能了，因为我从来都没有长时间离开过京市。

我问小女孩，玄一有没有说让她跟着我干吗，小女孩摇头。她只知道，她一定要跟着我。

罗峰有些着急了，再一次把我拉到一边，偷偷问我："你该不会是要把这个诡异的小孩子带在身边吧？"

女老板也一直盯着我，和罗峰不一样，看女老板的表情，似乎巴不得我马上把这个小女孩带走。我考虑了一会儿，回答道："我要暂时把她带走，有很多事是冲着我来的，既然躲不过，倒不如主动一点儿，查清楚。"

罗峰耸了耸肩，最终也没有反对。但是，他还是有些担心，他害怕这个小女孩会害我。

我转过头，盯着那个小女孩看了一会儿。小女孩的具体年龄不详，十岁左右，因为从小被当作野兽一样养，使得小女孩的很多行为方式很奇怪。

"先观察一段时间吧，你尽快找到玄一，我想知道这两个人究竟是不是父女关系。"我对罗峰说。

之后，我带着小女孩出去了。小女孩走起路来有些慢，她告诉我，她更喜欢在地上爬。小女孩爬行的速度我和罗峰都见识过，的确很快，就像动物一样。带着小女孩上了车，甚至是回到酒店的时候，我和罗峰都还有些不适应。

我们都有些发蒙，一个从小被当作野兽驯养的女孩，实在太匪夷所思了，更难以想象的是，这个小女孩竟然被我带在了身边。小女孩说话的能力完全正常，她告诉我们，楼道口的那堆腐肉，是她偷偷拿去丢的。

小女孩并不经常通过那个小洞口到野店里去，每一次偷肉吃，她都会拿很多，就这样，很多肉堆积着，都腐烂了。腐肉越堆越多，小女孩只好拿出去扔了。

小女孩的行动一直都很隐蔽，经常会躲在某个角落里，被人发现后，她就迅速地离开了，有的时候没能离开，但那些人也不敢进去一探究竟。我很快就明白过来，这是因为野店里的人都太信任玄一说的话了。

玄一说有鬼，谁又敢进去一探究竟？躲都还来不及呢。

我问了小女孩很多关于玄一的问题，可是小女孩却都回答不上来，包括玄一去了哪里，她都一无所知。还有之前的那个小眉，小女孩也说不知道她是谁。我和小眉在房间里的时候，小女孩就在外面，我隐隐有些尴尬，被一个小女孩看见小眉坐在我身上，总觉得怪怪的。

一开始，我对小女孩非常警惕，罗峰也怕小女孩会伤害我，一直关注着她，但是一整个晚上过去了，小女孩都没有什么异常的举动，这让我稍微放松了下来。第二天醒来的时候，小女孩已经醒了。

她就趴在床边盯着我看，我马上坐了起来，小女孩对着我笑。

我暗自责怪自己太大意了，这些天的奔波，让我非常劳累，竟然没有防备地睡了过去。但同时，这让我更加确定，小女孩对我是真的没有恶意，否则，我睡着的时候，她早就用她尖锐的獠牙咬断我的脖子了。

我揉了揉太阳穴，问小女孩叫什么。

小女孩想了想，说玄一说她是鬼。

我有些头痛了，不知道玄一为什么要教小女孩这些。

“我叫你小鬼吧。”我对小女孩说，小女孩马上就同意了。

她的身上很脏，把她带回酒店之后，还没有为她清洗。我给她准备了一些衣服，把她推进了浴室里，替她放好水之后，我走了出来。小鬼洗澡的时候，陈凡推门进来了，他看见我，非常惊讶地问我：“涵哥，听说你带了个鬼女孩回来？”

“是个人，别问那么多了，案子有进展了吗？”我问。

陈凡叹了口气，说警方还是把全部的注意力都放在了云清身上。每个警察都巴不得云清赶快供出犯罪手法，然后结案，给港区舆论一个交代。这两天，陈凡一直盯着云高，他发现云高经常和警方联系，尝试见上云清一面，但是云清就是不肯见他。

除此之外，陈凡就没有发现云高的异常了。

我让陈凡去找罗峰一起查一查，看看云高是不是也去过那家野店。野店不干净的传闻，我和罗峰已经推测是有一定身份地位的人传出去的，否则，传闻根本到不了那些有一定身份地位的顾客耳边。

而云高，正好符合这个特征，并且，他已经很有嫌疑了。

这个时候，浴室的门打开了。

小鬼的头发是湿的，有些乱，但洗过澡之后的她，已经非常干净了，身上的衣服也换上了新的。此时的小鬼，看上去皮肤白皙，眼睛很大，如果忽略她面目狰狞时候的样子，还有些可爱。

陈凡愣了愣，一边笑着想去摸小鬼的头，一边说："哪里是个鬼女孩，很可爱啊！"

但是下一秒钟，陈凡的脸马上就变得煞白了，因为小鬼的表情，一下子就变得阴狠无比，对着陈凡伸过来的手，张嘴就咬。如果不是我及时把陈凡拉开了，陈凡的手指，说不定已经被咬在小鬼的嘴里了。

看着小鬼尖利的牙齿，我毫不怀疑，她完全可以把陈凡的手指给生生咬断。陈凡吓得腿都软了。我冷冷地说了一声："不要随意接触她，你出去吧，查出问题之后，要第一时间向我汇报。"

陈凡往外走，小鬼笑起来的时候，陈凡还往后一个踉跄，差点儿摔倒。

我拿毛巾替小鬼擦干了头发，头发扎起来之后，除了牙齿尖利了一些，她看上去已经和普通女孩没什么两样了。我蹲在小鬼面前，她的手环着我的脖子，笑着对我说："方涵哥哥，我饿。"

我给小鬼准备了一些东西吃，但是小鬼却吃不下，她说她想吃生肉。

在我的强烈要求下，小鬼吃了几片面包，但是没过多久，她开始剧烈地吐了起来。

我第一时间把小鬼送到医院，检查结果一出来，医生的声音都颤抖了起来。医生告诉我，他在小鬼的肠胃和身体里发现了大量的寄生虫，寄生虫的种类很多，其中最可怕的，竟然足足有十厘米长。

医生的话，让我震惊，但仔细一想，也在情理之中。

小鬼从小就吃生肉，能活下来已经很不容易了，体内有大量的寄生虫，也是非常正常的。

医生要求小鬼留院治疗，但是小鬼死活不肯，最后，我只能拿着一堆排虫的药回到了酒店。

—— 第032章 ——

进展

小鬼吃了排虫药之后，肚子开始疼了，也时常呕吐，看起来很难受。一整天，小鬼都在床上和卫生间之间来回跑动。到晚上的时候，小鬼的脸色变得更加苍白，好不容易，她终于睡下了。我坐在小鬼身边。这时，罗峰敲门进来了。

罗峰扫了一眼小鬼，问她怎么样了，我只是摇摇头，没说话。

罗峰给我带回了消息，他和陈凡一起查了一下，并没有发现云高去过那家野店。而且，罗峰查出来，云高这个人，洁身自好，不要说野店了，就连酒吧这种地方都几乎没有去过，平时应酬也都在高档餐厅。

我想了想，云高去不去野店和野店不干净的传闻是不是他放出去的并没有必然的联系。罗峰点了点头，他调查得很清楚，他发现云高和去野店的那些人，都有或多或少的往来。

这并不奇怪，去野店的大部分人都有点小钱，或者有点小名声。港区的圈子也就那么大，云高和他们有生意上的往来，或者保持着酒肉朋友的交情，非常正常。但是，这种关系，也就使得消息是云高放出去的有了可能。

进一步的情况罗峰还在调查。他问了不少人，但是他们都不知道这个消息最初是谁放出来的。罗峰在这个圈子内查了又查，结果发现了一个很奇怪的现象：每个人都说是听那个圈子里的人说的，但是却没有人承认是听圈子外面的人说的。

罗峰一笑："这群人当我是傻子，很明显，有人说谎。"

罗峰说得很对，传闻总得有个出处，不可能每个人都是听别人说的，也不可能每个人都是互相听说的。只是，罗峰暂时没有查出什么来。罗峰问我要怎么办，我往熟睡的小鬼身上扫了一眼，想了想，说我想亲自见一见那些小姐。

调查进行到这里，很难再有进展了。现在，我们唯一能指望的，就是查出野店的传闻是谁放出去的。传闻放出去之后，野店的人很少，这就使得那些小姐有光明正大的理由，暂时离开野店躲避侦查。

野店里的那几个小姐和女老板，我已经问得很清楚了，如果她们当中有人有问题的话，只能说她们很适合演戏。罗峰又把那份名单交给了我，他问我需不需要他帮忙，我摇了摇头说："我自己去。"

罗峰已经派手下调查过这些女的了，并没有发现什么异常。这些暂时离开野店的小姐，人数比较多，分布也比较散。原本想着不到最后一步，我不会一个一个地去调查，毕竟这种调查手段太耗时间了。

罗峰离开之后，我正准备出门，小鬼醒了，她抓着我的手，非要和我一起去。我想着小鬼一个人待在酒店也很难让人放心，于是带着她一起去了。我顺着名单，一个一个地找那些离开野店的小姐。

没有一个小姐是绝对配合的：她们要么态度轻浮，我必须陪她们暧昧，她们才肯说；要么就一脸不耐烦，觉得我妨碍她们做生意了。小鬼跟在我身边，出奇乖，从头到尾一句话都没有说。

到太阳快下山的时候，我带着小鬼先吃了点东西。天气很冷，我们呼出来的气全化成了白色的水雾。小鬼还是吃不下东西，我正发愁的时候，她突然问我："方涵哥哥，你是不是在找人？"

我这才想起来，我忽略了一条重要的线索。老九几个人进野店的时候，小鬼已经在院子里了，小鬼说不定看到过什么。但很快，我失望了，我把老九几个人的照片给小鬼看了之后，小鬼说她没有印象了。

不过，小鬼倒是让我看到了一些希望。她说，她在野店的厨房里找东西吃的时候，经常会听到有人在厨房里自言自语。我微微一愣，听了小鬼的描述之后，我马上明白了过来，小鬼是听到有人在厨房里打电话了。

我问小鬼，那个人在打电话的时候说了些什么。小鬼想了想，说那个人讲话断断续续的，经常只说了一个字，诸如嗯、好、哦之类的字眼。连一个十岁左右的小女孩都感觉奇怪，这说明那个人打电话的时候，是真的很反常。

小鬼听到过好几次声音，但是每一次，小鬼都躲在灶台的柜子底下没有出来，所以不知道那个人长什么样。但是小鬼说，她记得她的声音，小鬼回忆了一下，说我已经找上的那些人说话的声音，和她听到的不一样。

我朝名单上看了几眼，天已经黑了，我还有五个没有找到。

吃过饭后，我牵起小鬼的手，继续找下去。

罗峰给我打电话，他担心我出事，我把想利用小鬼锁定目标的事情告诉了罗峰。罗峰有些诧异，他说："你疯了吗，你就那么信任那鬼女孩？"

我拿着电话，朝身边低头看了一眼，小鬼也看着我笑起来，露出了尖利的牙齿。

"我感觉她很不普通，现在一点儿线索都没有，死马当活马医吧。"我回道。

罗峰也不再多说什么了，他告诉我他已经查出来了，野店不干净的传闻，的确和云高有关系。罗峰说的话很有意思，他没说传闻是云高放出去的，只是说和云高有关系。听了罗峰说的话之后，我皱起了眉头。

罗峰查出来，云高公司的下属中，有一个人经常到野店去。通过打通关系和收买，罗峰知道在不久前，云高和他的下属在一家餐厅吃过饭。当时，和云高他们一起吃饭的，还有其他同事。

云高的下属醉酒之后，说起了那家野店的事情，一开始只是说那家野店的小姐怎么好，怎么让人快活。但慢慢的，随着夜深人稀，醉酒的下属开始说起了野店不干净的传闻。

那个时候，野店还是比较热闹的，因为有部分人看到过小鬼，闹鬼的传闻已经慢慢开始蔓延了。但是，传得还不是很厉害，很多人都当那只是个谣言而已。罗峰用各种手段，偷偷问了当时和云高一起吃饭的人，他们都说，看云高当时的表情，似乎是第一次听到那传闻。

之后，云高去了卫生间，很长一段时间都没有出来。

隐隐地，我已经有一些推测了，我问罗峰云高和下属吃饭是在哪一天。罗峰给我说了个日期，很快，我就发现了问题：在云高和下属吃饭后，过了两天左右，那家野店突然就变得冷清了，关于野店不干净的传闻，也传得沸沸扬扬，不再像之前那样小打小闹。

罗峰问我是不是有什么推测，我对着电话说："我怀疑，云高的确不是最初传出这个传闻的人，但是，他却是放大这个传闻的人。"

罗峰有些疑惑了："案发时间，他有不在场证明，证明他不是凶手。但是他放大传闻，你说他葫芦里卖的什么药？"

我微微一笑："他卖的药多了，他还利用和操纵舆论，想直接让他的妹妹云清成为凶犯。你继续盯着云高吧，他和这起案子，绝对有关联。"

挂断电话之后，我和小鬼继续找人，小鬼又排除了几个声音之后，我们到了一家酒吧外面。

我很快就找到了这家酒吧里我们想要找的人。

这是个短发女，穿得很暴露，我看到她的时候，她正坐在一个男人的身边，那男人的手，在她的身上来回游走着。我叫了短发女一声，她非常不耐烦地扫了我一眼，那个男人似乎因为我打扰了他的好事，非常不高兴。

那个男人朝我走过来，短发女出声的时候，小鬼拉了拉我的手，说那就是她听到的声音。我心里一怔，马上准备迎上去，但是那个男人挡在了我的面前。他嘴里咆哮着，我的注意力全放在了那个短发女的身上，没注意男人说什么。

短发女看我一直盯着她，似乎有些慌张了，她转身就想走。

面对男人的纠缠，我正准备出手的时候，男人突然发出了一声惨叫。我低头一看，小鬼竟然拉着男人的手腕，狠狠地咬了下去。男人痛得龇牙咧嘴，我知道，小鬼已经嘴下留情了，否则鲜血早就淌了一地。

我推开男人，拉着小鬼的手朝着短发女追去，小鬼还一个劲儿地朝我笑。

我们追上短发女的时候，她已经到了酒吧后面的安全通道，她要跑下楼的时候，我按住了她的肩膀。

短发女转过身来，一副惊恐的样子问："你想要干吗？"

我冷笑道："你跑什么？"

短发女愣了愣之后，理直气壮地反问了我一句："我看见你追我，我不能跑吗？"

我玩味地扬起了嘴角："不用害怕，我只是来问问你关于老九几个人的消息。

看来，案子有进展了。”

短发女马上对我摇头道：“你们怎么又来了？我该说的，都已经说了。”短发女是说罗峰之前已经问过一次了，我很快就把短发女的性格摸透了，于是故意一把掐住了短发女的脖子，她的脸很快就涨红了。

“少废话，我要听的是实话。如果你不说，我就让你永远都说不了话。”我的目光阴冷了下来。

短发女挣扎几下之后，没能挣脱开，呼吸已经有些吃力了：“我要报警！”

我嗤笑道：“我不怕警察，给你最后一次机会，我要听实话。”

—— 第033章 ——

间接串供

短发女似乎一开始不相信我真的敢掐死她，所以她还是紧紧闭着嘴，双目怒瞪着我不说话。但很快，短发女开始着急了，因为我根本就没有要松手的意思，还是紧紧地掐着她的脖子，短发女开始用力踢着脚，她的眼白也慢慢往上翻了。

短发女的双手抓着我的手腕，我微微一笑，觉得差不多了，于是松开了手。短发女一下子就瘫坐在了地上，她的双手放在脖子前，大口大口地喘着粗气，还剧烈地咳嗽着。我蹲下身，继续饶有兴致地盯着短发女。

她吓得想要往后退，但无奈，她的背已经抵在了墙上。我笑了笑，不再催她说话了。我很确定，这个短发女有问题：一方面是因为小鬼听过她的声音；另一方面是短发女看到我冲着她去之后，神色有些慌张。

短发女的气息终于平稳下来，我伸出手，短发女很害怕，想要躲，嘴里还发出哭声，让我不要乱来。我没有再对她下重手了，而是把手背放在短发女的脸上，轻轻地抚了两下："很漂亮的脸蛋，难怪老九几个人一到港区，就被你给迷走了。"

我突如其来的说辞，让短发女脸色一变，等她想要收起慌张的神情时，已经来不及了。这个短发女的性格，早就被我摸透了，她的镇定都是强装出来的，先动点粗，再说点她不知道怎么应付的话套一下，马上就能确定她是不是有问题了。

我站了起来，说道："你大可以考虑怎么骗我，但想得越久，就死得越快。"

短发女犹豫了很久之后，终于肯说了，她告诉我，的确是她把老九几个人引诱到野店的。

我把烟踩灭了，短发女说：“老九四个人进了我的房间之后，我把放了迷药的水递给他们喝，他们很快就晕了过去。之后，我又一一把他们从野店后门的铁门处扶了出去。

“当时人很多，大家都忙着招呼客人，忙着玩乐，我的房间又接近后门那里，所以根本就不会有人注意到我在做什么。”短发女说到这里，不说话了。我正准备继续问的时候，被小鬼咬伤的那个男人跟了上来，他还带来了一名警察。

我告诉那个警察，立刻联系鬼叫餐的警局，并说短发女和鬼叫餐的案子有关系。那个警察意识到事情的严重性，将信将疑地联系了警局。二十多分钟之后，警察赶到了，陈凡也跟着来了。

警察本来准备把我一起带回去的，陈凡马上骗他们说我是他的助理，于是警方没有对我动手。短发女被带回了警局，我跟陈凡一起回去的时候，他还在我的身边偷偷问我短发女是谁。

我回答说：“这是鬼叫餐案发生以来，最大的进展。”

我们怀疑过云清，怀疑过云高，但是却没有十足的证据证明他们参与过案件。但是这次，我们终于锁定了一个直接参与犯案的犯罪嫌疑人。陈凡有些兴奋，他走在我边上，低声说了一句：“涵哥，你太厉害了。”

我拉着小鬼的手，轻轻甩了甩：“是小鬼厉害。”

小鬼开心地笑了起来，但那笑声，却让陈凡的脸色变得很难看。陈凡不太敢靠近小鬼，小鬼看他的时候，他赶紧往边上挪了挪。

我的心情难得地好了起来，我带着小鬼，跟陈凡一起回到了警局。短发女已经被带进了讯问室，我和陈凡坐在外面。罗峰也给我打来了电话，他查了很久，终于有了进展。罗峰给我说了一个名字，那个名字，就是短发女的。

罗峰又刨根问底地问了好几个人，终于有人想起来，他们最初听到关于野店不干净的传闻，好像就是从短发女口中听来的。罗峰让手下问了很久，甚至自己亲自出马，这才问出点头绪来。

他们说是短发女和他们在床上办事的时候突然提起的，那个时候，谁会在意这个，所以他们事后都没有什么印象了。罗峰非常肯定地告诉我："这个传闻，最早是从短发女那里传出来的，后来云高听到后，又把传闻放大了一下，所以就有了野店冷清的场面。"

我举着偌大的手提电话，问罗峰："短发女和云高是不是有过来往？"

罗峰说他也觉得奇怪，所以去调查了一下，结果是这两个人不认识，至少以他的能力和人际关系，没查出这两个人有过任何交集。既然这两个人不认识，那云高为什么还要故意放大这个传闻，使得短发女光明正大地借着生意冷清的理由离开野店，躲避侦查。

罗峰在电话里跟我说，他也没有想明白，又问我短发女招供的情况。

我看了一眼陈凡，他没有跟进去，正在嗑着瓜子和港区的警察聊天。我告诉罗峰，晚一点再告诉他。挂断电话之后，我把陈凡叫了过来，短发女还在被讯问当中，迟迟没有出来，我让陈凡进去看看。

陈凡又往嘴里塞了一颗瓜子，走了两步，才转过身来笑嘻嘻地告诉我，傍晚的时候，云高又来了一趟，这一次是带着云清的母亲来的。我微微一愣，马上站了起来，走到陈凡的面前问："厉老先生是不是没来？"

陈凡一脸惊慌，他点了点头，问我怎么了。

"云高见到云清了？"我问。

陈凡依旧点头："是啊。"

我又问："单独见的云清吗？"

陈凡想了想，支支吾吾地不知道怎么回答，我的连续问话，已经让陈凡有些紧张了。陈凡告诉我，一开始，云高是和母亲一起见云清的。但是后来，云清的母亲出来了，但是云高却没有出来。

我一把揪住了陈凡的衣领："为什么不早说！"

陈凡很委屈，他以为这不是大事，所以就没有急着和我说。我用力一推陈凡，让他滚进讯问室看看情况，然后马上出来跟我说。陈凡赶紧跑进去了，有人注意到我和陈凡的举动，奇怪地看了我们几眼。

我没有心思再去掩饰什么了，原以为终于有进展了，但是听了陈凡的话之后，心里突然变得非常不安。果然，没多久，陈凡跑了出来，看他的表情，简直要哭出来了。陈凡告诉我，短发女向警方招供，说是她和云清合谋杀了老九几个人。

我咒骂了一声，担心的事情果然发生了。

“云清呢？”我问。

陈凡的眼睛不太敢看我：“云清也和她一样招供，说是和她合谋，一起从野店把人弄走了。”

云清只招供了这一点，其他都是短发女说的，具体的情况，陈凡还不是特别清楚。

我的脸色阴沉无比，陈凡一个儿劲地跟我道歉——就算他再傻，也懂得发生什么事情了。云高一直想办法见云清，为的就是让云清招供，更加让警方相信。只不过，云清一直不见云高而已，这一次，云高甚至把云清的母亲都请来了。

母亲，是云清唯一记挂的家人。

我相信，云清突然招供说和短发女合谋，供词又和短发女一样，很可能是云高对云清说了什么，使得云清和短发女间接串供了。

陈凡没有及时告诉我，使我没能阻止云清和短发女做假供。云清明明不是凶手，却一心想认罪，云高费尽心思见过云清之后，云清的口供有改变，情势对云清更加不利了。

这让我更加确认云高有问题。

“涵哥，云高和云清见面的时候，有看守的警察在场，可以去问他！”陈凡突然对我说。

我冷笑一声道：“你可以支开警察，让我和云清单独见面，你以为云高会那么傻吗？”

陈凡唉声叹气地问我接下来怎么办，我让他先去打探一下短发女究竟招了什么，最好能把讯问笔录拿来。我让陈凡再想办法安排一下，我要单独分别见云清和短发女一面。

陈凡知道自己做错了，马上跑进去了。

有了最新进展之后，整个警局开始加班了。

深夜的时候，陈凡还在替我来回跑动着。小鬼已经睡着了，天气很冷，迟迟没有结果，我抱起小鬼，慢慢地朝酒店走去。

外面的风很大，小鬼在我怀里睡得很安稳。

在经过一个转角的时候，我的目光突然瞟到了一个一身白色长裙的女人。这么冷的天，这种穿着，很容易吸引人的注意。

那个女人在路口的拐角，有墙挡着，她只露出半个身体来。她的头发很长，在风里肆意地飘舞着，她转过脸来的时候，我愣住了。借着路灯，我看清了她的脸，这个人，分明就是在野店里偷走我身上银手镯的小眉！

—— 第034章 ——

开个锁我看看

小眉和我之间的距离，并不算特别远，我甚至能看到小眉嘴角那抹意味深长又有些诡异的弧度。我看见小眉之后，她突然把身子缩了回去，很快消失在了路口转角的墙后头。尽管还抱着小鬼，但我一咬牙，赶紧跟了上去。

我跑到路口拐角的时候，小眉已经跑出去很远了。她站在远处，朝我慢慢地招手，那动作就像是被抽了魂一样，有气无力的。小眉站的地方，依然有路灯，昏黄色的灯光打在她白色的长裙上，看着有些瘆人。

我的视力很好，大老远就看见小眉朝我慢慢挥舞的手上，正戴着我从三松观小径上得来的银制旧手镯。果然，手镯是被小眉偷走的。我抱着正在熟睡的小鬼，又追了上去，小眉再次消失在一个路口的转角。

再次出现的时候，小眉又站在一盏路灯下，动作依然是诡异地朝我缓缓招手。连续好几次，我都尝试着靠近小眉，但是每一次，小眉总会快速消失，随后又出现在远处的街角。一次又一次，小眉似乎知道我抱着小鬼跑不快，所以才反复地使用相同的把戏。

终于，小鬼醒过来了，她在我怀里睡眼惺忪地问我是不是在追人。我点了点头，小鬼轻轻挣扎了两下，示意我把她放下来。放下小鬼之后再去看小眉，她又不见了。和之前不同的是，小眉没有再出现了。

我带着小鬼，把附近两个街区都找了个遍，却没能发现小眉。无奈，我只好拉着小鬼的手回酒店了。路上，我一直在想小眉，虽然不知道她是谁，我总觉得，看到她的时候心里有些难受。

我不知道，小眉为什么要以这种方式接近我，她有点让人背脊发凉。

回到酒店之后，小鬼突然拉了拉我的手问："方涵哥哥，你是不是在想那个姐姐？"

我点了点头，问小鬼是不是真的没有见过小眉。小鬼很仔细地想过之后，非常确定地对我点了点头。我叹了口气，把小鬼抱到床上，替她盖好了被子。到现在，我对小鬼已经基本没有怀疑和戒心了，但我依然留了一个心眼儿。

小鬼很快又睡熟了，把小鬼带在身边，始终不是办法。把小鬼带回来之后，我已经让陈凡去查小鬼的身份了，但是没有什么结果。小鬼和玄一长得太像了，他们很可能是父女，至少有近血亲的关系。

但是让人无法理解的是，玄一为什么要像驯养野兽一样养小鬼，为什么要让小鬼觉得自己是鬼，且行为方式神神道道的，又为什么要把小鬼放到野店里去？我把希望全放在了罗峰的身上，罗峰已经派兄弟去找玄一了。

一夜无眠，第二天一大早，陈凡就跑来酒店找我了。他告诉我，他已经安排好了，我可以去见云清和短发女了。陈凡一脸愧疚，我没有过多地责怪他，有些事情，也不是陈凡可以控制的。

在去警局的路上，陈凡把讯问短发女的具体情况告诉了我。警方认为案子快破了，所以对陈凡没有之前那么依赖了，陈凡没有办法看到讯问笔录，他告诉我的情况，也都是他买了包好烟和港区警察闲聊的时候了解到的。

短发女已经招供了，她说她把老九几个人迷晕之后，把他们带去了乡下的一栋老房子。大约三天之后，她就把老九几个人给杀了，并移尸到鬼叫餐案发生的地点。我问陈凡："短发女有没有说犯罪手法？"

陈凡摇了摇头说："短发女吸引老九四人到野店，之后再迷晕他们带走的过程，说得很详细，但是之后杀人的过程，却非常模糊地带过了。"我冷冷一笑："短发女的供词中，矛盾的地方仔细一想，有不少。"

引诱老九几个人上钩的，是短发女，迷晕他们后把他们从野店带离的，也是短发女，所以她对这部分事实说得很清楚。但是，杀人的绝对不是短发女，就连短发女都不知道凶手是怎样杀人的。

我很快就确定了短发女的身份，她是一个不明所以的帮凶。

之所以说她不明所以，是因为短发女只是帮凶手引老九几个人上钩而已，其他的，她似乎一概不知。还有就是，短发女突然和云清一起串供，这也让人觉得匪夷所思。

“涵哥，如果云清和短发女串供是云高的意思，那云高是凶手的可能性就越来越大。”陈凡说着一脸纠结，“但是云高有不在场证明，他不是凶手，那他为什么还要做这么多事呢，这不是会让我们更加怀疑他吗？”

我回答道：“怀疑有用吗？我们查云高已经不是一天两天了，没有证据，警方就没有办法，他虽不聪明，但也不傻。你再去查查，看看云高有没有关系特别密切的人，或许云高是为了别人，才把嫌疑转嫁到云清身上的。”

陈凡一脸吃惊：“究竟是什么人，能让云高为了保护他，去陷害自己的妹妹？”

到警局的时候，大家正在午休，我轻轻地告诉小鬼，让她待着不要动，也不要惹事。小鬼很乖巧地点了点头，我马上进了会面室。陈凡用老办法，给我争取到了单独见这两个人的机会。

先是云清，云清肯见我，已经非常不容易了。很显然，云清和之前的表现已经完全不一样了，我偷偷准备了录音笔，但是云清却很小心，不管我说什么，她都很少说话，似乎是怕再被我套出话来。

这是云清被捕之后，我第三次见她。又一次，我隔着栏杆，居高临下地盯着面如死灰的云清。

“云高和你说了什么？”我问。

云清不说话。

“我少算了一步，我以为你不会见他，没想到失算了。你对你的哥哥很好，并不像表面那样冷漠，可惜他只是把你当成一个工具，他处心积虑地陷害你，也不知道要保护谁。”我对云清说。

云清仍然不说话。

我的眉头紧蹙，鬼叫餐的案子已经过去很久了，尽管云清和短发女都说不清具体的犯罪手法，但是犯罪嫌疑人的口供，毕竟是证据之王，加上外界舆论压力大，警方很可能在近期就结案。

原本还指望着想办法让云清翻供，现在看来，云清非但没有翻供，还和其他人间接串供了。我从来没有遇到过这么棘手的事，鬼叫餐的案子本身已经很诡异，中途又有这么多人搅局，让我有些手忙脚乱了。

我很快就冷静了下来，转身准备出去的时候，云清在我身后轻轻说了一句："方涵，这是我最后一次见你了。还是那句话，离开港区吧，尽快，别丢了性命。"

我回头看了云清一眼，她低着头。

"管好你自己吧，我不知道你究竟为什么要听云高的话。但是如果云高有问题的话，我会亲手把他送进来。"我对云清说。

云清的声音颤抖了起来："你不是警察，为什么管这么多？"

"是啊，我不是警察。"我嗤笑了一声，"不过我有我想做的事，我发现你们每个人都好像知道一些事情，但就是不肯说。等我把你们摸透了，再坐下来和你们慢慢谈，包括我要找的那个人！"

离开会面室之后，陈凡马上迎了上来，警察把云清带走了，他让我们等一会儿，说马上就去带短发女过来。陈凡剧烈地咳嗽着，他说他在警局打关系的这些天，不知道抽了多少烟，现在闻到烟味就想吐。

很快，短发女又被带到了会面室。陈凡叹了口气，抽出一根烟，又把那警察拉到外面去了。短发女看见我的时候，还有些害怕，但是她看了看隔在我们之间的护栏，松了一口气。

我问短发女为什么要陷害云清，短发女也非常聪明，仿佛知道了我正在用录音笔录音一样，反问了我一句："我说的都是事实，怎么是陷害？"

看短发女的样子，显然不是故意让我抓到，然后被送到警局的。我推测，短发女抱的心态就是能躲就躲，躲不过就和云清间接串供，至于为什么，我还没有想到。

"你和云高什么关系？"我问。

短发女问："云高是谁？"

我冷哼了一声，短发女的肩膀一颤，不过，她马上又大胆地和我对视了。

我的双眼眯成一条线："你是不是觉得，你在这里，我就没有办法对你动手了？你很怕死，你以为你招供之后，可以不死？我有很多种方法，让你死无全尸。"

短发女的嘴唇都颤抖了起来，我告诉短发女，撒谎也没有用，我很快就会把真相查出来。短发女一愣，似乎是想问我有什么办法，但在开口前，她又把话给吞了回去。

我扔了一把锁给短发女，玩味地嘲笑："带老九离开野店，杀肥基，都需要开锁，你开个锁给我瞧瞧。"

—— 第035章 ——

改变策略，老九背叛

我把锁扔在她的面前，她被铸住的手颤抖着，半天说不出话来。我嘲笑着问：“需要什么工具，是铁丝还是细针？我都可以给你准备。”

但是，短发女却迟迟没有动，她犹豫了好一会儿，才要开口，我抢过了她的话。

“是不是想说请了个不明所以的开锁匠？”这是个可笑的理由，我当然知道短发女肯定不会这么说。但是理由千千万万，短发女总能找出一个勉强说得过去的借口。如果她和云清一口咬定，坚持串供，谁都拿她们没有办法。

我离开会面室的时候，已经过了午休时间，警局里的警察开始陆陆续续地忙了起来。小鬼果然没有惹事，我带着她走出了警局。经过两天的排虫，小鬼的脸色比之前好看了不少，她牵着我的手，问我是不是不开心。

小鬼太特殊了，她身上的谜团还没有完全解开。照理说，一个被像野兽一样驯养的孩子，会说话并不是特别奇怪，毕竟玄一从小就教她。但是，一个基本没有和人接触的小孩，竟然比普通同龄的小孩稍显成熟，这有些奇怪。

不过，小鬼显然不能替我解答这个问题。

港区警局不是随随便便就能进的地方，如果不是陈凡之前按照我的方法取得了警方的信任，我现在要单独见云清和短发女，恐怕都没有办法。随着警方锁定了云清和短发女这两名他们认定的犯罪嫌疑人，警方对陈凡的需求，也不像之前那么大了。

所以，我想利用陈凡在警局里行事，也会越来越困难。

陈凡沮丧地说道："涵哥，这可能是我最后一次帮助你见云清了。"

陈凡也是心烦得不得了，京市警局一直催他回去，如果不是听说陈凡对港区警方有帮助，他早就被强制命令回去了。陈凡说他很不甘心，早些天的时候他才大显身手，只要他破了案子，回到京市肯定能升职。

陈凡还对港区警方抱有希望，他觉得警方在没有讯问清楚的情况下，不会轻易结案。我只是冷冷一笑："这是个法制不健全的时代，你别抱太大的希望了。如果云高没有让媒体舆论躁动起来还好，但现在，港区警方的压力很大。"

陈凡看着我，表情有些惊讶地说："涵哥，我怎么觉得你好像很了解侦查体制。我感觉，你像个警察。"

我这才意识到，刚刚说的话，和我平时表现出来的样子不太符合。我扬起嘴角，敷衍了过去。

我告诉陈凡，我准备改变策略了。之前在和云清与短发女见面的时候，我说我有办法查出真相，并不是空口说白话。

云清和短发女间接串供之后，我发现了一个很严重的问题，似乎有一双手，正在故意将我往错误的方向上引。尽管我一直都在查鬼叫餐的案子，但是这么多天过去了，诡异的事情一桩一桩地发生，这些事件，好像都是冲着我来的。

先是云清说我撞邪，我看到了鬼脸，在酒店房间遇上了恐怖的事情，之后又是三松观让人头皮发麻的经历，现在又多出了个小眉和小鬼。仔细回想后我才发现，我的注意力已经被引到了其他事上，和鬼叫餐案、肥基死亡案件逐渐偏离了。

陈凡听了，一愣说："的确是这样。"他问我是不是有人故意在干扰我们的侦查思路，我摇了摇头，并不确定。但我确定的是，我必须尽快把关注点放回案件。这就是我准备调整的策略。

我找来了罗峰，他开了一辆小轿车，向陈凡问清楚短发女说的藏老九几个人的地址之后，我又把陈凡轰回了警局，而我则和罗峰一起去了那里。短发女说她迷晕老九之后，把老九他们带到了乡下的老房子，我们要去的就是那里。

短发女招供的不多，但也不少。警方问短发女那辆用来运送老九几个人的车子停在哪里，短发女说是停在乡下的房子边上了。我们离开警局的时候，那车子已经被调了回来，那是辆没有牌照的黑车，蓝色的。警方正在车上搜集诸如毛发和指纹一类的证据，准备进行DNA鉴定和指纹比对。

罗峰问我警方能不能查出什么来。

我想了想，回答说："DNA技术，已经开始慢慢运用在侦查之中了，如果能找到毛发一类的东西，或许能锁定犯罪嫌疑人。怕就怕，那辆车上会有云清的毛发和指纹。"

肥基口袋里和死时嘴里塞着的冥币上有云清的指纹，如果再在车上发现有云清的身体特征，并不奇怪。我们已经确定了，是有人在陷害、嫁祸云清，而云清又甘愿认罪。这才是真正让我们头痛的地方。

罗峰开着车，叮嘱了我一句："我感觉陈凡那小子已经越来越觉得你有问题了，不过你懂这么多，想藏都藏不住。"

我微微一笑，通过后视镜看了一眼车后座正在熟睡的小鬼，说道："他要查出我在警校待过，并不困难，这也不是什么秘密。有些东西，可以让人知道，有些东西，绝对不能让人知道。"

说着，那些年的记忆，又不受控制地在我的脑海里闪过。

罗峰把车窗打开了，点了点头："我明白，也不知道这案子和你要找的那个人，到底有没有关系。"

我们都不再说话了，罗峰很快就把车子给停下来了。在去乡下的房子前，我们先把车子开到了老九几个人死亡的住宅区外面。出租房的主人说是老九亲自找他拿的钥匙，时间是老九到港区的当天晚上。

那个时候，老九几个人已经被迷晕，并从野店带走了。

我和罗峰都怀疑老九有问题，所以来这里问一问。

当初问不出什么来，不代表现在问不出来。我和罗峰记下了那辆黑车的样子，开始在这住宅区外面询问了。不管老九出于什么样的考虑，独自找出租屋房主拿钥匙，接应他的人或者控制他的人，应该就在附近。

也就是说，那辆没有牌照的黑车，很可能就停在附近。

这片住宅区很破，车辆比较少，这为我们的调查提供了便利。来来回回查了一个多小时，我们总算问到了点情况。果然，有人说有印象，说当天晚上住宅区附近停了一辆蓝色的车子，停了十分钟左右。

那辆车子停在附近之后，老九应该是去找房主拿钥匙，拿了钥匙之后，又回到了车上。通过对老九性格的摸索，我们认定老九背叛我了。之前我已经对罗峰说过，老九和其他三个人的交情，不算深。

而且，老九也不会傻到为了交情，自己再回去自投罗网。四个人一起被控制了，那才是上天无路，入地无门。也就是说，老九绝对不是因为另外三个人被控制而被迫回去的。至于远距离控制，要么就是用枪，要么就是用毒。

车子停的地方，和老九与出租屋主人见面的地方有些远，而且不是直线，枪支没有办法把老九威胁到必须返回的程度。至于用毒控制，老九完全可以迅速逃离，找个大医院对自己进行抢救。

我和罗峰考虑得非常细致，事关重大，我们不敢有丝毫马虎。

“老九这个人，恐怕真的有问题。”罗峰对我说。

我点了点头：“法医给出鉴定时间之后的两天，老九竟然来找我报信了，我还没想出这是为什么。”

“警方的鉴定结果有误？”罗峰问我。

我不确定道：“尸斑分布可以被其他因素影响，但这只是表面的。警方是利用食物消化测定法，以及其他方法综合推定的死亡时间，或许有误差，但也不应该误差到超过两天这种情况。我已经想了很多天了，但还是没有想通。”

“他们胃里的食物是什么时候吃进去的，不是还没搞清楚吗，用你说的什么食物消化论推测出来的死亡时间，准确吗？”罗峰疑惑道。

“我看了尸检报告，鉴定科用的主要方法是食物消化论测定法，但同时也从超生反应、核酸成分降解、组织腐败降解和DNA含量变化等多方面推测的。有些技术，虽然不成熟，但是相辅相成，共同得出来的结论，错误的可能性不会太大。”我对罗峰说。

罗峰摆了摆手：“得了，我听不懂，我们去乡下那房子看看吧。”

—— 第036章 ——

乡下，不可能！

罗峰在开车的时候，他的手下传回了消息。

我和罗峰之前怀疑云高是为了保护其他重要的人，才故意让云清认罪，而那个对云高重要的人，有一定的嫌疑。我们准备从这方面入手，锁定真正的犯罪嫌疑人。但是，罗峰手下传回来的消息，却让我们失望了。

云高这个人，我们一直在查，关于云高的信息，也越来越多地呈现在我们面前。这一次，罗峰的手下查出的消息是，云高这个人平时和别人来往非常少。云高几乎没有朋友，如果非说有朋友的话，那都是酒肉之友，属于生意上的往来。

至于云高公司内部，云高与他的下属和同事的关系，也非常正常。云高平时很斯文亲和，但工作的时候比较严肃，所以在公司内部，大家注定没有办法和云高走得太近。公司内部有那么多双眼睛，如果云高和谁的关系特别密切，肯定会有人知道。

“云高这个人也没有女朋友。”罗峰说着，调侃了一句，“云高和你一样，对女人不感兴趣，我的人没查出来他和哪个女人走得特别近。”

排除罗峰的手下没查出来的情况，云高也不是为了保护自己心爱的女人，才让云清认罪的。众所周知，云高从三松观下来之后，事业就一帆风顺。他是个工作狂，大部分时间都在公司，就连在家陪厉老先生和厉太太的时间都很少，更不要说交朋友了。

罗峰向我交代完的时候，我们已经把车子开到了乡下。乡下很安静，沿途没看到什么人，只听到狗在狂吠。我们是在村口下车的，罗峰的脚刚从车里放到外面，几条大黑狗就冲了过来，罗峰喝了好几声，才把那些狗给赶开。

不过，那些黑狗只不过是跑远了一点而已，它们还站在远处朝我们继续狂吠，犬吠声把村子里不少村民都给吸引了出来。在村民的帮助下，那些狗才被彻底赶走。我们进村子的时候，还有质朴的村民告诉我们，村子里的狗比较多，也没人养，它们终日都在村子里乱窜。

罗峰一边叫骂着，一边和我往短发女说的房子走去。小鬼很安静，似乎是知道我们正在办正事，也就牵着我的手跟着走，一句话都没有说。

罗峰问过了村民，老九他们被迷晕的那天，村民并没有看到有车辆开进村里，也没看到什么奇怪的人。如果短发女没有说谎，老九几个人是真的被带到这里来的话，那肯定是在老九找房东要了钥匙之后，那时候已经是深夜了。

村子里的村民，日出而作，日落而息，一般都睡得比较早，没有人看到有车辆开进村里倒是正常。村民也说没有听到有车辆行驶的声音，夜里的村子，格外安静。我和罗峰观察了一下这座村子。

乡下比较空旷，村里房子和房子之间的距离比较远，村子的面积也比较大，小轿车以非常缓慢的速度行驶，的确不会发出太大的声音，村民没有听到也正常。村民告诉我们，那天晚上，村子里非常安静，大家都睡得很好。

很快，我们到了短发女说的那所房子外面，很明显，警方已经来过这里了。因为村子里人少，所以警察来的时候，应该没有太过戒备，警戒线也只是随便拉拉而已。陈凡说警方已经勘查过现场，把该提取走的证据都提取走了，至于具体的证据清单，这个时候的陈凡正在警局里等结果。

我和罗峰跨过松松垮垮的警戒线，走到了屋子周围。村子的地理构造，近乎一个方形，这屋子就在村子的靠边处。屋子是土砖垒的，周围空荡荡的，近距离内没有发现其他房子。我和罗峰找了找，很快就在屋子周围找到了车胎印。

事发已经很久了，车胎印也非常淡了。被警方调回警局的车子，之前就停在屋子的后面。我观察了一下，屋子的后门更加偏僻，这地方，估计就连村子里的人都很少来，车子又停在后门，村民大老远地看这边，根本发现不了。

我和罗峰在屋子周围绕了一圈，没有再发现什么之后，我们进了屋子。屋子并不大，就一张床、一张桌子，还有一个灶台。屋子里空荡荡的，罗峰一看就问道："房子这么空，能查出什么来？"

我松开小鬼的手，在屋子里走动了起来。我回答罗峰："痕迹，往往都是不起眼的。"

罗峰不再多问，和我一起一个角落一个角落地寻找了起来。港区警方对短发女的供词很重视，所以这个犯罪现场，他们一定也勘查得非常仔细。

我们进屋子没多久，我接到了陈凡的电话，他告诉我，他已经查到警方从乡下房子里提取到的证据了。

短发女招供后，警方第一时间就到了这个村子里。警方从现场提取了多枚指纹和脚印，而这些，都是我们用肉眼直接观察不到的。鉴定结果出来之后，警方发现，那些指纹和脚印，分别属于老九几人还有短发女。

并且，警方对现场提取到的毛发进行了DNA鉴定，通过比对，警方认定那些毛发属于云清。同时，那辆被警方调回去的车上，也发现了云清的毛发。我和罗峰最担心的事情发生了，警方的这些发现，对云清更加不利了。

罗峰怒骂了一声："凶手究竟是什么人？能搞到有云清指纹的冥币就算了，竟连云清的毛发都能搞到！"

和云高相比，云清更是没有什么亲密的人了。和云清一起上班的同事，警方和我都已经调查过，把他们基本都排除了。我也感觉到了凶手不简单，凶手不太可能是云清身边的人，但是却能莫名其妙地得到很多能体现云清的身体特征的东西。

我发现了一个比较有意思的现象：不管是在这房子内，还是在那辆车里，都只在小件物品上提取到了云清的指纹。就拿这屋子来说，警方通过鉴定，没有在现场发现云清的脚印，除了在角落里的一条手帕上发现云清的指纹，就没有再发现其他痕迹了。

"云清根本就没有到过这屋子，也没上过那辆车，所以不可能在大件物品上留下痕迹。"我对罗峰解释道。一间屋子，最容易留下指纹的，应该是桌子、床、窗台等地方，这些东西都比较固定，大件不易移动。云清没有到过这里，自然不可能在上面留下指纹。

而那手帕，还有冥币，都是比较小件的东西，虽然很困难，但是只要凶手多想办法，还是有可能让云清在不经意间把指纹留在上面的。等指纹留下之后，再把这些东西转移到各个涉案现场，云清的嫌疑就加重了。

云清身上的毛发，也是非常容易移动的东西。

这屋子比较破旧，没有人住，闲置了好几年。我用手在地上摸了摸，一点儿灰都没有，和老九几人死亡的出租屋一样。

“这里也被清理过了。就算凶手再小心，他都没有办法保证他到过的地方绝对没有留下可以查出他身份的信息。所以，他将这里进行了清理，等清理干净之后，再把其他人的身体特征留在现场。”我说，“这就是为什么涉案现场和车上，只有云清、短发女还有老九几个死者身体痕迹的原因。”

罗峰点了点头，继续和我在屋子里找痕迹。小鬼站在一边，依旧不说话。

警方提取到的证据和鉴定的结果，陈凡都告诉我了。

涉案现场的指纹和DNA，是客观证据中法律效力最大的，就算云清和短发女最后也没把鬼叫餐的犯罪手法招供清楚，警方凭着他们掌握的证据，也足够将她们定罪。甚至于，云清和短发女没有招供鬼叫餐犯罪手法的行为，还会被警方认为是在挑战司法权威，进而加重刑罚。

果然没有在屋子里再发现什么了，罗峰问我怎么办。我想了想，带着罗峰和小鬼往外走。按照我的推测，凶手清理过涉案现场，有些东西凶手可以带走，但不是所有被清理的东西，都适合带走，所以，我想去屋子附近偏僻的角落或者垃圾堆里碰碰运气。

我并没有抱太大希望，但只要有机会，我就不会放弃。

“方涵，你说屋子里没有发现凶手的身体特征，会不会是凶手根本就没有来过这里？”罗峰问我，“会不会，这个阶段，都是短发女一个人干的？”

我点了点头：“有可能。”但是，我的话刚说出口，又突然想起了什么，我猛地转头改变了自己前一秒钟的说法，“不可能！”

—— 第037章 ——

不吠的狗，手印的端倪

罗峰茫然地看着我：“怎么这么快就改变了说法？”

在他看来，在老九几个人被带到乡下房子的这个阶段，凶手还没有正式进行犯罪，因此没有在屋子里留下他的身体特征，完全是可能的。

“记不记得，我们下车的时候遇到了什么？”我问。

罗峰想了想，回答道：“一群狗？”

我点了点头，我们遇到了一群朝着我们狂吠的狗。问题就出在那些狗的身上。罗峰已经等不及了，他问我到底是怎么回事。

进村的时候，我们已经询问过村民，村民说当天晚上村子里非常安静，他们并没有听到车子进村的声音，这被我们认为是正常的，毕竟车子慢速行驶，不会发出太大的声音。

但是，狗吠的声音，特别是一群狗的吠声，却能在安静的夜里传遍整个空旷的村子。我回想起村民的说法，村子里的狗很多，没人养，终日在村子里窜。一般而言，狗的警觉性很高，见到生人或者奇怪的人都会狂吠，尤其是在夜间，狗的警觉性更高。

对于那些狗来说，这个村的村民就是熟人，而像我和罗峰这样的外来者，便是生人。那些狗的厉害，我和罗峰都见识过了，在那样一个安静的晚上，一群陌生人进入村子，它们却一声都不叫，这就是奇怪的地方。

“很多动物都有领地意识，狗便是其中一种。”我对罗峰解释道，“有主人的狗，见到生人不经常狂吠，是因为有人养着。而流浪狗，看见满大街的生人也不狂吠，是因为那些狗居无定所。而这个村子的狗，没有人养着，却定居在这个村子，这个村子就是它们的领地。我们这群对它们来说很陌生的人，闯入了它们的领地，它们觉得有威胁，所以会对我们狂吠。”

罗峰听得一愣一愣的，反问我：“你说得没错，但是动物毕竟不是人，它们的行为未必有规律可以找。不叫，也是正常的吧？”

我点了点头：“是挺正常的。但是，村子里的狗那么多，每一只看到生人都不叫，就有些奇怪了。经常都是一只狗吠带起一片，这个村子很偏僻，基本没什么人进入，狗的领地意识会更强。而且，我看刚刚那群狗，它们都很凶。”

罗峰想了想，说他出去再问问看。罗峰跑了出去，很快，我又听到了一片犬吠声，大约十分钟之后罗峰回来了。他一边骂着一边跟我说：“这一出门，一个人面对那么多狗，还真的有点心惊肉跳。”

罗峰问了村民，果然，村民说这村子太偏僻了，没什么外来人，而每次有外来人到村子里，那些狗都要乱吠一通。也是因为没什么外来人，所以村民就没有管那些狗。原本只是推测而已，但罗峰的询问，让我的推测变得更有准确性了。

短发女的信息，警方调查得很清楚，她和这个村子根本就没有任何关系。她在供述的时候，也只是说这地方偏僻，所以把老九几个人带到了这里。短发女和我们一样，也是外来人。

一个外来人，带着另外一群外来人到这个村子里，狗却一反常态，不叫不吠，可能性是有的，只不过不是特别大而已。我不敢轻易否认任何可能性，但是概率学同样是侦查中经常用到的。

我告诉罗峰，如果生活上细心的人，能发现一个并不算普遍但是比较常见的现象：主人或者熟人带着陌生人经过，狗通常是不会吠的。所以，我推测，那天夜里有一个村子里的人带着短发女和老九他们，所以狗才没吠，或者吠得没那么厉害，使得熟睡的村民没有一个被惊醒。

再加上屋子的地上一点灰尘都没有，这让我肯定凶手或者疑似凶手的人到过这屋子。假设只有短发女带着老九他们来，短发女没有必要把整个屋子的落灰都给清理了，因为现场有短发女的身体特征，这有些多此一举。

再联系鬼叫餐案现场的落灰也被清理的现象，也可以推测凶手来过这里。

综合种种线索，几乎可以确定，真正的犯罪嫌疑人来过这里，而且那个人，很可能就是本地人。

罗峰调侃了一句："你怎么对狗也这么有研究了？"

我只是淡然一笑："推测而已，准确性不能保证百分之百，但我们可以循着这条线索继续调查下去。"

我和罗峰继续往外走，我们把屋子四周仔仔细细地搜索了一遍。四周都是杂草，港区位于南方，即使是寒冷的冬天，杂草枯萎得也不厉害。这屋子闲置了好几年，周围自然也没人打理。

罗峰难得地耐着性子陪我搜索了整整一个多小时，但是什么都没查到后，罗峰有些失去了耐心。他又问我是不是确定能找出什么，我想了想，没有给予肯定回答。警方根据短发女的口供找到这里，他们重点排查的范围是那间屋子内部的痕迹。

他们找痕迹证据，只为证明短发女口供的真实性，自然不会像我们一样如无头苍蝇一般找这么久。我们又搜查了很久，慢慢的，我们距离那屋子越来越远了。我们到了一片垃圾堆周围，这里臭气熏天，我忍着恶心，戴了双手套翻起了垃圾。

"方涵，你不怕恶心啊？"罗峰是帮会的话事人，没有做过这事。

"当年在警校的时候，长了蛆的尸体都见过，溺水巨人观的浮肿绿尸体也接触过不少，比这恶心多了。"我回答的时候，在垃圾堆里发现了一支奇怪的东西。

我把它拿起来，这是一支很大的针筒，里面还有已经干涸的血迹。

罗峰也凑了上来，我仔细地观察了针筒，把它放到一边，又在垃圾堆里翻了起来。很快，我又找到了几个针筒，里面同样有干涸的血迹。我来不及和罗峰多说，立刻带着小鬼在村子里找了起来。

村子里的狗不停地吠着，好像随时会冲过来咬我们一样。挨家挨户走过之后，我和罗峰站到了村子的中央。

"你发现了吗？"我问罗峰。

罗峰不解地问："发现什么？"

"这个村子里没有诊所。"我回答。

罗峰终于明白我的意思了，他大大咧咧地拉过一个村民。村民告诉我们，村子这么偏僻，又是穷乡僻壤，自然没有诊所。村民平时如果生病了，就自己上山采点草药，凑合凑合就过了。

如果生了大病，就到城里去看。

这里的村民，清一色地没有文化，他们根本不会使用针筒这种东西。发现针筒的地方距离那屋子最近，而且每一个针筒，里面都有干涸的血迹，这足以证明这些针筒有问题了。

我把针筒收了起来，没有再发现什么线索之后，和罗峰暂时离开了村子。

上车的时候，我给陈凡打了个电话，我让他提醒一下警方，注意这个村子的人。他告诉我警方已经准备将案件移交，进入司法公诉阶段了。我更加感觉时间紧迫了，警方不帮忙，我只能把希望放到罗峰身上。

车子才开出村子没多久，罗峰就让他的手下按照我的意思调查这个村子的人了。

等一切交代好之后，罗峰才问我那些针筒和这起案子有什么关系。

“你忘记凶案现场墙上密密麻麻的血手印了吗？”我反问罗峰。

罗峰有些惊讶：“你是说，那血手印和这针筒有关系？”

我点了点头，之前我们到案发现场，我看见满墙的血手印，总觉得哪里奇怪，现在我似乎有些想明白了。我让罗峰把车子开到案发现场，我要再观察一遍那满墙的血手印。

回到市内，天已经快黑了。趁着天完全暗下来之前，我和罗峰又一次到了案发现场。这是我们第三次来了，我第一时间就把目光放在了那满墙的血手印上。这一次，我终于发现我一直觉得奇怪的地方了。

现场没有被清理过，血手印还和之前一样明显。第一次看到这手印的时候，我就发现，根据大小及其他特征，墙上的手印可以分成四种：分别属于老九等四个人，而每一种相同类型的手印，形态几乎是一模一样的。

我在脑海里搜索起卷宗上的照片。

“这一种，是老九的。”说着，我把每一种手印和人对上了号。

罗峰看了看墙上的血手印，又看了看自己的手掌，笑了两声：“我不明白你的意思。”

我继续解释起来。

每一个手印，都非常完整。我以老九的手印为例，在我的解释下，罗峰很快也发现了，所有老九的手印，几乎都是一模一样的。

“就算是我们自己往墙上摁手印，都不能保证每次留下的手印是一样的，因为我们的手掌是活动的。”我对罗峰说。

罗峰恍然大悟：“你是说，每个人留在墙上的手印都一样，是因为他们的手不会动？”

—— 第038章 ——

尸僵，抽血

我点了点头，肯定了罗峰的说法。罗峰所说的不会动，并不是指人昏迷时候的不动，因为人在昏迷的时候被人搬动，关节和躯体还是会弯曲或者移动的，因为人的躯体和关节相对柔软。

罗峰进一步问："你的意思是，这些手印被印到墙上的时候，老九他们已经死了？因为只有死人才不会动。"

尸僵，我立刻想到了这个词。我告诉罗峰，手印不仅是在老九他们死后印上去的，而且是死了一段时间后印上去的。人刚死没多久的时候，就身体僵硬程度来说，和活人没有区别。如果这个时候他们被人按着手，往墙上按手印，也不能保证每个手印的形态都是一样的。

所谓形态一样，并不是指每个手印的轮廓一模一样，而是从侦查痕迹学的角度，通过对手印边缘、连结点、模态等多角度进行考量，最后得出手印统一的结论。我依然举了老九手印的例子，这些手印边缘处有鲜血往下滴，这很正常。墙和地面保持垂直，在摁手印的时候，鲜血难免会往下淌，除了这一点，从痕迹学角度讲，老九的每一个手印都是一样的。

尸僵一般在人死后一至三个小时开始出现，七八个小时的时候，肌肉收缩和关节僵硬慢慢开始遍布全身，尸僵程度也开始达到最大。那个时候，如果不是有稍微大的外力作用，手掌的姿态将是一样的。一般死后八个小时，尸僵才会缓解。

我试图模拟了当时的场景：有人把已经尸僵的老九几个人，从麻将桌上扶起来，并按着他们的手掌沾染上鲜血，往墙上摁手印，最终留下了每个人的每个手印都基本相同的痕迹。

罗峰一听，脸色不自觉地变了一下。我知道罗峰在想些什么，凶手抓着老九几人手掌的时候，因为老九几个人已经死了，所以在摁手印的时候，几个人的尸体必然是和凶手的身体紧贴着。

这么多手印，不是一时半会儿就能完成的，凶手竟然在一间密闭的屋子里，和已经高度僵硬的尸体亲密接触了那么久，而且还不止与一具尸体亲密接触。正常人，就算不觉得胆寒，也会觉得恶心。

就算是法医和侦查人员，也很少会这样和尸体接触。

罗峰的肩膀颤了颤："这凶手到底是什么人？想到他的脸都快要和尸体的脸凑在一起，我就觉得恶心。"

"凶手的心理素质很好，杀了人之后，一点儿都不紧张，还能慢慢地往墙上摁手印。"我冷笑了一声，"如果我猜得不错，墙上有这么多血手印，而尸体身上却没有出血，是因为这些血液在他们死前的三天内，就已经被抽出来了。"

我又取出了那几个带着干涸血迹的针筒，虽然还没有经过鉴定，但我已经基本上可以肯定，针筒里的血就是老九几个人的。从老九几个人到港区当晚失踪算起，再到法医鉴定得出的死亡时间，一共过了三天左右。

而那三天，老九几个人就在乡下的房子里。人没有死的时候，皮肤和肌肉的愈合能力还在，抽血会在皮肤表层留下小小的针孔，但是经过三天，那些针孔就会慢慢愈合。法医进行尸检的时候，死者已经死去好几天，尸体身上遍布尸斑，皮肤僵硬脱水，如果那些针孔又在非常隐蔽的部位，法医会忽略完全正常。

再加上这件案子的诡异，法医更多地把注意力放在死者胃里的新鲜食物上了。尸检有较强的主观性，法医也是人，经常会出现思维定式。

我观察着墙上的血手印，手印的分布，并没有太大的规律。但是，每当有几个颜色较深的手印之后，就会有一个颜色较浅的手印出现。这次，我没有解释，罗峰就开口了。他说这是因为手掌沾染上血，往墙上摁几下，手上的血就会变少，所以颜色变淡了。

颜色变淡后，凶手又会替尸体的手掌染上血，再去墙上印，所以接下来的手印，颜色又变深了。

“不过，如果我们的推测是对的，那这个凶手到底在想些什么？他为什么要给老九他们抽血，还保存他们的血好几天，再把他们的手印一个一个留在墙上？真是太奇怪了。”罗峰说道。

我想了想，回答道：“不是所有的犯罪手法都是有原因的，很多犯罪嫌疑人事后被问起他为什么要那样做时，连嫌犯自己都回答不上来。”我又往墙上扫了一眼，“联系这起案子的诡异，这手印，或许凶手就是想制造恐怖的氛围，把这起案子推到鬼神之说上。”

现在回想起来，如果这段时间我们的经历都和凶手有关系，那凶手对这起案子的态度，已经发生了明显的改变。

一开始，凶手的目的达成了，鬼叫餐案被传得神乎其神，港区居民谈之色变，很多人都相信了鬼叫餐案就是冤魂干的。之后，肥基的口袋里离奇地出现冥币，后来又离奇地死在自己家中，尝试分析凶手杀肥基的动机，可能是想继续把案子和鬼神联系在一起，警告港区警方不要再继续查下去。

但是，港区警方不像凶手想象的那么愚笨，再加上我们的介入调查，凶手或许觉得鬼神之说没有办法糊弄过去了，所以这个时候，云清认罪，短发女也认罪。凶手，是在找替罪羔羊。

罗峰托着下巴点了点头：“听你这么一说，的确是的。你说，凶手会不会是个医生？”

罗峰是根据针筒和被保存起来的血液猜的。

我马上否定了。

并不是只有医生才会抽血，医学理论的书籍在港区市场上可以轻易买到，容易自学。抽血并不需要太高的专业水平，而储存血液，只需要将血液密闭起来，放至低温处即可。

最能有力反驳罗峰的推测的，是肥基的死。

肥基家中后院的杂草丛，才是第一凶案现场。我之前推测凶手肯定用了某种不透水但可以吸水的垫子或者薄膜纸，先铺在了草丛上，所以现场草丛才没有那么多血迹。

但凶手似乎没有预料到动脉被切开，鲜血最远可以喷洒至两米开外，所以草丛里还是留下了一丝血迹。如果凶手是医生，他不可能不知道动脉被切开时会发生什么情况。

“内敛心细的人，性格不会太五大三粗。他平时从事的职业或者爱好，可能比较特殊，富于创新。”罗峰突然说道，“这是你之前根据那个什么犯罪心理画像做出的推测，你说，这凶手到底是干吗的？”

我紧皱着眉头，一时也没有想明。

案子很复杂，也很诡异，令罗峰不解的地方还有很多。

“方涵，凶手真的很奇怪，你说他抽了血不把针筒带走，直接丢在屋子附近的垃圾堆里，还有那辆蓝色的车子也停在那里，就不怕被查出来吗？”罗峰坐到了麻将桌上，但他很快又站了起来，还一副恶心的模样拍了拍裤子。

那地方，就是老九几人的尸体被发现的地方。

“那辆蓝色的车子，被停在了乡下。而老九几个人，最后又被接回了市区，肯定还有其他车子来接。如果凶手聪明的话，应该会分次接他们回市区。”我回答。

那个时候，虽然还没有死人，但是老九几个人已经失联，凶手肯定会考虑到有老九等人的熟人向警局报案的情况。警方一旦立案，或许会对往来车辆进行调查，那辆蓝色的车子已经出现过一次了，不适合再出现，这就能解释为什么蓝色的车子被停在乡下那么隐蔽的位置。

警方排查往来车辆的时候，会着重排查人多的车子，也会重点排查没有车牌的黑车。我对罗峰说：“如果我是凶手，我会用有车牌的车子分次接走这几个人，并制造出他们睡着或者醉酒的模样，这样就能巧妙地骗过警方。”

“至于那些针筒，应该也是凶手故意留下的。”我说。

一切暂时都还只是主观上的推测，我们只能揣测凶手的动机。

凶手或许早就想好了退路：一是这起案子成为灵异无头案；二是如果失败，就找替罪羔羊，而替罪羔羊就是那个短发女。

短发女在招供的时候，并没有说抽血的事情。

凶手的态度有些了然，如果警方没有发现针筒，那短发女就不说抽血的事情，继续给这起案子制造诡异的气氛。而短发女招供，干扰了警方的办案思路，使凶手逍遥法外。并且，针筒扔到哪里都是销毁证据，那个垃圾堆其实已经非常隐蔽了，我和罗峰找了很久才找到。

而一旦针筒被发现，短发女就会招供抽血的事情，针筒将成为证据，证明短发女就是凶手这个“事实”。而真正的凶手，将逍遥法外。

这便是凶手把针筒留在小木屋附近的原因。

“把针筒送到警局去，再看看短发女新的供词，就知道我的推测对不对了。”我对罗峰说。

可就在这个时候，一直没有说话的小鬼突然拉了拉我的手说：“方涵哥哥，外面有个人一直在盯着我们。”

—— 第039章 ——

心慌的凶手

小鬼的话说完，我和罗峰都猛地回头，但是门外空空如也，一个人都没有。不知不觉中，外面的天已经有些黑了，罗峰骂了一声："小鬼头，哪里有什么人？"但是，罗峰的话还没有说完，我就冲了出去。

我追到楼道口的时候，听到了楼道里回荡的脚步声，那声音很容易辨别出来，那人绝对穿了一双皮鞋。我没有任何犹豫，继续往下追，但是很快，我的身体突然失去了平衡，我的脚被什么东西绊到了。

我的身体前倾，如果不是我反应迅速，已经滚了下去。我抓着楼梯的扶手，马上从地上站了起来继续追，可是马上，我又一次被绊住了。从七层到一层，我已经不知道被绊了多少次了。

等我到一层的时候，住宅楼底下空荡荡的，一个人都没有。罗峰和小鬼也追了上来，罗峰问我找到人没有，我摇了摇头。

我往自己的腿上看，才发现腿上粘了很多长条形的透明胶带。

我总算明白过来了，我之所以会一直被绊住，是因为楼道口的地方被拉起了透明胶带。我跑得很快，稍微被绊身体就会失去平衡。罗峰看着那胶带，骂了一声："这是什么人？"

我冷笑一声："你觉得谁会偷偷来犯罪现场呢？"

罗峰一惊："是凶手！"

我点了点头。这个人被我们发现就跑，而且，他上来的时候分明做好了准备。他早就想到万一被我们发现，所以他在每一层的楼道都拉起了透明胶带。透明胶带是他粘上去的，他知道在哪里应该跳起，但是我却完全不知道。

天已经黑了，楼道口本来就暗，我追得又急，根本看不到。鬼叫餐案发生之后，搬离这里的人越来越多了，使这片破旧的住宅区更加冷清，夜里看上去还有些瘆人。想要找到目击者，恐怕很困难。

会这样鬼鬼祟祟地到犯罪现场来，还精心准备逃离的，我能想到的，暂时只有凶手。

我勾起了嘴角："有意思，小小的把戏都能被他玩出花样来。"说着，我把手里的透明胶带揉成了一团，扔在一边。

罗峰问我要不要把透明胶带带回去检验一下，我摇头："不用了。"

凶手那么多次都没有留下痕迹，这次肯定也不会在胶布上留下指纹。不管那个人是不是凶手，显然都是有备而来的。我拉着小鬼和罗峰一起上了车，我打电话给陈凡，让他在警局门口等着。

车上，小鬼又睡着了。罗峰这才小声地问我为什么这么相信小鬼说的话。其实，不管是我还是罗峰，都没有发现屋外的那个人，只有小鬼发现了。那个人藏得很隐蔽，走路的时候也很小心，几乎没有声音。

我回头看了一眼小鬼，我告诉罗峰，小鬼身上的谜团虽然多，但是我已经逐渐确定，她对我没有恶意。小鬼从小被当成野兽驯养，野兽和人的区别也表现在警惕性上，正因为小鬼很警惕，所以才能在野店里藏着不被人发现。

所以，当小鬼说外面有人的时候，我几乎没有任何犹豫地就冲出去了。事实证明，我对小鬼的信任是正确的。

罗峰笑了两声："看来，这小鬼头也是有些用处的，就是有点吓人。"

我们到警局外面的时候，陈凡已经在等着我们了。他的脸被冻得通红，我直接把装着针筒的鉴定袋扔给了陈凡，陈凡马上吃惊地问我那是什么，我把我们在乡下发现的线索告诉了他。我让陈凡把针筒交给警方，等鉴定结果出来后再去讯问短发女，看她会不会说老九几个人被抽血的事情。

不过，我暂时没有把狗吠和凶手可能是那个村子的人告诉陈凡。我不敢保证警方的态度，也怕警方大规模搜查起来会打草惊蛇。陈凡点了点头，又跑了进去。

罗峰看着陈凡的背影，调侃了一句："这小子这些天倒是挺上心的。"

这种时候，也就我和罗峰笑得出来了。罗峰看着我嘴角的弧度，说我肯定有把握揪出凶手了。我们回到车上的时候，我才对着他点了点头。

刚刚出现在凶案现场的人，十之八九就是凶手。

很明显，凶手开始有些慌了。一般而言，犯罪嫌疑人在犯罪后会重回犯罪现场，只有两种原因：一种是销毁不小心残留下的证据。可是警方早就已经把凶案现场摸透了，他想销毁也已经来不及了；他出现在凶案现场，是出于第二原因，想知道我们的侦查进度，探探虚实。

"他也害怕我们把他给揪出来。"我对罗峰说，"而且，他早不出现晚不出现，恰好在今天出现，你不觉得很巧合吗？"

我没有卖关子，直接把自己的推测说了出来。

白天的时候，我们去了乡下的村子。凶手一直很镇定，从一开始故弄玄虚，再到态度转变嫁祸短发女和云清，他都没有露面。从犯罪心理学的角度揣测犯罪嫌疑人的心理，可能我们去村子，引起了犯罪嫌疑人的注意。

并且，我们去村子这个行为，给犯罪嫌疑人造成了巨大恐慌，所以他才会铤而走险，出现在犯罪现场，打探虚实。万一被查出什么，他好及时跑路，离开港区。

罗峰听了之后，一惊："难道我们去乡下的时候，他就已经在跟着我们了？"

我摇了摇头："不会。"

在追那个人的时候，我虽然没有看到他人，但是却听到了脚步声。这个人，穿着皮鞋，皮鞋的声音很大，如果我们去乡下村子的时候他就跟着，肯定是早有预谋的。以犯罪嫌疑人缜密的心思来说，他会换一双好走的鞋子，方便行动，也不容易被发现。

小鬼发现那人的时间，大约是正常的下班休息时间。我推测，犯罪嫌疑人白天的时候得知我们去了乡下，但是却抽不开身。等一下班，知道我们来了犯罪现场，所以连鞋子都来不及换就赶来了。

穿皮鞋，在下班时候才抽出身来，这个人，恐怕不是什么普通的人物。

只听到皮鞋声，不能猜出皮鞋的昂贵程度，所以也没有办法揣测犯罪嫌疑人的身份。因为普通的上班族、推销员，都可能穿皮鞋。但是，我敢肯定他不是一般的上班族。

罗峰问："为什么？"

我回答："普通的上班族，不会抽不出时间来。"

当一件事威胁到犯罪嫌疑人，他想查看的时候，手头的工作都是可以推掉的，实在不行，丢掉一份工作也没人能拦住他。凶手会在下班的时候铤而走险，说明我和罗峰今天的行为，对他的威胁很大。

凶案现场，已经不知道被勘查过多少次，再怎么查，犯罪嫌疑人都不会心慌。除了凶案现场，我和罗峰今天只去了乡下。所以我才会那么肯定是因为我和罗峰去了乡下，才让凶手恐慌的。

"他白天没有出现，可能是因为他的工作，如果中途抽身，会有很多人关注。一个普通的上班族，如果中途离开，不会有太多人在意的。"我想了想，"可能是个大人物、上班期间受到公众关注的人。"

我想了想，让罗峰去查一下云高今天在哪里，又让他想办法查一下短发女平时和谁走得近。案发时间，云高有不在场证明，他不是凶手。但是他数次插手案件，所以我不敢保证刚刚穿皮鞋的人不是云高。

但如果不是云高，就可以更加确定那人是凶手了。

而短发女，明明不是凶手，却心甘情愿为凶手抵罪，这也有问题。

仔细一分析，情况非常复杂，因为，甘心抵罪的有两个人：云清和短发女。

罗峰马上给他的手下打了个电话，交代了下去。

一切都搞定之后，罗峰问我接下来要怎么办。

我笑了笑，伸了个懒腰："回去睡大觉。犯罪嫌疑人已经急了，说不定他一急，就来自首了。"

这只是一句玩笑话，但是，凶手急了对我们绝对有好处，人一急，犯的错误会越来越多。

我们回到酒店的时候，罗峰的手下就回了消息，效率很高。

下班那个点，云高还在公司加班，公司很多人都看到了。

罗峰笑了笑："不是一直插手案件的云高，那应该真的像你推测的那样，是凶手自己了。”

我点了点头：“所以，那个村子很可能就是凶手的致命伤，凶手是村子的人的推测也可能是真的。让你的手下加快速度去查，把那个村子里所有古怪的人都给我出来，我们一个一个排查。”

陈凡一晚上都没有回来，我们在酒店醒来的时候，天才蒙蒙亮。

小鬼早就醒过来了，睁开眼的时候，我发现小鬼正在掉眼泪，也不出声，就在那里哭。

—— 第040章 ——

三天必破此案

我问小鬼怎么了，小鬼回答说她想玄一了。

我愣了愣，突然有些同情。不管玄一是不是小鬼的爸爸，也不管玄一对小鬼是好是坏，但是，玄一毕竟是从小陪伴小鬼的人，小鬼想念他很正常。情感，是人类特有的东西，就算小鬼再怎么被当成野兽驯养，也没有办法丢掉感情。

我摸了摸小鬼的头，正准备安慰她的时候，小鬼突然把脸上的泪抹去了。小鬼抓着我的手让我答应她，不能丢下她。我有些疑惑，小鬼才跟我相处没几天，却跟我这样亲昵。很快，我想起了小鬼之前说的话，她很小的时候，经常看见我。

然而，我实在想不通，为什么小鬼很小的时候见过我。

来不及多问，陈凡气喘吁吁地跑了回来。他在警局待了一宿，很憔悴，他一进屋就大声对我喊："大事不好了！"

我让陈凡冷静下来，他喘了几口气之后告诉我，警方决定在今天结案了。

我一惊，一旦警方结案，短发女和云清就会被移交司法机关，她们的认罪口供和警方掌握的DNA、指纹痕迹，已足够将她们定罪。我套了件衣服，让小鬼待在房间里不要乱跑，就匆匆地和陈凡跑了出去。

我们一路往警局赶去，路上，陈凡边喘气，边告诉我，他把针筒交给警方后，警方连夜进行了鉴定。果然，里面的血分别属于老九几个人。鉴定结果出来之后，警方又在今天一大早再次讯问了短发女。

和我推测的一模一样，短发女又承认她把老九几个人带到乡下后，给他们抽血了。她还说故意把血手印印在墙上，是为了让警方想不明白为什么尸体没有出血，但是墙上却有那么多血迹，从而把案子推到鬼神之说上。

但是，短发女和云清依然没有说老九几个人是怎样“鬼叫餐”并吃下食物的，也没有解释为什么纸币变成了冥币。

“他们说，这两个人被抓捕之后，数次不承认罪行，企图隐瞒，态度极其恶劣，社会影响极坏，所以决定结案，移交司法机关。”陈凡的说辞里，充满了官腔，有添油加醋的味道。

陈凡的心思被我看穿了，我们跑到一个报刊亭的时候，我停了下来。陈凡一愣，问我怎么了，我对他一声嗤笑：“你不必添油加醋，你不就是想让我破案子，帮你立功吗？”

陈凡挠了挠头，刚想说什么，我又打断了他：“我可以帮你，但是你必须答应我一个要求。”

陈凡马上问：“什么要求？”

我想了想，回答：“回京市升了职，以后我有什么需要，你必须全力帮助我。”

陈凡欲言又止。我知道，陈凡还不清楚我是怎样的人，但是见我和罗峰称兄道弟，他肯定猜我不是什么善类，所以一时不敢答应。

我冷冷地扫了陈凡一眼：“想要功劳，不想付出。”我揪住了陈凡的衣领，“你现在必须答应，你不答应的话，等你回京市就会发现，警方知道你来港区玩小姐的事情。”

陈凡的脸色变了：“我没干过这事！”

我松开了手：“不管有没有，他们相信有就行了。”

“你污蔑我！”陈凡咬着牙，脸都红了，“你怎么能这样？”

“你记住，我不是好人。”说完，我转身走向了报刊亭。

港区警方一大早突然决定结案，恐怕有外力的作用。我拿起一份报纸，果然，在消停了几天之后，各大报刊又开始声讨云清和短发女了，而且那气势比之前还要凶猛。我的目光冰冷了下来，不管在哪个地方，舆论的干扰都是办案的巨大阻碍。

我把报纸放了回去，马上和陈凡往警局去了。在这期间，我给罗峰打了电话，让他替我查一下，是不是云高又动用他的关系调动媒体了。

我们进警局的时候，很多警察都围在警员办公室里面，仔细一听，警局内部也产生了分歧。并不是所有警察都支持结案的，我稍微松了一口气，这为我们争取了机会。我转过头问：“陈凡，你考虑清楚了没有？”

陈凡咬了咬牙，答应了下来。

我在陈凡的耳边说了几句，陈凡一开始还怯生生的，但是，他最终还是扯着嗓子喊了出来。这个时候，我已经躲到了角落里，所有人的目光都到了陈凡的身上。陈凡壮了壮胆子，高声说：“警局里抓到的两个人，根本就不是凶手！”

马上有人反问陈凡：“京市来的警官，犯罪嫌疑人的口供，加上DNA和指纹，还不足以证明她们是凶手吗？”

我看到陈凡的手在颤抖。

“那你告诉我，死者肚子里的食物是怎么回事？还有那变成冥币的钱是怎么回事？”陈凡越说越顺溜，最后也不再紧张了。陈凡按照我的意思，先是狠狠痛批了港区警方一番，说他们无能，抓不到人就想找人顶罪。

趁着那些警察脸色难看的时候，陈凡又信誓旦旦地告诉他们，他有能力在三天之内破案，找到真凶。已经有警察气得不行了，说陈凡说大话，但是陈凡却装模作样地冷笑了几声：“我要让你们看看，京市的警察有多厉害。”

警局里本来就有分歧，再加上陈凡的刺激，警局的负责人竟然真的答应给陈凡三天时间。他还让陈凡立下誓言，说如果无法破案，一辈子不再当警察。陈凡骑虎难下，脸色难看地扫了我几眼，最后咬牙答应了下来。

从警局出来的时候，陈凡说话还是颤抖着的。

他哭丧着脸，哀求道：“涵哥，你说到就得做到啊，不然我真不知道该怎么办了。”

我没有回答陈凡的话，三天时间，很快就会过去的。

一会儿，罗峰赶到了。他查出来了，昨天夜里，云高果然请很多报刊的编辑一起吃了顿饭。这足以说明，今天声势浩大的舆论声讨，就是云高搞的鬼。

“这个云高，我真想找人把他给做了！”罗峰气极了。

罗峰几乎把他所有的手下都调用了，罗峰的人分批负责不同的调查。到目前为止，多多少少有些结果了，只是结果有好的、有坏的，也有说不清是好是坏的。

首先是罗峰派去找玄一的人，他们彻底跟丢了。玄一离开港区之后，就像人间蒸发了一样，任凭罗峰的人怎么找就是找不到。

其次，罗峰还在坚持不懈地调查云高。但是，他的手下还是没有查出云高平时和什么人走得特别近，想要保护什么可疑的人。所以，云高为什么老是插手案件让云清认罪，暂时成了一个谜。

还有就是，罗峰的手下也去调查过和短发女走得近的人。那些人，大部分是去野店里玩的客人，短发女和他们也只是身体上的交流，并没有交心。并且，那些人，案发当天都有非常充足的不在场证明。

唯一的好消息，恐怕就是罗峰对那个村子的调查结果了。

村子里的人并不多，罗峰找到了好几个老九到港当天都不在村子里的村民。并且在问话的时候，他们都畏畏缩缩的，经常答不上问题。

“这些人在哪里？”我问。

“已经被我请到市内来了。”罗峰回答。

我们马上去找那些人了。

我们到了一家游艺厅，游艺厅很大，全是形形色色的人。这是罗峰在港区做的生意之一，陈凡看得一愣一愣的，罗峰笑笑说：“帮会总需要收入来源。”大部分港区帮会都已经开始做生意了，一方面是为了赚钱，另一方面是为了给自己洗白。

罗峰算是比较厉害的，还在京市成立了公司。这些年他在港区的产业基本是手下在打理。

游艺厅里的人见到罗峰，都点头哈腰的。

很快，罗峰把我们带到了那些人的面前。

这些人，有老有少，有七八个。

罗峰指着这些人说：“那天，他们都不在村子里。”

这些人的底细，罗峰也调查过了，老人就不用说了，年轻的也没有什么文化，经常在村子和市区内徘徊，其中几个，据说是另外一个帮会的小弟。

我逐一询问，很快，那些老年人的嫌疑被我排除了。

根据我们之前对凶手身份的推测，凶手是一个比较容易引起公众关注的人，这些老年人显然不是，而且他们不会穿皮鞋，也不可能跑那么快。他们之所以说不上话来，是因为被吓坏了。

倒是那几个年轻的小混混，引起了我的注意。

游艺厅里比较闷，他们脱下了外套，身上的衬衫带着各式各样的花纹，头发也染得五颜六色。

我指着其中一个小混混，问了句："那天你在哪里？"

我注意到，这个小混混之前还有点没底，但是突然就变得有些凶了，他说："关你屁事。"

我马上回头，果然，一个啤酒瓶子朝着我的脸砸了过来！

—— 第041章 ——

插曲，我要走了

那啤酒瓶子朝着我的脸飞来，速度非常快，转身的一刹那，我还能看见扔啤酒瓶的人在得意地笑。但是，他的脸马上就僵住了，因为那个啤酒瓶子，被我牢牢地抓在了手里。

我的心里愈发阴冷，我没说什么，因为罗峰走到了我的身边，让我往后退。我照做了，这里是罗峰的地盘，敢来这里砸场子的，不是什么普通人。我盯着那个扔啤酒瓶的人，他穿得花花绿绿的，头发染成了朱红色。

那个人的身后带着很多人，游艺厅里的人大部分都吓跑了，罗峰的手下也围了上来，两帮人，就这么站着。对方带头的人一走近，刚刚被我喝问的小混混就嚷嚷了起来，他喊那个人老大。

罗峰叫对方大喜，其他人则叫他喜哥。我一眼就看出来了，这个叫大喜的人，在港区拥有的帮会势力不比罗峰弱。我边上的那几个小混混，看到大喜越走越近，竟然直接站起来，朝大喜跑过去。

看他们一脸欢喜，一定是认为自己的救兵到了。但他们没跑几步，罗峰就转身一人给了他们一巴掌。在任何地方，被扇巴掌都是非常耻辱的，很多人宁可被打得半死不活，也不愿意被打脸。

我看得出来，大喜朝我扔啤酒瓶子的行为，激怒了罗峰。那几个小混混被扇了巴掌之后，大喜的脸色一下就变了，他似乎也没想到，罗峰竟然会这么不给他面子。罗峰招了招手，让他的手下把这几个小混混绑起来。

大喜已经走到了罗峰面前，罗峰和他面对面站着，两个人都气势汹汹的，随时都会打起来。

“罗峰，你和我一向井水不犯河水，你抓了我的人，是什么意思？”大喜的声音很大。

罗峰冷笑了一声：“这几个人涉嫌杀了我到港区来的四个兄弟，我请来问问话，你还不乐意吗？”

这两个人都是帮会的大佬，谁都不肯掉面子，一时之间僵持不下。就在这个时候，大喜的目光放到了我的身上，他扫了我几眼，说：“你有些面生，过来。”

罗峰朝我使了个眼色，让我不要过去。

但是我还是慢慢走到了大喜的面前，我没有说话，就那么站着，一直盯着大喜。

“小子，我刚刚看到你对我的人很凶。”大喜怒气冲冲地说，似乎想要吓唬我，但是我一点都不害怕的表现，让他有些难堪。

“小子，你还问他们话，你当你是警察啊？”大喜突然笑了起来，“小子，如果不是死条子的话，就滚到一边去，别学条子问话，当心你问着问着，你马子就跟人跑了！”

大喜的话，让我的心猛地颤了一下。我死死地盯着大喜，嘴里问罗峰：“我把他做了，你有办法摆平吗？”

罗峰想都没想就回答说：“随便你，我还没怕过谁。”

大喜之前丢我的啤酒瓶还在我的手里，他听了我和罗峰的对话还没有反应过来，我就揪住他的头发，用手里的啤酒瓶子狠狠地朝他的脑袋砸了下去。大喜一声惨叫，血一下子就从他的脑袋渗了出来。

他倒在地上的时候，他的所有手下都想冲过来。我一脚踩在了大喜的头上，突如其来的攻击让大喜毫无准备。猝不及防之下，他根本没有办法反抗就被我拿下了。看大喜被我踩着，他们也没人敢过来。

除了罗峰外的所有人，都目瞪口呆地盯着我。罗峰早知道我是什么样的人，所以一点都不惊讶。这个时候，来支援罗峰的人都已经赶到了，这里毕竟是罗峰的地盘。

大喜已经昏了过去，我狠狠地把他踢到了他手下的脚边。罗峰指着他们，喝了一声：“马上滚！”

形势对大喜他们不利，大喜的手下只好赶紧抬起大喜跑出去了。他们都走之后，罗峰下了命令，让人盯紧他们，如果有什么报复的行为，一定要提防。游艺厅里的人已经很少了，我转过身的时候，却在大门的角落里，又一次发现了熟悉的身影——小眉。

她又出现了，我让罗峰在这里等着我，马上跑了出去。

和小眉之前出现的时候一样，等我跑到小眉原先站着的地方时，小眉已经跑到了远处，她慢慢悠悠地朝我招手，动作慢得根本不像是一个人。我一路追着，但是一直没有追上，小眉两次出现的地方，地形都很复杂，到处都是小巷和拐角。

我追进了一条满是垃圾的小巷子，但是，等我跑到小巷子最里头的时候，却发现这是一条死胡同。我正准备转身跑出去的时候，突然听到有人在叫我的名字，那声音很细微，有气无力的，尽管如此，我还是马上辨认了出来，是小眉的声音。

我朝四周看着，但是，这条小巷子根本就没有可以藏人的地方。那声音还在继续飘着，似乎离我很近，仿佛就在耳边。正是中午，四周一个人都没有，天上有太阳，但是阳光洒在人的身上，一点儿温度都没有。

我找了很久，终于找到了声音传来的地方。我在把巷子堵死的墙上发现了一个小洞，那洞口，只有人的眼睛那么大。我把耳朵贴了上去，果然，声音是从墙的那一边传来的。我又把眼睛对准那个小洞口，很快，我看到了一张苍白的脸。

这道墙并不厚，小眉就站在墙的另外一边，正对着我笑。小眉笑起来的表情，非常不自然，总让人觉得她是皮笑肉不笑。我咬牙喝了一声：“你到底是谁，为什么总是装神弄鬼的？”

我朝上方看了一眼，这里的墙太高了，翻不过去，我必须从这条巷子出去，再找路去墙的另一边。

“方涵，我们见过面了。”我听到小眉的声音从墙的另一边传过来。

我想起了小眉在野店里坐在我身上的场景，那个时候，小眉还没显得这么诡异。我心思一转，马上改了语气，调侃道：“是啊，你的身体倒挺柔软的，要不，我们找个地方做完那天被打断的事情？”

原以为小眉会像那天一样变了脸色，但是，我的话对小眉根本不起作用。小眉幽幽的声音又一次从墙的那头传过来，她说在野店的那一次，并不是和我的第一次见面。我正疑惑着，小眉就说了一句让我震惊的话。

她说我和她第一次见面，是在三松观。

我怔了好几秒钟，仔细地想了想，如果我见过小眉，不可能一点印象都没有。

“你骗不了我。”我对小眉说。

小眉的话让我越来越震惊，她又告诉我，她和我见面的时候，老道长也在场。我猛地想起那晚老道长对着空气自言自语的场景，也想起了老道长提着灯笼，在三松观大门外，对着空气送行的场景。

我竟然一下子把小眉和老道长对面的空气联系在了一起，但是，我马上就把这个荒唐的念头抛开了：“不要再装神弄鬼了。”

小眉也没在意我说的话，她对我说：“我要走了。”

小眉说这句话的时候，声音又比刚刚弱了不少，我再一次把眼睛贴到那个小洞上，果然，小眉已经转过身，慢慢地朝前走了。小眉穿着一身白色的长裙，裙摆都已经贴到了地上，我看不到她的双腿，这样看过去，她就像是在地上飘一样。

我的脊背莫名地发凉，小巷子里突然起了冷风，我对着墙高声喝道：“把那手镯还给我！”

我还不知道从三松观小径上得来的那个手镯有什么用，但我的直觉告诉我，那个手镯，绝对不简单。

小眉已经慢慢走远了，我听到她对我说的最后一句话是，那个手镯，本来就是她的。

我冲出了小巷，等我找到路跑到墙的另一边时，小眉早已经不在这里了。找不到人，我又回到了游艺厅，罗峰已经等急了。

大喜的小插曲过去了，我把目光放在那几个小混混身上，又问他们老九几人失踪的时候，他们在哪里。我把大喜打趴下了，他们哆哆嗦嗦地告诉我，那天他们不在村子里，但是具体在哪里，他们也忘记了。

他们告诉我，他们都是小喽啰，平时跟着帮会里的人四处闲逛，收收保护费，时间已经过了这么久，他们不记得了。

我问罗峰："这些人是从哪里被带回来的？"

罗峰回答："他们都是从那村子里带回来的。"

我马上就感觉到了不对劲，他们不应该同时出现在村子里才对。

—— 第042章 ——

工具痕迹

这些小混混，跟了帮会之后都有自己的事情要做，他们回村，一般也都是各自回去，是不会集体回去的。但是这一次，罗峰竟然在村里把他们所有人都给带了回来。我一把揪住了其中一个小混混的头发，冷声说道："不要我问一句你们说一句，今天为什么回村，全给我说清楚！"

我的威胁起到了作用，接下来的问话非常顺利。他们告诉我，今天他们都接到消息，说村里有老人死了，所以他们都赶回去了。这群小混混，对外人凶，对自己村里的人都是很照顾的。

但是，他们到村里还没有看到死去的老人，就被罗峰的手下拦住问话，并带回来了。可是，罗峰的手下却说没看到村里哪家死人。我瞬间明白了过来，这群小混混，是被人故意引回村子里的。

这群小混混，成天到处瞎晃，说不清老九失踪那天在哪里非常正常。但同时，他们的嫌疑也会很大。罗峰又骂了一声："你的意思是，有人故意让我们抓到他们？"

我点了点头，又问那群小混混消息是谁给他们的。他们都说，是大喜告诉他们的。

"早知道刚刚就不让大喜走了！"罗峰啐了一口。

"别急，你先去调查一下，大喜这两天跟谁见过面，说不定就能查出来。"我对罗峰说。

罗峰叫了几个人，把他们打发了出去。我扫了一眼那群小混混，他们的确有一些嫌疑，也是村子里的人。但在得知他们是接到消息回村之后，我就觉得又有人在干扰我们的调查了。

罗峰把他们都暂时关了起来。和罗峰从游艺厅出来的时候，已经是傍晚了。

三天的时间，就这样过去了半天。罗峰问我接下来要去哪里，我说想去肥基的家里看看。肥基死后，我并没有非常仔细地在案发现场观察过，之后想去，但是诡异的事情频发，就没去成。

罗峰把车子开到肥基住的经济型别墅区，进去之后，我和罗峰翻过肥基家外面的铁门跳了进去。肥基死了也有好几天了，之前有陈凡的指引，警方调查得非常仔细，可惜的是他们没有发现什么痕迹。

我和罗峰准备先进肥基的家里看看，门已经上了锁，我们只能到后门去打破肥基家的玻璃，再想办法钻进去。案子还没有破，所以犯罪现场还没有被清理，我们到了肥基的卧室，床上还是有不少血。

绕了一圈没发现什么，我们又到了肥基别墅的后院，这里才是肥基遇害的第一现场。那天，部分倾倒的杂草，如今已经恢复了直立的状态，那地方，是我推测的肥基遇害倒下的地方。

当天，我清楚地记下了位置，我又走到那个位置，开始仔细地思考。

“方涵，照你的说法，肥基是连挣扎都没有挣扎，直接就倒地死掉了？”罗峰问我。

我点头确认。那一天，草丛只有一个地方的草是倾倒的，根据倾倒的形状，我推测那是肥基倒地之后压的。但是，除此之外，其他杂草大部分都保持直立。罗峰也觉得有些不可思议。

“怎么说都是一个警察，不可能有个人拿着匕首，直接就割破了他的喉咙。”罗峰说，“再怎么的，也要打斗一下吧。”

草丛上的血迹很少，只需要用吸水性的垫子事先垫上即可，屋里没有痕迹，只需要凶手转移尸体的时候小心点，到时候清理现场即可。而肥基的嘴里被塞满冥币，其实也并不诡异。肥基被割喉的案子，其实最诡异的是肥基为什么没有挣扎就死了。

换句话说，肥基是怎么死的。

罗峰的话，给我提了个醒儿。的确，如果是有人拿着匕首悄悄靠近肥基，肥基肯定是会发现的，这样的话，作为警察的肥基，肯定会和凶手殊死搏斗，有搏斗势必会踩踏更多的杂草，留下痕迹。

肥基的后院里杂草太多，照理说，一个人大晚上是不会到这里来的。但是，肥基却死在了这里。很可能是肥基听到什么动静，被引到了这里，如果是这样的话，肥基当时肯定也已经有了更高的警惕性，凶手想要持刀将他一招毙命，更加不可能。

我眯起了眼睛，问罗峰："如果，靠近肥基的只是一把刀，根本就没有人呢？"

罗峰一惊，他四处看了看，问我："没有人，刀怎么可能靠近肥基，还把他杀了？你别跟我说，还有人功夫那么厉害，能一刀掷出来，那么精准地把人的喉咙割破。"

我只是微微一笑，不再多说，而是站到了肥基倒下的位置。我仔细地回想着当天杂草倾倒的方向，很快，我大致推测出了肥基倒下时候躺的姿势：他是侧躺的。我四处看了看，后院里还是比较空旷的，除了一棵树和满地的杂草之外，就没有其他东西了。

那棵树，不算高，我走到树边，又回头看了一眼肥基倒下的地方。我用手比画了起来，罗峰不知道我在干吗，也没有打扰我。终于，我找了一个推测出来的方位告诉罗峰，刀应该就是从这棵大树飞出去的。

罗峰愣住了，他笑了两声："方涵，你真的认为是有人把刀掷出去杀人的？如果说肥基是被砍死的，我还能相信是有人掷了把刀出来。但是割喉，绝对不可能。"

我从大树的位置朝前直线走了过去，经过肥基倒下的位置时，我停下来，让罗峰跟我一起往前走。罗峰感觉莫名其妙，但还是照做了，很快，我们沿着直线走到了院子的砖墙边上。罗峰忍不住问我到底要干吗，我让罗峰仔细地观察这面墙。

肥基住的别墅，虽然是经济型的，但是比较新。墙是用砖砌起来的，外面涂了一层比较光滑的水泥。我在墙上找了一会儿，果然找到了要找的痕迹，我指着墙让罗峰仔细看：墙上，有一个不规则的小坑。

小坑很小，也很浅，但是和周围光滑的墙面对比，这个小坑已经很明显了。

看上去，就好像有人拿着铁钉，不经意地在墙上一锤，所以留下了一个不规则的小坑。

“这是什么？”罗峰问我。

“刀掷出来之后，刀尖撞击在墙面上留下的痕迹。”我对罗峰说。

这是典型的工具痕迹，通过模型对比，我立刻就分析出来，这是刀尖与墙面碰撞留下的。所谓工具痕迹，侦查中一般指犯罪工具与被破坏物理客体接触后留下的塑性形变。大部分工具痕迹的模型，我都已经烂熟于胸了。

罗峰越来越震惊了，他呆呆地问我：“还真有人能掷刀精准割喉？”

我只是一笑：“谁说刀是人掷出来的？你刚刚的话提醒了我，如果有人拿着刀靠近肥基，不可能一点挣扎痕迹都没有，所以，靠近肥基的只有这把刀而已。人做不到，但是工具却能做到。”

墙上的小坑，就是最好的证明。我走近大树并比画，就是在推测刀飞出去的位置。那把刀，一定是受到了非常大的推力，才能飞出这么远，还在墙上留下小坑。而这种推力，最有可能是弹力。

我模拟了当时的情况：肥基听到后院里有动静，所以提心吊胆地慢慢朝后院走来。但是，经过草丛的时候，他踩到了草丛里的某种道具开关，随后树上的刀被弹出，朝着肥基的喉部爆射而去，割破肥基的喉咙之后，在墙上留下了工具痕迹。

罗峰皱着眉头，他还是不太相信：“什么道具或者陷阱，能这么精准地割破肥基的喉部？而且，后院这么大，凶手怎么保证肥基一定会到那个开关的位置，并踩中开关？”罗峰想来想去，又说，“会不会根本就没有什么开关，凶手一直躲在树上，等肥基来之后，凶手才想办法把那把刀弹出去？”

我笑了笑：“这只是我的推测而已。其实，我也没有想通是什么道具或者陷阱可以这么精准地割破一个人的喉咙。”

罗峰怔了怔：“没有把握你还笑？天快黑了，七十二个小时，马上就要过去十二个小时了，你真的不急吗？”

我摇头：“凶手应该比我们更着急，总有办法把他引出来。”

这个时候，罗峰的手提电话响了，他听过电话之后告诉我，大喜今天见了云高。

“又是云高，一定是云高让大喜把那几个小混混引进村子干扰我们的！”罗峰越说越气，“云高自己又不是凶手，又没有要保护的人，他到底为什么一直妨碍我们？”

罗峰的话，让我睁大了眼睛：“我想明白了。”

—— 第043章 ——

交叉名单

我告诉他，我想明白云高为什么总是阻碍警方调查真相，并存心嫁祸给云清了。

罗峰一惊，我向四处看了看，说道："天快黑了，我们先离开这里。"

趁着还有一些光，我拿着事先带来的照相机，给肥基别墅后院墙上的工具痕迹拍了照片。

随后，我们偷偷出了别墅区。在车上的时候，我才向罗峰详细地解释起来。

云高肯定不是直接凶手，因为他的不在场证明太过充分且真实。但这并不能排除他不是帮凶，如果按照正常逻辑分析，假设云高是帮凶的话，他害怕罪行败露而嫁祸他人，并调动媒体力量，干扰警方办案，这是完全合理的。

但是，我也基本把云高是帮凶这个可能给否定了。通过几次和云高的接触，再加上罗峰的调查，我们对云高这个人的性格和特征，有了比较深入的了解。云高并不傻，嫁祸给自己的亲妹妹势必会引起警方的注意，从而也会对他进行调查，这样罪行暴露的可能性就更大了。

而且，云高还几次三番比较明显地干扰警方和我们的侦查，比如说请各大报刊的编辑吃饭，现在又通过大喜，引那几个小混混进村。虽说不是明目张胆，但不管是我们还是警方，稍做调查就能查出来。

如果不是他心里有鬼，他不会傻到用这种方法引起警方的怀疑。并且，假设他是帮凶，那真正的凶手一定会阻止云高的行动，就算是要转嫁嫌疑或者干扰警方办案，也会让云高以非常隐蔽的方式进行，这才符合鬼叫餐案凶手缜密的思维。

真正的凶手，比云高要聪明得多。

“你这么一说，云高好像的确不太可能是帮凶。”罗峰手里握着方向盘说，“那到底是为什么？”

我想了想，回答道：“这是因为，犯罪嫌疑人如果被警方逮捕，可能会影响到云高的前途，或者给云高带来灭顶之灾。”

云高几次不聪明的做法，除了基本可以排除他是帮凶，还可以基本让我肯定，他并没有和凶手串谋，凶手也没有办法控制云高。但可以肯定的是，云高知道真凶是谁。

我们已经调查得很清楚，云高没有什么想要保护的人，通过排除各种可能性，只剩下这一种可能了：云高所做的一切，并不是为了帮助真凶，而是为了保护自己。

而云高保护自己的行为，必然需要保住真凶。换句话说，云高和真凶有关系，一旦真凶被捕，可能会牵扯出其他对云高不利的事情。

罗峰踩了刹车，我的推测已经让罗峰没有心思开车了。他把车子停在路边，让我继续说下去，他还惊讶地问：“难道云高曾经和凶手一起，犯过其他罪？一旦凶手被抓，他们犯过的其他罪就有可能被牵扯出来？”

我点了点头：“有可能。”

云高作为大型公司的执行官，如果犯罪的话，很有可能和经济有关，我准备从这方面着手调查一下。但是，并没把调查这个作为重点，我需要重点调查的是三松观。

罗峰又是一愣，自从老道长仙逝、玄一离港之后，我们这些天就很少提及三松观了。罗峰问我：“那个三松观虽然诡异，但是之前你不是调查过了吗？除了那个不知身份的老道长，还有玄一的不老神话，没什么奇怪的了。”

我摇头道：“不，还有一批人我们没有调查。之前调查的那批人，看似和案子本身没什么关系，所以我就没有花费时间，但是现在看来非常有必要。”

我说的那批人，是三松观收的世俗弟子。这批人，其实也非常诡异。罗峰之前调查过，这批人在山上待了两年，下山之后竟然每一个都事业顺利，一帆风顺。

如果是一个两个，倒可以说是巧合，但是除了云清这个被赶下山的除名弟子，其他所有人都像云高那样成功，这就太不可思议了。我怀疑，可能有人或者一股势力在帮助这些人，如果推测成真，那三松观和那个人或者那股势力，必然有关系，甚至三松观就是促成所有世俗弟子成功的因素。

“宗教，能够陶冶一个人的心性，也能深度蛊惑一个人的心智。但是，宗教从来不可能有那么神奇的力量，他们会成功，绝对是有人在操纵。”说到这里，我的双眼微微眯起，声音变冷了，“我怀疑，他们会成功和犯罪有关系。”

罗峰马上又问：“从哪里看出来的？”

“从云清和云高的关系突然改变看出来的。”我说。

当思路打通之后，一些之前我想不通，或者没有在意的事情，全都重新被我重视了起来。云清和云高，本来感情非常好，但是他们共同在三松观修行三个月后，关系突然恶化、互相仇视。

当然，这种仇视也是有限度的。从现在云清认罪的态度来看，云清心里还是非常在意她哥哥的，否则她不会认罪，并在云高见了她之后，和短发女间接串供。我推测，云清是在保护云高。

云清在三松观的那三个月，可能发现了什么天大的秘密，所以才会对云高态度转变。

云清肯定也知道云高不是凶手，但是她却知道，一旦真凶被捕，可能会牵扯出三松观的秘密，从而给云高带来灭顶之灾。这并不是我凭空猜出来的，除了他们关系的转变，我还想起了那天晚上在三松观的场景。

在止步门内，我听到了云清的声音，当时找不到人，我还以为是自己听错了。但是后来在会面室见云清的时候，我发现她的手腕上有绑痕，身上又沾染了一些泥土，我就断定云清是被绑架到了三松观，而她的反应，也证实了我的推测。

而她再次出现的时候，就哭着认罪了。

“一定是三松观里的人跟云清说了什么，所以云清才会认罪。”我说。

这让我更加肯定，三松观有问题。

罗峰突然嗤笑了一声：“这个三松观，打着道家的旗号，看来也在做见不得人的勾当。”

我点了点头，赞同了罗峰的说法。我对云清这个人，也有了比较深的了解。云清很高傲，也很叛逆，但是真正杀人放火的事情她不会做，最多她也就打着大师的旗号，讹诈一些金钱而已。

云清在所有世俗弟子之中，是个另类。她没有像其他世俗弟子那样走上成功的道路，还偷入止步门，差点儿一把火烧了三松观。或许，因为云清发现了三松观的秘密，不想与之为伍，所以就放火烧观，下山去了。

以云清的性格，完全可能这么做。

"她为什么不报警？"罗峰问。

"如果报警的话，云高就完蛋了。云清根本就不是真的恨云高。"我回答。

罗峰没有去过三松观，但是我们在三松观的所见所闻，我和陈凡都已经非常详细地告诉了他。我问罗峰记不记得，当初止步门内着火，老道长依旧不允许任何人进入止步门，但是没过多久，止步门内的大火就被扑灭了。

三松观的信众会把老道长传得那么神，也有老道长以一己之力，迅速扑灭大火的缘故。我告诉罗峰，在没有消防设备的情况下，以一人之力扑灭大火的可能性微乎其微，更不要说在非常短的时间内了。

罗峰疑惑了起来，我继续反问："云清为什么哪里都不烧，偏偏烧止步门内的院子？这足以说明，云清发现的秘密可能和止步门有关系。我怀疑，止步门内有一批隐藏的人，大火根本就不是老道长一个人灭的，而是那批隐藏的人共同扑灭的，所以才会只用了那么短的时间。"

罗峰一愣，开口问："你进止步门内的时候，有没有发现那批隐藏的人？"

我摇了摇头，但是，我马上把这件事，和我听到云清的声音却找不到云清的身影，联系在了一起。

止步门内，可能存在一个非常隐蔽的地方，那批隐藏的人，在有人可能发现秘密的时候就藏在那里，当时云清被绑，也是被藏到了那里。

"我在想，真凶会不会就是世俗弟子中的一个，一旦真凶被捕，那三松观的秘密可能就会被牵扯出来，从而连累到云高，所以云高才会一直担惊受怕。云清知晓这个秘密，所以云高就利用了云清对他的兄妹感情把她送去审判席，也让她闭嘴，一举两得。"

罗峰点了点头，觉得我说得有道理。但是，罗峰却有些为难，他说这几年下来，三松观收的世俗弟子虽然不算多，但也不是只有几个而已。如果我们一个一个地调查有没有问题的话，需要很长的时间。

三天，肯定不够。

“不，找交叉名单。”

—— 第044章 ——

重返三松观

一个个调查，时间肯定不够了。但是，以罗峰的能力，短时间内把三松观所有世俗弟子的名单，以及他们的职业、年龄等基本信息搜集起来，并不是难事。这是我让罗峰去查的第一份名单。

至于第二份名单，还是跟乡下村子的名单有关系。罗峰去村子调查的时候，被云高和大喜引回村子的几个小混混再次干扰，调查再次中断。我让罗峰派人继续调查，不能忽略那些原本是村子里的人，但是现在已经不住在村子里的。

两份名单搜齐之后，如果我之前所做的推测都是正确的，那两份名单中，可能会有一个重合的名字。而那个人，就非常有可能是凶手，因为这个人，满足我之前推测出来的条件。罗峰有些激动，连说是好办法，很快，他打电话交代了下去。

我们回到酒店的时候，小鬼本已经睡着了，但是门一打开，小鬼就突然从床上跳了起来，她的警觉性非常高。见到是我，小鬼马上告诉我她饿了，我有些自责，因为查案把小鬼忽略了。

给小鬼准备了些食物，小鬼便狼吞虎咽地吃了起来。经过几天的适应，小鬼已经不再吃生肉了。小鬼吃东西的时候，罗峰和陈凡也都在我的房间里。我们正在商量接下来的打算，他们都看着我，关于调查，一直都是我做主的。

我想了想，问罗峰："知不知道大喜现在在哪里？"

罗峰回答说："进了医院，你要干吗？"

我一笑："想去找大喜确定一下我的推测。"

罗峰打了个电话，让他的手下先去给我们开路了。

我们出门的时候，小鬼也吃完了，她说要和我们一起去，两只大眼睛还眨巴眨巴地盯着我们。本想把小鬼留在酒店内，因为我们的行动有些危险，但是小鬼紧紧抓着我的手。罗峰挥了挥手，说让小鬼跟着吧，他的手下可以保护她。

陈凡低喃了一声："小鬼这么凶悍，谁敢欺负她？"

陈凡的话，引来了小鬼的一个冷眼，吓得陈凡马上走远了一些，生怕小鬼会突然张嘴咬他。上车之后，陈凡才问我要去确定什么。我也把之前和罗峰说的推测告诉了陈凡。

如果三松观和那批世俗弟子真的有见不得人的秘密，并且被云清发现了，那云高这几年，很可能会想办法对云清下手。

大喜在港区各大帮会的地位，实际上不比罗峰低，而云高又和大喜相识，如果云高要动手，利用大喜的可能性非常大。罗峰说今天白天发生的事，已经彻底将大喜得罪了，等大喜恢复过来，难免有一场恶战。既然如此，还不如趁他病着，要了他的命。

我们到医院的时候，罗峰的手下已经替我们把守在大喜病房外面的小弟都给解决了。他们在明，我们在暗，所以事情进展得比较顺利。我们进了大喜的病房，大喜的脑袋被包扎了起来，正躺在床上呼呼大睡。

我随手抄起病房里的水果刀，在大喜的脸上拍了拍。大喜猛地惊醒，看到是我，他一开始还很愤怒，但看清我手上拿着的水果刀后，他立马就㞞了。我言简意赅地直接抛出了我的问题："想活命，我问什么，老实回答什么。第一个问题，你和云高的关系怎么样？"

大喜哆哆嗦嗦地回答说："我和他不熟。"

大喜的话音刚落，我就高高举起了水果刀，朝着大喜的胸口猛地刺了下去，大喜尖叫了一声："我说！"

水果刀的刀尖，刚好抵在大喜的胸口上，只要再用力一分，水果刀就会刺进去。陈凡目瞪口呆地盯着我，似乎没想到我会用这种方法。我并不在意，让大喜快说。被我一吓唬，大喜终于肯说实话了。

大喜说他和云高是酒肉朋友，现在整个港区的帮会都慢慢开始做生意，为自己洗白，云高是大喜帮会生意上的帮手。而作为交换，大喜也会帮助云高解决一些不能放在明面上的事情。

罗峰冷笑了一声："看来这个云高，生意上也不是清清白白的。"

我说："第二个问题，云高是不是曾经让你除掉云清这个人？"

大喜犹豫着要不要回答，我把手里的水果刀又晃了晃，大喜马上开口了。果然不出我所料，云高的确曾经让大喜除掉云清。但是，就在他快要成功的时候，云高又改变了主意，让大喜放过云清。

我把大喜的话记在了心里，又问了几个问题，问不出什么后，我准备离开了。罗峰叫来了他的手下，把大喜打晕之后扛出了病房。陈凡有些惊讶，问罗峰想要干吗，罗峰反手就往陈凡的脑袋上扇了一巴掌："你警察病又犯了？问那么多干吗？"

陈凡还想说什么，我就揪住了他的衣领，冷冷地说："港区帮会的事情，和京市警察没有关系。"

陈凡只好闭嘴了，出了医院上车之后，罗峰才说他要先把大喜控制住，等吞了他的帮会之后，再把大喜给放了。

陈凡以为我们这就要回酒店了，但是车子开了一会儿，他发现并不是回酒店的路，他问我们要去哪里，我笑了笑，回答了他三个字："三松观。"

陈凡全身一颤，抱怨说怎么又要去那恐怖的地方。

我们到三松观山脚的时候，都已经是凌晨了。玄一走了，老道长死了，我们要查三松观比之前方便多了。我抱着小鬼，朝着山上的小径走。夜里很黑，小径两旁的树林幽森，和之前一样吓人。

小鬼一直盯着那漆黑的树林，好像在看什么。

我问小鬼怎么了，小鬼摇了摇头，趴在了我的肩上。我发现小鬼的身体在颤抖，好像是在害怕，但问起怎么回事，小鬼就是不说。

我们都很警惕，可一路上也没有发现什么奇怪的现象。

走到山上，我对罗峰和陈凡说道："这条小径，可能也和三松观的秘密有关系。"

之前我和陈凡还想不通，为什么这么气派的一个道观，不修缮一下上山的小径，现在想通了。小径被修缮之后，会有更多人上山，这对保护三松观的秘密很不利。

罗峰一点都不害怕，还非常感兴趣地说："我一定要看看三松观究竟有什么秘密。"

罗峰第一个翻进了围墙，很快，大门被他打开了。罗峰让我们进去，说里面一个人都没有。和之前的那个夜晚一样，三松观到了夜里一片漆黑，所有道士都睡着了。我们第一时间到了止步门外面，老道长虽然已经死了，但是止步门还是被上着锁。我们找了一些大石头，叠在一起翻了进去。

由于抱着小鬼，我的行动要慢一些。

进了止步门之后，我们又一次把整个院落搜查了一遍，但就是找不出什么来。最后，我们进了那天晚上老道长坐着对空气说话的那间屋子，罗峰把屋里的蜡烛点亮了。这屋子，我一共检查了两次。

一次是偷入止步门的时候，另一次是老道长死后，我和一个警察头子一起进来的那次。

刚到这间屋子，小鬼突然说她来过这地方，我微微一愣。紧接着，小鬼又说了一句让我更加震惊的话。她说她隐隐约约记得，她小的时候，就是在这地方经常看见我的。

罗峰和陈凡也都很惊讶地盯着我，陈凡更是直接地问："涵哥，你以前到这地方来过？"

罗峰马上就否定了："不可能，方涵这几年都在京市，我清楚得很。"

我们没有想明白是怎么回事，而小鬼也记得不是特别清楚，也没有办法详说。而且，还有一个疑点是，小鬼只说她见过玄一，并没有见过老道长。这止步门内，只允许老道长一个人进来，小鬼经常待在这地方的话，不可能没有见过老道长。

想不通，我们只好暂时把疑惑放在了一边。

陈凡还说可能是小鬼记错了，但是小鬼马上就说她不会记错，似乎是为了证明，小鬼还指着房间内的几个道像说那道像有问题。我们都把目光放在了房间里的道像上，道像的存在，我前两次来的时候就发现了。

道像有好几尊，每一尊都有成人那么高。

小鬼一说，我们把注意力全放在了那些道像上。摸索了半天，陈凡在不经意间竟然发现了道像存在的问题。这些道像很重，但是一个成年人足够将它放倒。一放倒我们才发现，这道像里面是空心的。

道像的外壁很厚，所以在外面敲击，发现不了它是空心的。

“这些道像，可以藏人！”我说道。

为了试验，陈凡钻进了道像里，罗峰把道像又立了起来，陈凡就那样被藏在了道像里。

“三松观果然有问题，那天晚上，我听到云清的声音，但是后来又找不到云清的人，是因为云清被藏在了道像里！”我的目光更加阴冷，“让你的手下加快速度查那两份名单，我要把凶手揪出来！”

—— 第045章 ——

路段

罗峰对着我点头，我赶紧蹲下身问："小鬼，你见到我的时候，我正在干什么？"

小鬼知道这些道像有问题，绝对不是误打误撞，她对这个地方是真的有印象。这让我更加确定，小鬼说她小时候经常在这地方见到我，不是记忆错误。

可惜的是，无论小鬼怎么想都想不起来了。她对三松观的记忆，只有这些道像和印象中模模糊糊的我。小鬼记得最清楚的，便是玄一在野外驯养她的场景。问不出来，我只好又站了起来，陈凡突然问了我一句："涵哥，会不会是你的亲兄弟？"

我摇了摇头说："我是独生子。"

陈凡来来回回走了几步，背对我的时候，他又问："该不会是你的父亲吧，你的父亲和你长得像吗？"陈凡问完转过身来，但是当他再次面对我的时候，我的手已经掐上了他的脖子。

我掐着陈凡的脖子，狠狠地把他往后推，一下子把他按在了墙上。陈凡惊恐地盯着我，我冷冷地一字一句道："不要随意地妄加猜测，否则，我扭断你的脖子。"

陈凡吓得马上点头，罗峰拍了拍我的肩膀，我这才松手。

罗峰很快就转移了话题，他问我们要不要再仔细地搜查一下，特别是止步门内的道像。我点了点头，和他们一起更加仔细地搜查了起来，很快，我们又发现了几尊道像。

所有的道像都是空心的，里面的空间完全够一个人躲进去。这更加印证了我之前的推测，止步门内隐藏着一批很神秘的人。当有其他人进了止步门，他们就藏在道像里面，而当初老道长之所以能那么迅速地灭火，恐怕也是这群人的帮助。否则，仅凭老道长一个人，绝对不可能短时间内灭火。

看似只是很普通的藏人手段，其实却很高明。这一尊尊道像，表面上没有任何怪异，外壁又很厚，用手敲几乎没有办法发现它是空心的。而且，每一尊道像都有些重量，一般人不会想到要去移动它们。

止步门内已经被我们找了个天翻地覆，一开始我们还非常警惕，因为我们不知道是不是还有人躲在止步门内。但是到后来，我们已经完全确定，止步门内除了我们，再无他人了。仔细一想，老道长已经死了，玄一也走了，三松观只剩下一群普通的道士，止步门内的秘密，隐藏的人，自然都不会再封存在止步门内了。

我看了看手表，天已经快亮了。我们又翻出了三松观，在外面等了没多久，三松观的大门开了，陆陆续续，也有信众上山了。只是，上山的人数远远没有之前多了。理由很容易想明白：老道长死了，玄一走了。

三松观大门开了之后，我们光明正大地走了进去。

我们找了一个道士，陈凡出示证件之后，那道士只得耐着性子回答我们的问题。道士告诉我们，玄一走了之后，就再也没有联系过三松观，大家都不知道玄一去了哪里，什么时候会回来。

但是，道士们坚信，玄一肯定是会回来的。因为，玄一离开道观，是老道长的意思。而且，当时老道长还跟大家说，玄一是奉他的命令出去办事了。

“三松观的世俗弟子呢？”我问。

那道士看了我一眼，说这两年三松观已经不收世俗弟子了。我微微一愣，这是罗峰之前没有查出来的。道士说自从云清在止步门内放火之后，三松观就暂停收任何世俗弟子了，这一停，就到如今。

那道士说着，突然有了几分的羡慕。他说有时候，他宁愿自己也是一名世俗弟子。因为，世俗弟子只要在山上待满两年，就能得到老道长和仙人的庇护，从此一帆风顺。我问道那些世俗弟子在山上的时候是不是有什么奇怪的表现？

道士摇头，说世俗弟子每天都和道士差不多，就是打坐，念道经，唯一不同的，就是每天夜里一点钟左右，老道长会把他们召集起来，给他们讲道。不管刮风下雨，均是如此，每天的讲道有一个多小时，从来没有间断过。

而且，每天那个时候，老道长都会找好几名道士，让他们守在讲道地点外面防止有人偷听。一些刚上山的道士，起初还觉得老道长有些故弄玄虚，但是亲眼见证那些世俗弟子下山之后出人头地，都震惊无比，夸赞老道长的法力高强。

罗峰却嘲笑一声："讲个道都鬼鬼祟祟的，讲道的地方在哪里？带我们去。"

那道士起初还不愿意，但是被罗峰的拳头吓唬了之后，赶紧带着我们去了。讲道的地方在大殿后面一个小厅堂里，厅堂布置得有些复杂，只要有人在外面守着，就不可能有人能避过看守人的眼睛偷偷进到厅堂里。

这也就保证了老道长的讲课不会被人偷听。罗峰把道士赶出去了，道士一走，罗峰马上问我感觉到没有，我点了点头，开始四下搜索了起来。陈凡的神经绷紧了，他一个劲儿地问我们："峰哥、涵哥，你们感觉到什么了？"

陈凡说他什么都没发现，唯一的感觉就是这地方阴森森的，很瘆人。的确，这地方采光不好，也没有窗户，厅堂看似空旷，但是因为厅堂内的一些布置，我们说起话来一点儿都没有回声。

就好像，我们的话刚出口，就马上止住了。

"这厅堂在三松观里的位置，应该是和止步门后院相连的。"罗峰对不明所以的陈凡解释道。

陈凡这才明白过来，我们在厅堂里找了很久，果然发现了一个非常隐蔽的通道。通道是小鬼发现的，她对通道非常敏感。那通道在一个柜子后面，我们把柜子一推开，就看见了一个大约有一米高、半米宽的通道。

我二话不说，蹲下身进去了。通道并不长，钻了一会儿之后就到了尽头。通道的另一端，被某种木质的东西挡着，我用力地推了推，没推开。那东西有些重，我没有再去推了，我猜那也是柜子。

在通道里很难推开，但是在外面，搬开柜子很简单。

我又往回钻，出来之后，向众人确认。陈凡看了看时间，三天的期限，一整天已经过去了。把三松观的问题找出来之后，我们不准备多做逗留，直接下山了。我们离开的时候，三松观里的人已经非常多了。

我牵着小鬼，观察每一个道士的表情。

我试图找出认得小鬼的人，但直到我们到山下，什么都没有发现。

老道长在那个厅堂给世俗弟子讲道，而那厅堂又和止步门的院子连在一起，止步门内又那么诡异，所以我觉得那些世俗弟子会成功，可能真的是有一批人在操纵。而那批人，就是躲在止步门院子里的。

可惜的是，那些人现在已经不知所终，无迹可寻了。

我们回到警局附近的时候，罗峰的手下还是没有查出什么来。陈凡问我接下来要怎么办，破案的时间只剩下两天了。按照我的计划，如果罗峰的手下能搜集全两份名单，那么肯定会有一个交叉的名字，那个人可能就是犯罪嫌疑人。

但是，就算找到了犯罪嫌疑人，我们也没有证据。调查到了这个地步，有些事情已经弄清楚了，但是一些谜团还是存在的。其中最大的谜团，当属死者胃里的新鲜食物和莫名其妙变成冥币的钱了。

我决定，再一次到朝阳记去看看。

见到朝阳记老板的时候，他已经有些不耐烦了。因为港区媒体的报道，朝阳记老板也认为是云清杀了人，然后讹诈他们的钱。

我们非常详细地问了朝阳记老板和伙计那三天送餐的情况。三次送餐，都是白天，伙计和老板都是骑着单车去的。联系肥基口袋里突然多出来的冥币，我问老板和伙计他们是不是也把钱放在口袋里了。

老板摇头，称都是围着腰包去的。

老板还把腰包拿出来给我们瞅了瞅，腰包有个拉链，钱都是放在里面的。在我的再三要求下，送餐的伙计终于肯跟我们一起再走一遍送餐的路了。原本想着通过侦查中常用的情景模拟让送餐的伙计想起一些可能被他遗忘的事情，但是很快，我发现了一个问题。

起初，从朝阳记出来的时候人非常少，最后的路段，也就是非常接近凶案现场住宅区的地方，人也非常少。

但是，朝阳记和住宅区中间有一条街区，那街区，人非常多。

罗峰和伙计都说，这片地方属于贫民区，唯一热闹的，也就这条街道了。

“问题就出在这个路段。”我说着，抬头观察了起来，很快，我催促陈凡，“你现在立刻回警局！”

第046章

凶手是他

陈凡还不明白，我指着路边电线杆上的一个监控摄像头，让他去警局把那三天的监控录像调出来。这片地方，几乎没有什么监控，除了人多的地方。幸运的是，因为这条街道人多，所以电线杆上装了一个监控摄像头。

陈凡意识到什么，来不及多问，马上朝着警局跑去了。朝阳记的伙计已经彻底不耐烦了，我也没让他多留，直接让他回去了。罗峰问我，是不是怀疑有人趁着这条街区人多，把伙计和老板腰包里的钱给替换了。

我点了点头，罗峰觉得有些不可思议："朝阳记的老板和伙计不会这么傻吧，连续三次被人换钱，还没有发现？"

我皱着眉头说："等陈凡把监控取出来再看看。"

等了大约一个多小时，陈凡终于满头大汗地跑回来了。罗峰埋怨陈凡怎么去了那么久，陈凡说因为之前在警局里大放厥词，大部分警察都对他很反感，好不容易才把监控录像调出来。

没有浪费时间，我们马上找了家音像店，播放起了当时的监控画面。监控摄像头是老式的，画面不是特别清晰，时不时会有卡顿。街道上，密密麻麻的人头，让人更加难以看清。

我们把监控画面调至最大，画面播放到第一天伙计送餐的时间时，我们仔细地观察着。果然，我们看到了一个推着自行车横穿马路的人，看不清脸，但是看他的穿着和自行车的样子，可以确认他就是朝阳记送餐的伙计。

送餐的时候，并没有发现什么异常，大约过了半个小时，送餐的伙计又推着车往回走了。这一次，我们把监控画面放慢了，因为人太多，我们几乎只能看到送餐伙计的头。仔细观察之后，还是没有发现什么奇怪的线索。

我们又把后两天的监控画面在另外两台机器上播放了出来。这一对比，我们总算发现了一些端倪。

一共三天，前两天是伙计送的餐，后一天是老板送的餐。他们都经过了这条拥挤的街道，并且，因为人太多，他们都是推着车走的。每天他们回程的时候，我们都发现有一个寸头模样的人，和他们挨得很近。

由于画面太模糊，没有办法直接辨认出贴着他们走的人是不是同一个。从表面上看，这并没有什么奇怪的。因为监控摄像头只捕捉到他们的头，他们的身体全被拥挤的人群给挡住了。

那个人一直跟随伙计和老板，走出拥挤区域的时候他们才分开走。很快，他们都消失在了监控摄像头的可视范围内。但是，最后一天，在贴着老板和伙计的那个人马上要离开监控摄像头可视区域的时候，我发现了他一个动作：抬手在额头上一抹。

罗峰问我这动作有什么奇怪，我想了想告诉罗峰，人的动作往往能体现一个人的内心，这也是犯罪心理学的经典观点。说着，我指着正捏下巴思考的陈凡，说陈凡捏下巴，表明他陷入了思考。

抬手往额头上一抹，有可能是放松的表现。并且，我注意到，这人是在最后一天才有这个动作的，很可能是他认为已经完成了一切，所以一直紧绷的神经放松了下来，不经意地做了这个动作。

“这也不是绝对的。”陈凡毕竟是个警察，对犯罪心理学也有一些研究，“或许，他就是觉得热，抹了一下汗水呢？你看，他抹了额头之后还一甩手，这分明是在甩汗。”

陈凡说着，还把那个画面重放了一下。

我微微一笑：“动作和心理，从来就没有必然的联系，一切都只是主观的推测而已。但主观的表现多了，串在一起就成了破案的关键。你身为警察，还不明白这个道理吗？”

随着刑侦技术的发展，客观证据越来越重要，但是毕竟刑侦技术水平有限，主观证据和推理仍然占据着重要的地位。陈凡还不是很明白，我只反问了他一句：“这么冷的天，如果不是经过剧烈运动，可能会出汗到需要用手抹额头，还要甩一甩的地步吗？”

陈凡终于反应了过来：“你是说，这个人就是犯罪嫌疑人。他出汗是因为他接了餐之后，跑着追上了伙计和老板，然后把他们腰包里的钱给替换了？”

“推测而已。”我说，“不能保证其准确性。但是，三次送餐的时候，都是中午。”

那片住宅区，大部分都是农民工，要么大晚上才回去，要么中午回去，因为太劳累正在休息。假设犯罪嫌疑人在接了餐之后，立刻出屋下楼，被人发现的可能性很小，如果再装作若无其事的样子，就算被人看到，别人也不会注意。警方后来再讯问，自然问不出什么。

出了住宅区，抄近道追上伙计和老板，完全可能。

罗峰的眉头也是紧紧地蹙着，问：“有多少把握？”

我摇了摇头，再次强调这只是我的推测而已。罗峰依旧不敢相信，因为那条街区人虽然多，但是街道很窄，那个寸头模样的人，贴着伙计和老板一起走的时间，也才短短五秒钟而已。

五秒钟的时间，需要把人的腰包拉链打开，抽出里面的一张钱，再把事先准备好的冥币塞进去，最后还要拉上腰包的拉链，这太困难了。他们还都是行走着的，而且，那个人还要保证不被其他人发现。罗峰实在想不到谁可以做到，就算是扒手，都未必做得到。

这正是困扰我的地方。我想到了肥基，他的口袋里也莫名其妙地多了一张冥币。肥基还活着的时候，我试图小心翼翼地将一张纸币放进他的口袋，可是立刻就被发现了。

我们想了很久，都没有想明白。

时间过得非常快，我们从影像店出来的时候，天已经快黑了。陈凡唉声叹气的，他很烦，说如果没有办法在限期内破案，他就再也没有脸当警察了。

大家都很疲劳，回到酒店之后，都各自睡下了。我躺在床上，小鬼就趴在我的身边，睡得迷迷糊糊的时候，酒店里的电话响了。我接起来一听，是前台服务员打来的，说有我的一份快件，要我下去取。

我翻身下床，把寄件取了回来。

那是一封信，没有写寄件人，只写了我的房间号。我问服务员谁寄的，说是有人随手往前台扔的，只说把信交给房间的住客，之后就马上离开了。服务员描述了那人的模样，说那人把自己裹得严严实实的，还戴着口罩。

我把信拆开了，里面只有一张信纸和一张旧照片。

看到照片的那一刻，我的心收紧了。

黑白照片上有两个人，一个是我已经死去的爸爸，还有一个是我。这张照片，我的印象很深，那是在我小的时候，和爸爸在一个公园前拍的。那时，我只有五六岁，父亲也比较年轻。

照片上的两个人，脸上都带着笑容，只是那笑容看起来很刺眼。

我马上展开了那张被叠起来的信纸，偌大的信纸上，只写着一行字：想报仇，马上离开港区，到京市找我，我可以帮你；再留在港区，性命不保。

除了这行字，这封信连个署名都没有。我迅速在脑海里搜索起可能给我寄这封信的人，但是我想了半天，也没有想到是谁。恰巧这个时候，罗峰来敲门，我把信递给他，他看了之后也是一惊。

罗峰马上问我是谁寄的信，我摇了摇头。

罗峰有些懊恼地骂了一声："这人脑袋缺根弦吗？连自己是谁都不说，让你怎么找他？"

罗峰的声音把小鬼吵醒了。我看了看时间，已经是深夜十一点多了。

罗峰问我要不要离开港区，因为这已经不是第一个人让我离开，否则会性命不保。我想了想，摇头道："不差最后一天半的时间了。况且，这封信的来源还不清楚。"

"这起案子，必须破。"我对罗峰说，"我越来越觉得，这起案子和我要找的那个人有关系。"

我们等了一会儿，罗峰的手下终于把两份名单搜集全了。拿到名单的时候，我深吸了一口气，我把所有的希望都放在了这份名单上。

两份名单，一份是乡下村子里的，另一份是三松观世俗弟子的。我拿着两份名单，一个名字一个名字地找了起来。罗峰办事很让人放心，名单上除了名字之外，还有他们各自的一些基本信息，包括职业。

虽然已经知道大致情况，但是当我看到三松观世俗弟子名单，特别是他们的职业时，还是微微有些错愕。

他们每一个人，果然都非常成功，在各行各业中都是有头有脸的人。

终于，我找到了一个重合的名字。

“凶手原来是他，这样一切就都可以解释得清了。”

—— 第047章 ——

你涉嫌谋杀

两份名单上，有一个重合的名字——李德水。

这对我来说，是个完全陌生的名字，但是罗峰看了这个名字，却有些吃惊。其中一份名单是三松观世俗弟子的，这些人在港区都小有名气，所以罗峰认得。

李德水不仅是三松观的世俗弟子，而且是那个村子的。李德水从小在那个村子长大，他的父母在几年前就去世了。李德水是村子里唯一的文化人，虽然不像云高那样知识水平很高，但好歹也顺利毕业了。

再后来，李德水被三松观收为世俗弟子，在山上待了两年之后，和其他所有世俗弟子一样事业顺利，在港区有了一些名气。虽然李德水已经不住在那个村子了，但是一有空，他还是会回到村子里祭拜父母。

调查结果和我们之前的推测并没有冲突。李德水虽然不常住村子，但是也经常回去，村里的狗不会集体对着他吠，很正常。

我让罗峰帮我调查一下这个人第二天有什么安排，我要和他照个面。罗峰听了，微微一愣，反问道："不怕打草惊蛇吗？"

我摇了摇头，等天一亮，我们就只剩下最后一天时间了。

我们没有更多的时间可以浪费，我就是要故意出现在李德水面前，让他知道我们已经盯上他了。这样，心慌之下，李德水才可能露出更多的马脚。罗峰同意了，但是他又问我："有多大的把握证明这个人是凶手？"

我回答罗峰，八九不离十了。因为这个人和我们之前调查出来的所有线索，完全吻合。罗峰依然有些茫然地问："全部线索都吻合？"

我点了点头："是的，不仅是重合的名单，还包括他的职业，都完全符合我们推测出来的凶手特征。"

罗峰见我这样肯定，也就不再多问了。我坐在床沿，皱着眉头思考着。

"既然已经确定李德水就是凶手，为什么还一副苦恼的样子？"罗峰见我这般模样，不解地问道。

我苦笑了一声："找出这个人，已经花费了我们很多的时间和精力。但是这起案子，最困难的不是找到犯罪嫌疑人，而是如何找到证据，将犯罪嫌疑人绳之以法。"

不管是鬼叫餐的案子，还是肥基的死亡事件，犯罪嫌疑人都没有留下任何可以证明他身份的痕迹和证据。

罗峰一拍脑袋，应和道："是啊，我们知道他是凶手有什么用？我们没有证据啊！"罗峰说着，又抱怨警方办案的程序太麻烦，还说犯罪嫌疑人太狡猾了，不但自己没有留下痕迹，反倒制造出了很多短发女和云清的痕迹。

"没有办法，推理和调查只能让我们知道凶手是谁，想将他定罪还需要证据。"我站了起来，在屋里走来走去，苦思冥想了很久，依然没有想到办法。

罗峰叹了口气："能不能利用云清和短发女的供述，把李德水供出来？"

云清和短发女，都可能知道凶手是谁。云清知道凶手被逮捕可能牵扯到云高，所以才替罪，而短发女分明就是帮凶，她肯定也知道凶手是谁。但是，罗峰一想到云清和短发女都一心想吃牢饭的样子，就放弃了。

一夜无眠。天亮的时候，陈凡把借出来的监控录像还了回去。陈凡告诉我，警方在侦查的时候忽略了这个路段。那条拥挤的街道，不管是距离凶案现场的住宅区，还是距离朝阳记，都有比较远的路程。

因为案件不涉及交通犯罪，警方并没有大范围勘查路段，只是在案发现场和朝阳记附近寻找目击证人。更关键的是，朝阳记的老板和伙计，根本没有提起他们当时经过那条拥挤的街道。因为，他们自己都不相信有人可以毫无察觉地在短时间内完成拉开拉链、抽纸币、塞冥币、拉上拉链这一系列动作。

再加上所有人都不相信，以及案子本身疑点太多，所以警方就忽略了。如果不是我带着伙计情景再现，这条路段很可能就这样被我们忽略了。陈凡回来的时候叹了口气，按照我的吩咐，他暂时没有把我们的发现告诉警方。

陈凡一到警局，大家就问他是不是抓到凶手了，语气里还带着嘲讽，让他有些难堪。

破案的时间只剩下二十四小时了，罗峰已经调查出李德水今天的安排了。罗峰告诉我，李德水今天在港区北的剧院里有个表演，他已经想办法搞到了几张门票。陈凡还不知道我们已经锁定犯罪嫌疑人的事，他一惊：“凶手是个唱戏的？”

我微微一笑：“走吧，我们陪他唱一出戏。”

带上小鬼，我们一行四人朝剧院去了。表演将在上午九点钟开始，但是还不到八点钟，剧院外面就已经围满了人。我们站在剧院门口排了很久的队，才终于进到了剧院里面。排队的时候，我让罗峰再派人去查一下，李德水在我们最近一次去凶案现场的那天在哪儿，我要确认那天偷偷到案发现场观察我们的人是不是李德水。

剧院很大，几乎坐满了人，尽管如此，剧院里依然冷飕飕的。表演开始，消息传了回来。罗峰告诉我，我们去乡下村子和凶案现场的那天，李德水白天正在表演，而且表演还出了重大的失误。

下班时间一到，李德水就急匆匆地走了，也没跟表演组的人说去了哪里。详细地问起来，据说李德水那天一直心不在焉的。

我听了，微微一笑。

李德水一定是白天听说我们去了他们村子，因为心里很慌，所以表演出了重大的失误。而下班后李德水匆匆离开表演组，一定是得知我们又去凶案现场了，所以想去探探我们究竟查出了什么。

李德水当天正在进行表演，白天自然没有办法抽身跟踪我们。不管是李德水当天的表现，还是他受到公众关注这个特点，都和我们之前的推测完全吻合。

我们低声说话的时候，剧场的幕帘拉开了，罗峰指着台上那个西装笔挺的人告诉我，他就是李德水。我们距离表演台很远，基本看不清他的样子，只能依稀辨认出他是寸头，这也和我们在监控画面中看到的那个人特征相同。

表演开始了，陈凡这才知道，李德水是魔术师。

剧院并不只是用来进行戏剧表演的，整个港区北，就这么一个适合大型表演的地方，所以李德水的表演就选在了这里。李德水，在从三松观下来之前，没人知道他有魔术表演的天赋。但是短短的一两年间，李德水声名鹊起，成了港区魔术界的顶梁柱之一。

李德水在台上的表演进行得非常顺利，魔术表演，看得人眼花缭乱，不管是隔空取物，还是扑克表演，又或者是穿墙，一些经典的魔术项目让李德水演绎得淋漓尽致。魔术行业在港区已经成了娱乐界的大头。

或许除了魔术界业内人士，没有人知道李德水那些神奇的花样是怎样做到的。我发现，小鬼盯着正在表演的李德水，看得出了神。

表演进行了几十分钟，我对魔术并不感兴趣，我知道那一切都是利用道具和手法迷惑人眼球的。但是，我还是耐着性子把这段表演全部看完了。中途休息的时候，戏剧院里又变得吵闹了起来，所有人都在赞叹李德水实在太厉害了。

趁着这个时候，我们站了起来，朝着剧院后台走去。

很快就有人拦住了我们，陈凡掏出证件，自称警察，要见李德水。

事情进展得并不是很顺利，他们先是派人去告知了李德水，最后才让我们进去。我让罗峰和陈凡看着小鬼，自己推开了休息室的门。

李德水正坐在沙发上，已经换了一套衣服。我一眼就看到了李德水脚上穿的皮鞋，李德水站起来想和我握手，但我一动不动地说道："李先生，你那天穿着皮鞋还能跑那么快，想必是在三松观学到了什么道家的仙术吧？"

听到我的嘲讽，李德水并没有什么过激的表现："这位警官，你在说什么？我听不懂啊。不知道你们来找我，是为了什么？"

李德水的话刚说完，我就一把揪住了他的衣领："李先生，你涉嫌谋杀！"

—— 第048章 ——

定罪的证据

李德水被我一把按在了墙上，但是他也不动怒，一副见惯了大场面的样子。李德水想把我推开，但是我却紧紧地揪着他的领带。李德水深吸了一口气，对我说："这位警官，你对我动手，不怕我到警局投诉你吗？"

我冷冷一笑："你放心吧，我身上没有录音笔，这里也没有其他人在偷听，还装什么装？你知道我不是警察，也知道我是谁。告诉我，为什么杀老九他们四个人？"

我都已经这样说了，但是李德水还是非常小心，什么都没有说，只是嘴角扬起了一抹诡异的弧度。看到他的表情，我就知道，我的推测一点儿错都没有，他就是凶手。目的已经达到了，我松开了手，和他面对面站着。

先前对于，李德水究竟是不是凶手，我没有办法百分之百确定。来找李德水，并不是一个好办法，但是只剩下最后一天，我只能亲自来确认。否则，一旦我的推测出了问题，时间一过我就没有任何机会了。

我没有时间可以浪费。

我盯着李德水看了很久，对沉默不语的他说："你不必再故作镇定了，如果你真的那么沉得住气，那天就不会连皮鞋都来不及换，去看我们查出了什么。"我慢慢地走近了李德水，"你现在，一定在想我们查出了什么。我告诉你，谋杀是需要付出代价的。"

说完，我转身走了出去。

罗峰他们还在外面等我，我一出来，罗峰就问我怎么样了。我让罗峰去调查一下，看看李德水是不是也去过那家野店，再查查他和短发女之间的关系。罗峰马上安排了下去，走出后台工作区，陈凡问我们接下来去哪里。

我盯着拉起幕布的表演台说："把表演看完。"

陈凡有些着急，已经没有多少时间了，他不想再待在这里什么都不做。我反问他："现在还能做什么？"

陈凡回答不上来，只好和我一起耐心地坐在了座位上。

幕布又被拉起来了，我盯着表演台，接下来的一个魔术表演，据说非常困难。我笑着对陈凡和罗峰说："如果我猜得不错，李德水会表演失误。"

果不其然，表演开始没多久之后，全场哗然。我在这个时候站了起来，带着他们离开了戏院。

陈凡很惊讶，问我休息室里发生了什么，为什么李德水会真的像我说的那样表演失误。

李德水这个人的性格我还没有摸透，但是已经有了初步了解。这个人心思很缜密，他在杀人的时候，考虑得很周全，也不紧张，但是事后真的被盯上的时候，就心慌了。毕竟是人，李德水也没有办法完全控制住自己的心。

我告诉罗峰，从现在开始，派人盯着李德水，防止他离开港区。以他的性格，能瞒得住的时候，他不会放弃自己在港区的地位和身份，但是真的快要被查的时候，他可能会逃走。

"如果我猜得不错，今晚他会从港区逃走。"我对罗峰说。

罗峰马上疑惑地问："我们不是没有证据定他的罪吗？"

"但是他不知道我们查到什么地步了。"我回答罗峰。

这一次来找李德水，除了想通过他的表情和反应确定他是不是凶手之外，也为了让李德水摸不清我们的底细。我信誓旦旦的样子，会让李德水心里更加紧张，不清楚我是不是找到了证据。我推测，李德水不敢赌，所以他会逃走。

罗峰一听，觉得有道理。而且，我还让罗峰盯住云高，我怕云高知晓之后又会搞什么花样，给我们造成不必要的麻烦。现在的情势，对我们很不利，我们已经不能再受任何干扰了。

罗峰办事我很放心，所以也就没有再多交代。在陈凡不情愿的样子下，我们又回到了酒店。

陈凡一直很不甘，但是又不能做什么。到我的房间之后，陈凡就在我的面前走来走去，我看得心烦，把他轰了出去。小鬼似乎知道我在想事情，所以非常安静，也没有打扰我。没过多久，我的手提电话响了。

接起来一听，听筒那头的声音让我一下子蹙起了眉头。打电话来的，是已经不知下落的玄一。

玄一对我说话的语气很平淡，就像一个很久不见的朋友一样。

玄一告诉我，他知道我派人来港区的目的，也知道我要找的那个人在哪里。说到这里，玄一突然不说话了。我沉住气，问了一句："然后呢？"

玄一回答："我可以告诉你他在哪里。"

我微微一愣，想起我突然收到的那封说可以帮我报仇，并让我离开港区的信。我问玄一那信是不是他给我的。但是玄一否认了，听他的语气，似乎真的不知道信的事情。玄一又问了我一遍："方涵，你想清楚，就这一次机会，错过这次机会，你很可能一辈子都找不到那个人了。"

我想了想，最终还是把心里的冲动给压制住了。

我冷笑了一声："李德水联系你了吧，你知道他很快就会被我们抓起来，所以故意想把我引开。"

玄一说："方涵，你是个聪明人。其他人的生死，和我一点儿关系都没有，众生皆有命，杀人偿命是这个世界的准则。道可道，非常道，但是从来就没有人明白道是什么。道家无为，我不愿意管这个世界的任何纷争，这是我最后一次帮你。离开港区，我会让你找到你要找的人。"

玄一一开口，又是满嘴道家的道理。玄一的话，让我突然分不清他的善恶好坏。我突然想起来，云清说过老道长是恶人，但是玄一却是善人。玄一似乎不准备继续和我说下去了，他快挂断电话的时候，我叫住了玄一。

"想明白了？"玄一在电话那头问道。

我的心里已经有了很肯定的答案，我不会听玄一的，我不能冒这个险。至少在港区，我还有可能调查出李德水为什么要杀老九几个人，也可能查出鬼叫餐案和那个人是不是有关系。

我一旦离开港区，又受了骗，我就输了，一步走错，满盘皆输。

我叫住玄一，是因为心底有太多疑惑。

我问玄一小眉是谁，玄一只是故作高深地回答了一句："天机不可泄露。"但是，玄一却告诉我，我将和这个叫小眉的女子牵扯一生。他说了一句意味深长的话，有因必有果，因我而起，也必须由我结束。我该得的，小眉会给我，而我欠小眉的，也必然会偿还给小眉。

我把玄一的话全部记在了脑子里。我知道玄一不会对我详说，就换了个问题："你留在野店里的鬼女孩，是你的女儿吗？为什么要对一个女孩那么残忍，你有什么目的？"

玄一沉默了很久，电话那头突然传来了一阵非常嘈杂的声音，隐约间我听到了很多脚步声，随后，电话被切断了。我再回拨过去的时候，已经没人接了。

我找来罗峰，让他去查查这个电话号码，希望能找到线索。

已经中午了，不仅陈凡更加着急了，就连我也有一些忐忑了。这个时候，罗峰告诉我，李德水有动静了，看样子他准备去码头。我们迅速出发，罗峰的手下已经在码头等着了，我们绝对不允许李德水离开港区。

上车的时候，陈凡拿了一瓶水，竟然喝呛了。

车已经开了，陈凡不停地咳嗽着，罗峰怒骂了一声："有人跟你抢吗？那么着急。"

但是，我的脑袋瞬间像炸开一样。我让罗峰停车，让他先去码头，务必拦住李德水。罗峰问我去哪里，我来不及跟罗峰解释，带着小鬼和陈凡马上跑开了。我们打了辆的士，再一次来到了凶案现场的住宅区外面。

陈凡问我们怎么又来这个地方，我什么都没回答，抱起小鬼冲了上去。陈凡在后面一个劲儿地叫我，我却连头都没有回。

住宅区很安静，往楼道口跑的时候，都能听见我和小鬼的呼吸声。

很快，我们又到了凶案现场。打开灯的时候，墙上密密麻麻的血手印率先映入眼帘。陈凡也跟了上来，他扫了一眼墙上的血手印，不禁打了个寒战。

我进了卫生间，拿起一样东西扔给陈凡：“马上把这个东西带回警局，用最快的速度鉴定。”

说完，我跑了下去，陈凡大声问我：“鉴定这个干吗？”

我回答说：“将李德水定罪！”

—— 第049章 ——

魔术师的表演

到住宅区外面的时候，我们分开了，陈凡去警局，而我打了辆的士朝码头开去。司机开得很快，我看看手表，已经下午一点钟了。

此时，码头里的人休息了，所以没太多人。我下了的士之后，很快就找到了罗峰他们，他告诉我李德水还没有到码头。

起初还有些担心李德水不来码头，罗峰让我不用担心，因为他已经和盯着李德水的手下联系过了，那几个手下说李德水正在往码头赶。我四处瞟了瞟，码头边上停着几艘货船，罗峰指着那些货船说："上面的人全部被我的手下暂时看着了。"

罗峰是怕李德水要搭货船走，所以把人控制了，免得船上的人给李德水通风报信。罗峰一共找来了几十个手下，他们都在码头各地潜伏着，大有一种要办大事的样子。

我松了一口气，让罗峰不用紧张。和我推测的一样，因为我白天模棱两可的震慑，李德水这么快就准备离开港区了。但是，他应该不会明着和我们动手，因为他不确定我们究竟有没有证据将他定罪。

鬼叫餐案，包括肥基的死，到目前为止，警方都没有搜集到任何可以将李德水定罪的证据，甚至于连将李德水归为犯罪嫌疑人的证据都没有。李德水应该是想先离开港区躲一躲，等风头过了，确定安全了再回来，如果万一真的出事了，他可以逃之夭夭。

罗峰告诉我，他的手下刚给的消息，李德水和短发女的确有关系。李德水去过几次野店，但都是很久之前的事情了。后来，短发女和李德水见过几次面。之前，我们已经去查和短发女有过接触的人，但人太杂，没查到明确的怀疑对象。之前的调查，无异于大海捞针，但是有了李德水之后，调查就不一样了。

等了一会儿，一辆小轿车停在了码头边上。从车上下来的人是李德水，李德水的手里提着一个行李箱，他是自己开车来的。看到我们的时候，李德水马上上车想要往回开，但是一直盯着李德水的罗峰的手下，也开着车赶上来了。

李德水被我们前后包围，卡在了中间。我笑着走到了李德水的身边，轻轻敲了一下他的车窗。透过车窗，我注意到李德水的头上冒了冷汗。

我冷冷一笑，又敲了敲车窗。

这下，李德水才终于把车窗摇下来。

我嘲讽道："有钱人就是不一样，你坐船走了，也不怕车子被人开走了？"

不得不说，李德水的应变能力很好，他马上又恢复了镇定。李德水问我要干什么，我还没回答，罗峰就走了过来。他把手伸进车子，揪着李德水的衣领，一副要把他从车窗揪出来的样子。

罗峰嘴里骂道："还装什么装，心里没鬼，为什么看到我们就想跑？"

我朝罗峰使了个眼色，他这才松手。罗峰嘴里怒骂着，让李德水下车。李德水只好下了车，码头的风很大，吹在脸上就像是被刀割一样疼。李德水把衣领整理好，这才回答："峰哥，港区有几个人不认识你？你把我堵在这里，我能不害怕吗？"

罗峰啐了一口："小子，你再装的话，信不信我直接打爆你的脑袋？"

李德水一副一点儿都不害怕的样子，毕竟李德水不是傻子。当看到堵住他的人是罗峰，而不是警方，就知道我还没有办法将他定罪。李德水看向我，问道："港区警察什么时候也和帮会合作了？"

李德水的语气里，还带着嘲讽。

"李先生，不用装模作样了，你知道我根本就不是警察。"我冷笑道。

李德水装作一副不知道的样子，他摇摇头，问我是谁。

我靠在车身上说："今天没人能保住你，云高不行，玄一不行，现在在警局里待着的短发女同样不行。"

李德水一咬牙，理直气壮地喝了一声："我就不信你们这么大胆，敢在这里把我给杀了！"

李德水很有把握，他也是港区的名人，如果罗峰直接把他给做了，纸包不住火，罗峰很难善后。我看着李德水自信的样子，笑了起来。

"你笑什么？"李德水的眉头一皱。

我用手拍了几下李德水的脸颊说："我根本就没想杀你，而是准备将你送上审判席。"

李德水沉声问道："我犯了什么罪？"

直到这个时候，李德水还是非常小心，没有留下任何把柄。

我的双眼微眯，声音愈加冰冷："我说了，你涉嫌谋杀，你以为我真的没有办法把你送上审判席吗？"

李德水的脸色有些难看，但我并不在意。我点了根烟，像是在说一件再寻常不过的事情一样，开始了案子的推理："你对老九几个人的性格摸得很透，利用短发女把他们引到那家野店里，可以说是基本不费力气。"

短发女在供词中称，她迷晕了老九几个人之后，把他们从后门一个一个地扶上了那辆蓝色的无牌车。那家野店很有特色，短发女就是利用了那家野店的特色才瞒天过海，让我们一开始查不出老九几个人是被谁接待的，也使得那些小姐对老九几个人是不是去过野店，都没有印象。

短发女的供词，有一个很大的漏洞。她说老九几个人是被她从后门的通道扶走的，然而那里上着锁。当时我让短发女开锁，看短发女的反应，她根本就不会开锁。所以，必然有一个会开锁的人，帮助短发女事先把那道铁门打开了。

而肥基的家里，门窗无损，这也说明凶手是利用钥匙，或者用开锁的技巧进去的。综合起来，基本可以确定，凶手拥有开锁这项技能。我盯着李德水说："你是一个魔术师，各类魔术表演都非常精通，开锁对你来说，不过是小菜一碟。"

听到这里，李德水不屑地笑了："这个世界上会开锁的人多的是，你为什么不把满大街的开锁匠都给抓起来？"

罗峰喝了一声，晃了晃手里的刀：“闭嘴！”

“光是会开锁，自然不能判定你就是凶手。”我微微一笑，“鬼叫餐案对你来说，也不过是一场魔术表演吧？”

现在想起来，这起案子，的确是一场魔术盛宴。

法医得出来的死亡时间，基本是准确的。老九几个人是在到港区的第四天死的，而前三天，他们被迷晕后被带到了乡下的村子里。李德水是村里人，他带着人回村子，村子里那些不好客的狗不会对他集体大声狂吠，甚至是不吠。

所以，那个夜晚，村民都没有听到什么动静。

我之前还在疑惑，为什么那么多地方李德水不选，偏偏要选择自己的村子。要知道，这样可能会留下把柄。但是，现在我想明白了。老九几个人刚下船没多久，短发女就找到了他们，这足以见得，李德水并没有太多的准备时间，甚至于他是在老九他们到港区的当天，才进行犯罪预备的。

匆忙之下，李德水没有更多的地方可以选择，他最熟悉的村子，自然而然地成了首先考虑的地方。并且，按照李德水的犯罪手法，老九几个人在死前被限制了三天的自由。

三天的时间，对侦查来说已经很长了。李德水不敢随意找一个地方把老九几个人囚禁起来，万一警方开始调查，他暴露的概率太高了。市内不是一个好地方，而那个村子的老房子，非常偏僻，还很隐蔽，又在乡下，非常合适。

综合考虑之下，李德水选择了自己的村子。

但是李德水没有想到，他竟然会败给几条狗。

如果不是那几条狗，我可能还没有办法这么顺利地锁定李德水。

案子有一个很大的疑点，为什么老九四个人的身上没有绑痕和挣扎的痕迹，却一起一氧化碳中毒，死在了出租屋内。老九几个人的身手还算不错，四个人一起毫无察觉地一氧化碳中毒，而且直到死去都没有逃走，没有挣扎，这也是我和罗峰之前想不通的。

但是现在，一切都很好解释。

老九几个人，被困了三天。

只要饿上他们三天，人自然而然就没有力气了。进行尸检的时候，他们已经死了有几天了，法医连老九几个人胃里的新鲜食物是什么时候吃下去的都搞不清楚，更不可能推定出他们那三天是不是受饿了。

再加上他们被抽了不少血，在出租屋里的时候，恐怕是连爬出去的力气都没有了。

—— 第050章 ——

手法和道具

老九几个人的直接死因，是出租屋里那个取暖用的煤炉。说到这里，我甚至能想象当时的情景：老九头晕眼花，就连挪动一下身体的力气都没有了，他们呼吸着烧炭的气味，却没有办法逃出去。

那种心情，一定是绝望的。

他们没有力气，凶手甚至连绑都不用绑，只要堵住他们的嘴巴就行了。这就是为什么老九几个人身上没有绑痕，也没有挣扎的痕迹了。而在村子里被困的那三天，老九几个人还没有被折磨到没有力气的地步，他们肯定是被绑着的。

但是，绑人不留绑痕的手段有很多，比如在人的身体上裹着棉被，再捆起来。李德水是一个魔术师，经常做一些绳索捆绑的表演，他应该再清楚不过。

被困了三天之后，李德水把老九几个人带到了那家出租房。火在燃烧不足的情况下，烧炭会产生大量的一氧化碳，屋内密闭，时间一久，老九几个人就会一氧化碳中毒。房间里充满一氧化碳气体的时候，李德水应该在外面。

他们的死亡时间是在深夜，那个时间，李德水躲在黑暗的地方，可以保证不被人发现。

凶案现场的血手印，我和罗峰之前已经进行过推理，那是老九几个人死后第七到第八个小时的时候，身体彻底僵硬之后，凶手拿着他们的手一个一个按上去的。这么做的目的，我们也分析出来了，是凶手为了让案子看起来诡异一些。

死亡前三天抽血，就是在为那血手印做准备。三天的时间，再加上死亡后尸体表皮迅速变化的几天，到法医进行尸检的那天，差不多已经过一个多星期了。这种时间差，再加上尸体的表皮变化，使得法医没有办法发现那些细小的针孔。

血迹是老九几个人的，但是尸体没有出血，这就使得那些密密麻麻的血手印看起来非常诡异。而事实上，李德水只是利用了时间差而已。这种小把戏能骗过法医，是因为李德水很聪明，他还制造出了许多其他让人觉得诡异的事件和线索，对警方进行一种心理上的引导，转移大家的注意力。

思维定式，加之法医没有发现那些针孔，我们所有人，包括我，之前并没有想到那血迹是早就被抽出来并事先保存起来的。李德水迷惑警方的手段真是不少，一些比较细微的，有对面人看到几个人在打麻将的身影和隔壁老太听到的声音。

制造出打牌碰撞的声音，很简单。李德水会选择那个出租屋，肯定也知道那出租屋隔壁住着什么人，也知道出租屋的隔音效果不好。正因如此，隔壁老太才会听到电视开得很大的声音。

我推测，那声音是李德水把没有力气挣扎的几个人困在充满一氧化碳的房间里时，故意发出来的。李德水心思缜密，为了不留下挣扎痕迹，他没有绑住老九几个人，但是又害怕他们制造出动静，所以就故意开大了电视的声音。

现场只有一个门可以供老九几个人逃离，李德水就守在外面，既防止老九几个人逃出来，又可以在外面观察隔壁人家的动静，随机应变。

对面人家看到的人影，也不难解释。我们在案发现场做过试验，案发现场那盏灯的亮度和位置，根本就不足以把老九几个人的身影映在窗子上。而对面的目击证人却看见了，所以，必然是有人把一盏可以发射出光束的灯，放在合适的位置，把老九几个人的身体投影在窗子上。

说着，我把目光放在了李德水的身上："光的投影，对你这个大魔术师来说简直是小菜一碟，骗骗一些粗心大意的警察还可以，但是遇到聪明人，你就骗不过了。"

李德水笑了笑，问我："那个聪明人，指的是你吗？你继续说下去吧，我突然很想听你这个所谓的聪明人说话。"

李德水的这句话，让我的心里起了隐隐的不安。

这些手段还都只是小把戏，但是它们凑在一起，已经让人觉得不寒而栗了。不过，最让人胆寒的，恐怕是变成冥币的钱和死者肚子里的新鲜食物了。

在监控画面中，我们发现了一个寸头男。因为画面太模糊，我们没有办法辨认出他是不是李德水。但是，我却很肯定，变成冥币的钱和那个人有关系。三次送餐回程，每一次都有一个寸头男贴着伙计和老板过那条拥挤的马路，是巧合的概率很小。

再加上最后一天，那个寸头男离开的时候，做了抹汗这个动作。我们之前也分析过这个动作，不管是因为热，还是因为放松，这个动作都有些可疑，特别是和其他疑点结合在一起之后。

寸头男三次贴着伙计和老板过马路，都只有五秒钟左右。

纸币不会凭空变成冥币，排除店里伙计和老板的嫌疑之后，只有在他们回程的那段路上可能出现问题。而其中最有可能的，便是那条拥挤的街道，因为在其他地方，伙计和老板都是骑着单车的。

但是，我们一直质疑的是，什么人可以在短短五秒钟内，完成拉开拉链、抽出一张纸币、塞进一张冥币、拉上拉链这一系列动作，并且保证不被人察觉。寸头男和伙计与老板贴着的那五秒钟，身下发生了什么，监控画面中看不到。

但是，如果那个寸头男是李德水的话，他绝对可以完成。

魔术师种种神奇的表演，主要依靠两样东西：手法和道具。这是连外行人都知道的，李德水作为港区非常出名的大魔术师，魔术表演的手法快到让人匪夷所思，不能察觉，这非常正常。

一些扒手在偷东西的时候，也是神不知鬼不觉的。但是扒手毕竟是扒手，还不能和每天都进行手法训练的魔术师相比。李德水的魔术表演，我和罗峰都已经欣赏过了，特别是在他玩扑克牌的时候，让人诧异。

他的手指很灵活，这是一个魔术师必备的条件。五秒钟，对于李德水来说足够了，况且那个街道非常拥挤，这给李德水的行动制造了便利。伙计和老板，都是带着腰包出去的。

一个送外卖的，腰包里不会装大钱，顶多是一些用于找零的散钱，这使得伙计和老板不会太在意那个腰包。并且，伙计和老板都是推着单车的，他们穿过马路的时候，很可能只是随手把腰包稍微往前面一拉，之后就推着单车人挤人去了。

扒手选择人下手，一般是有目标的，老板和店员的身上都印着朝阳记字样。他们自己都没有想到，可能会有人盯上一个外卖店员的腰包，更没有想到有人能在那么短的时间内把包里的钱换走。

穿过街道之后，腰包毫发无损，他们就更加不在意了，事后也没有对警方说穿过那条街道的事。

还有肥基口袋里多出的那张冥币，李德水只需要塞进去就行了，这比开腰包简单得多。我当时试验过，结果被肥基发现了，但是我做不到，不代表一个手法高超的魔术师做不到。

至于为什么朝阳记冥币和肥基口袋中的冥币，会有死者和云清的指纹，同样和魔术师的手法有关系。外卖是在老九他们死后叫的，所以当时接外卖递纸币的人，只能是藏在屋子里的凶手。

那个人，就是李德水。

李德水只需要将塞进腰包的冥币，像魔术表演中的扑克牌一样，隐蔽地藏在手心，利用手掌的姿势和角度骗过伙计和老板的眼睛，并在接外卖或者递钱的时候，不经意地让冥币和他们的手指接触一下，指纹就轻易到手了。

李德水的手掌，可能事先已经用某种不会影响到手掌灵活度的薄膜隔离了，所以冥币上没有留下李德水的掌纹。而进行其他行动时，李德水绝对戴有手套，因此没有留下任何痕迹。

我能肯定李德水见过云清，所以乡下的房子，那辆蓝色的车子，与肥基有关的冥币，才会有云清的身体特征。我推测，云清知道李德水是凶手，怕我们逮捕李德水会牵扯出三松观的某个大秘密，连累到云高，所以才死心塌地地认罪。

我讲到这里的时候，李德水突然鼓起了掌，还不停地点头。罗峰又一次晃了几下手里的刀，问李德水想说什么。李德水这才开口："你很聪明，但是，这一切都只是你的推测而已，我承认我可以完成你所说的一切。但是，这个世界上能做到这些的人，不只是我，你凭什么怀疑我？"

我压低了声音说："你最好闭嘴，我不喜欢别人打断我说话，你以为你做得天衣无缝了吗？你以为没有人知道死者肚子里的食物是怎么回事吗？魔术师的手法，是你为凶手的可能性，而魔术师的道具，是你为凶手的必然性。"

—— 第051章 ——

生和死的进食

李德水的脸色突然就变得很难看了，我冷笑着盯着他，我知道他已经开始慌了，尽管他还装作若无其事的样子，但他已经乱了阵脚。

罗峰还不明白，问我怎么回事。

我扫了一眼罗峰，问他记不记得肥基后院墙上的那个工具痕迹。那个墙上的小坑，很明显是刀尖或者铁钉类的尖锐物体碰撞后留下的工痕。按照我的推测，我认为那是一把飞向肥基喉部的刀与墙面撞击留下的。

肥基是警察，他的警惕性很高，虽然身体胖，但也绝对不是遇上别人袭击连抵抗力都没有的人。然而，现场并没有挣扎的痕迹，草丛也没有被踩踏，只有一片肥基倒下时压倒的杂草。

所以，凶手必然没有近距离与肥基接触过，否则肥基不会被一击毙命。这个推理合情合理，唯一的疑点，就是罗峰的怀疑。罗峰质疑，究竟是谁可以把一柄刀掷出去，那么精准地将肥基割喉，最后还与墙壁碰撞留下工痕。

当时，我就知道这是人力办不到的。按照我的推测，刀是从那棵大树上飞出去的，在将肥基割喉之后，还能与墙壁碰撞留下工痕，这说明刀的飞行速度非常快。

一个人，绝对办不到。因此，在肥基家后院的时候，我就推测那是道具的作用，但一时之间我想不到什么道具可以做到。现在，当我将犯罪嫌疑人锁定为李德水的时候，有些事情就可以完美地解释了。

李德水是一个魔术师，魔术师的各类表演除了要利用可以瞒过人眼球的高超手法之外，还需要一些看似简单但实际上暗藏玄机的道具。魔术表演是一项具有创造性的艺术，魔术师不可能永远只表演那几项经典的魔术，他们需要创造新的魔术。

在创造的过程中，魔术师不得不制造各种道具。因此，制造道具对李德水来说并非难事。我再次走到李德水的面前，面无表情地对他说：“你早就进过肥基的家，你一定在现场做过精密测量。”

只有进行过精密测量，才能制造出实际操作起来误差最小的道具或者机关。我推测，让刀飞出去的是弹力，那棵大树上很可能被李德水事先装了一个可以将刀弹出去的装置。

那个弹簧装置或许是用细绳之类的东西，和地面的某个物体相连。一旦地面上的物体被触动，弹簧装置就会同时被触动，刀就弹出来了。刀能精确地割破肥基的喉咙，必然是因为肥基走到了李德水事先计算好的位置，并触动了地面上的装置。

肥基倒下的地方，铺着吸水性很强的毯子，肥基走进后院之后，细心观察绝对会发现那个毯子。所以，我推测那个吸水性很强的毯子就是触动弹簧装置的开关。按照正常人的思维，在院子里发现了一个毯子，都会过去查探。

李德水利用一些声音或者现象，把归家的肥基引到了后院。那时，作为警察的肥基，绝对已经起了警惕心。但是，肥基到后院之后没有发现任何人，只看到杂草上铺着一个毯子。

我想，肥基一定是小心翼翼地过去查探。但是，谁又会想到，一个毯子竟然会给自己招来杀身之祸。或许是因为肥基踩到了那个毯子，又或许是肥基蹲下身，掀起了那个毯子，从而触动了用细线连起来的弹簧装置，刀就那样飞出来了。

“李先生，我说得对吗？”我用手捏住李德水的下巴，“你一定很擅长制造道具吧，它们就是你用来杀人的工具，对吗？”

李德水的脸色发黑，他甩开了我的手。他依旧不承认，反问我：“就算都像你所说的那样，我又怎么可能知道肥基是踩上那个毯子，还是掀起那个毯子。前者肥基应该是站着的，而后者是俯身的动作，谁可以保证两种情况下，刀都能将他割喉？”

“李先生，你听说过一句话吗？”我突然问道。

李德水没有说话，等着我开口。我只是嗤笑一声：“越是内行的人，越能发现问题。”

李德水冷哼了一声：“欲加之罪，何患无辞！你觉得我是凶手，说什么都针对我，你到底想干什么？”

看着李德水一副底气很足的样子，我摇了摇头说：“对于一个魔术师来说，在一样道具上设置两种不同情况的开关，不难吧。”我盯着李德水的眼睛，一开始他还能与我对视，但慢慢地，他把目光给挪开了。

我推测，用来连接弹簧装置和毯子的细线有两条：一条在毯子被掀起时会启动弹簧装置，飞向俯身的肥基；而另一条，会在毯子受到压力的时候启动装置，飞向站着并踩着毯子的肥基。

肥基的体形比较大，为刀的命中增加了概率。刀飞的方向，李德水绝对也事先进行过精密计算和预测。或许，一开始他未必想着要割破肥基的喉部，而是把命中目标定为肥基的头部，这个部位也是致命的。

割喉，也带着运气的成分。如果只是命中肥基的头部，就算不能一击致命，躲在暗处的李德水再出来杀了肥基，也是轻而易举。或许，连李德水都没有想到，刀竟然会直接将肥基割喉。

正因如此，杂草丛里才会留下雾状的血迹。喉部的血喷射而出，有的时候可以喷到两米开外，李德水铺上吸水性很强的毯子，就是为了不留血迹。他没有想到，刀竟然会直接将肥基割喉，也不知道动脉血液会喷射那么远，这才有了我们可以侦查的蛛丝马迹。

罗峰听得很仔细，他走到我的身边，轻轻在我的耳边问了一句：“方涵，你不是要说他是凶手的必然性吗？你这说的还是可能性。”

面对罗峰的提醒，我只是微微一笑。的确，到目前为止，我说的都是李德水是凶手的可能性。侦查中的逻辑推理分为可能性和必然性，可能性一般是逆向推理，也就是假设一个人为犯罪嫌疑人，再根据犯罪嫌疑人的身份、职业、性格等特征，推断这个人是不是能完成犯罪。

至于必然性，是正向推理，就是根据一个线索或者痕迹证据，断定一个人必然为凶手。

李德水魔术师的身份，使得他可以完成这起犯罪。之前，我还根据犯罪心理画像，推测出凶手是一个心思缜密的人，并且他的职业或者性格和创新有关系。魔术师，也完全符合我描绘出来的凶手性格画像。

用几卷透明胶带，就能逃走，把简单的东西玩出花样来，也符合魔术师的伎俩。加上李德水是乡下村子的人，以及我们去乡下当天的白天和晚上，李德水表演失误和下班时间突然消失的行为、反应，足以断定他就是我要揪出来的凶手。

现在，将李德水定罪，只差证据。

李德水大声笑了起来，他也听到了罗峰对我的提醒。李德水看了一下手表，他说他要上船了，他还是觉得罗峰不敢杀他，我也没有证据可以将他抓起来，所以他想逃走。我再次声音冰冷地说："记得我提醒过你一次，我不喜欢别人打断我说话。"

话音刚落，我一把夺过了罗峰手里的刀，把李德水的胸口划破了。我的力道掌握得刚好，李德水只是受了皮外伤。李德水捂着伤口，诧异地盯着我，他没想到我会出手。我把刀还给了罗峰："现在，该来讲讲老九几个人肚子里的食物是怎么回事了。"

李德水的脸色更加难看，他的表情被我尽收眼底。

根据警方鉴定科的法医尸检报告，死者肚子里的食物只有轻微的化学变化，没有被消化。这是警方破案的难点，他们想不通食物究竟是什么时候吃进去的。如果是生前吃进去的，那食物不会没有消化，如果是死后吃进去的，必然要将案件归结为鬼神之说。因为人死后，食道蠕动停止，食物绝对到不了胃部。

其实，警方已经做出了很多推测，只是每个推测最后都被否定了。

当初看卷宗的时候，我也做过推测。我推测食物是在生和死之际吃下去的，人在将死之际，食道还在蠕动，只是稍微缓慢和细微了一点儿而已。那个时候给人灌食，食物还是能通过咽进入食道。

人在呼吸的时候，咽会使食道关闭，而人在吞咽进食的时候，咽会使呼吸暂停。一般而言，吞咽和呼吸是不能同时进行的。

食物经过咽这个器官，几乎算是条件反射，食物就会进入食道。

—— 第052章 ——

电吹风

警方之所以之前将食物是生前吃进去的可能性排除，也是有理由的。生前吃进去，无非有两种情况：一种是死前比较久吃进去的；另一种就是如我推测的那样，在生死之际吃下去的。

死前较久进食，食物必然会有不同程度的消化，所以这种可能性被警方排除了。而第二种同样被法医排除了。人之将死，一般不会有心思吃东西，更不会一口气吃那么多。

要知道，老九几人的胃里，一共发现了三天的外卖食物，这不合常理。并且，老九几个人一氧化碳中毒却没有逃离，警方从无神论的角度分析推理，也推测出老九几个人那时候已经没有人身自由了。

没有人身自由的人，进食也不可能是自己动手，而需要喂。如果老九几人还清醒着，必然会剧烈反抗，这样凶手不可能灌那么多食物进去；如果已经开始迷糊，警方同样认为凶手无法灌那么多食物进去。

按照现在的推测，老九几人在出租屋的时候，已经没什么力气了。人在无力、接近昏迷状态的时候，灌食特别不容易。并且，人在将死之际，食道蠕动开始减弱，那种状态下食物根本就到不了胃部，但是老九几人肚子里发现的食物都在胃部。

看似所有的可能性都被排除了。就连我，在此之前也没有想明白是怎么回事。

但是我们来码头的时候，陈凡喝水呛到的举动，偶然给了我一些提示。我敢肯定，食物就是在老九几个人将死之际被灌进去的。

将食物灌进去之后没多久，老九几个人就死了，胃部的消化功能迅速停止，所以老九几个人胃里的食物，都只是轻度化学变化，而没有太明显地被消化。问题的难点在于，如何在人几乎没有力气，食道的蠕动作用无法将食物送到胃部的情况下，还能将那些食物送到老九几个人的胃里。

解剖发现，那些食物是细碎的，极像被人咀嚼后的模样，而这也为这起案子增添了诡异的色彩。几乎所有人都在说，食物是鬼魂吃进肚子的。

我在尸检报告上发现，尸体的气管内也有少量的食物，这说明这几个人当时吃食物的时候，呛到了。一个人吃呛了，可以说是巧合，但是四个人都吃呛了，这只能说明一个问题：他们是被灌食的。

我对众人说："说回咽喉这个器官。当有食物进到喉部的时候，几乎是条件反射，咽会使食物进入食道。但是有一个前提，要停止呼吸。吞咽和呼吸，不能同时做到。"

举个简单的例子，往嘴里灌一口水，让水到达喉部，再将鼻子捏住，水就会往食道里流。但是如果呼吸继续，水就无法全部流进食道里。而且，不管是什么情况，被呛到的可能性都非常大。

之前，我们一直想不通，凶案现场的那截水管是用来干吗的，现在我可以断定，那截水管是用来灌食的。那截水管大约15厘米长，直径刚好可以塞进一个人的嘴里。如果不用一些工具辅助灌食，在灌食的过程中，食物会从嘴角流出来，沾在衣服上或者掉落在地上，那样就不好清理了。

而把一根水管塞进受害者的嘴里，再将要灌的食物，通过水管倒入受害者的嘴中，再将受害者的头部仰起，食物就会到达喉部而不会溢出来。

这个时候，由于受害者还没有死，咽喉的作用还在，食物到达喉部时咽会条件反射，只要再将受害者的鼻子捏住，加之死者虽弱但还存在的吞咽动作，这样食物大部分就会进入食道，而少部分被呛进了鼻部和气管。

那个时候，受害者已经快死了，呼吸作用减弱，所以不会发生剧烈咳嗽，就算咳嗽了，呛出来的食物也只是少数，事后很好处理。这样，就像是在给一个昏迷不醒的病人灌食一样。

昏迷不醒的病人，食道的蠕动作用依旧存在。但是老九几个将死之人，食道的蠕动作用已经非常微弱了。剩下的问题，就是如何将那些食道里的食物送到胃部。说到这里的时候，我停下来看了看表，我们拦住李德水已经有一段时间了。

李德水见我不说话，难看的脸色，终于缓和了一些。

罗峰问：“怎么了？”

我回答：“要等一等。”

李德水冷哼了一声：“你们等，我可没有空陪你们等，我要走了。”

罗峰一把揪住李德水的衣领：“你再说一次试试？”

就这样，李德水被我们控制着，一直到了晚上。

就在这个时候，突然有更多的车子朝我们开了过来。那些车的车灯都打在我们的身上，我们一下子都睁不开眼睛了。我只模模糊糊地看到，车上下来了很多人。

他们走近之后我才看见，从车上下来的，是云高和一些头发染得五颜六色的小混混。有个小混混对着罗峰喊：“罗峰，把我们老大交出来。否则，今天我们砍死你！”

我算是明白过来了，这些人是大喜的手下。大喜已经被罗峰绑起来了，罗峰准备趁着这个机会把大喜的帮会给吞了。但是，这不是一天两天就能完成的事情，罗峰啐了一口，一点都不怕，他满脸疑惑地看向云高。

云高绅士般地笑了笑，回答道：“你派人盯着我的手下，已经被大喜的手下给解决了。你抓了大喜，又想派人抓我，看来你真的是想吞了大喜手下的人。”

云高这个时候出现，分明就是想保住李德水，将他带走。这让我更加肯定，如果李德水被逮捕，很可能会把云高牵扯进去。云高说话很有技巧，他只字未提李德水，把所有的事情都扯到罗峰绑了大喜上。

但这已经足够让罗峰头痛了，大喜的手下围了上来，罗峰的人也都不是吃素的，他们僵持了起来，随时都可能大打出手。云高一直在添油加醋，不过似乎是忌惮罗峰，大喜的那些人一直不敢动手。

时间，一直被拖了好几个小时，已经午夜了。

小鬼又到了我的身边，我牵着她的手，另一只手拿匕首指着李德水。

这个人，绝对不能让他趁乱逃走。

云高站在远处，满脸笑容。我观察云高的时候，李德水突然挣脱了我的威胁，朝着停在码头边上的小艇跑去。我对罗峰喊了一声："保护小鬼！"很快，我追了上去，当我抓住李德水的肩膀时，他已经往小艇上跳了。

但是，他还是被我生生给揪了回来。

我一拳打在了李德水的脸上，李德水的身手并不怎么样，几下就被我制伏了。他被我踩在地上，我蹲下身，用手掌拍了李德水的脸颊几下："你要我说几遍，我不希望我说话时被人打断，我的话还没说完，你又要跑？"

"方涵！你没有证据抓我，为什么还要缠着我？"李德水这个时候，声音突然变得尖细。

我从来都没有跟李德水说过我的名字，但是他却叫了出来。我知道，这个人认识我，就像云清、玄一、老道长认识我一样，能够叫出我的名字。

"告诉我，为什么杀老九几个人？"我晃了晃手里的匕首，"为什么会认识我？"

李德水一笑："你放了我，我就告诉你。"

但李德水的话音刚落，他就发出了一声惨叫，因为我手里的匕首，已经刺进了他的大腿。

"我也不喜欢别人和我谈条件。"我说。

李德水的面部痛苦地扭曲在了一起："方涵，我不信你敢杀了我。没错，我就是杀了老九他们几个人，但是你没有证据抓我。你杀了我，你和罗峰都要被港区的警方抓起来！你还想找人？做梦！"

我冷笑道："你到现在还以为我没有证据将你定罪？"

李德水咬着牙说："你有证据的话，警察早就来了。"

就在这个时候，码头突然喧闹了起来，我听到很多人在喊："条子来了。"李德水的脸色一下子就变了，我把李德水揪起来，朝来的地方拖了过去。果然，陈凡带了非常多的警察来。幸运的是，罗峰和大喜的手下还没有打起来，否则事情就没那么容易善了了。

陈凡在远处向我招手，说鉴定结果出来了，是好消息。

几个警察走到我的身边，把李德水的双手铐住了。李德水慌了，大声喊道：

“你们凭什么抓我！”

我在李德水身后冷笑了几声：“你这个魔术师擅长利用各种道具，一些小东西，都能被你变废为宝，水管是那样，出租屋里的电吹风也是如此。”

李德水马上就闭嘴了，他瞪大了眼睛，似乎在想他在什么地方留下了把柄。

我第一次去凶案现场的时候，就把卫生间里的强力电吹风、梳子等一些东西都记下来了，罗峰还问我记那些有什么用。我回答说：“任何东西都可能成为破案的关键。”现在，我的回答应验了。

那个电吹风，就是可以将李德水定罪的证据。

但是，我刚准备解释，却突然发现云高不知道去了哪里！

—— 第053章 ——

吸力

我对罗峰使了一个眼色，他马上抽出两个人去找云高。来的警察人数不比罗峰的手下多，警察没有办法看着每一个人。不过，不管是罗峰还是大喜的手下，都没有和警察硬碰硬，毕竟事情闹大了对谁都不好。

李德水已经彻底慌了，他拼命地挣扎着。

我把嘴巴凑到陈凡的耳边，跟他说了一些话。陈凡有些激动，他和警察都来了，破案的主角自然变成了陈凡。说实话，在陈凡带来好消息之前，我一直都在等，我也不确定能不能将李德水定罪逮捕。

如果我确定的话，早就直接动粗，把他给绑起来了。

陈凡带来的好消息，也让我长舒了一口气。陈凡听了我的话之后，得意地走到正在挣扎的李德水面前。李德水死死地盯着陈凡问："你是什么人？"

陈凡装模作样地冷笑了一声，说："要将你送上审判席的人！"

李德水的脸色很难看，港区带头的几个警察还一脸茫然。大家手里都拿着枪，在场的没有一个人敢轻举妄动。几个警察问陈凡到底是怎么回事，陈凡把警察来之前我对大家分析的话，简单地复述了一遍。

陈凡只是听我大致说了一遍，所以他也说得不是很明白，看那些警察的表情，也是迷迷糊糊的。但是，说到重点的时候，陈凡终于把话说清楚了。让警方有底气出动这么多人马，将李德水逮捕的证据，是出租屋内一个吹头发用的强力电吹风。

陈凡说到这里的时候，我一直观察着李德水的表情。他的眉头紧蹙，似乎在想自己究竟在那把电吹风上落下了什么。那个电吹风上，手柄和电吹风机身都没有任何问题，既没有指纹痕迹，也没有李德水的其他身体特征。

在陈凡简单的解释下，所有警察都大致明白了，老九几人肚子里的食物，是介于生死之际进入食道的。所有的食物都是细碎的，大部分是在老九几人的胃里发现的，还有一些少量的食物残渣在老九几人的气管内被发现，那是因为吃呛了。

也就是说，那些食物，根本就不是在朝阳记送餐当日吃进去的。老九几个人，在死前已经被灌食了，后来三天的叫餐，不过是为了迷惑众人，想把案子归结为鬼神之说的幌子而已。

老九几个人，吞下那些细碎的食物之后，没多久就失去了生命特征，胃部的消化功能迅速停止了，所以，老九几个人胃里的食物，只是在消化酶的作用下消化了一点点。因此，法医给出的鉴定报告是食物基本没有被消化。

所谓新鲜，也只是相对而言，除了在消化酶作用下的细微消化，那些食物还有一定程度的发腐，那是体内细菌和腐败气体作用的结果。因为天气严寒，发腐也非常细微，不明显。那发腐程度，也被法医认为是正常的。

说实话，如果法医不尸检，案件可能还不会这么复杂。而法医一给出尸检报告，种种推断让人不寒而栗。因为食物的新鲜程度，很像是死者死后吞咽进去的，再联系朝阳记三天的送餐，加之送的餐和死者胃部发现的食物是相同的，一切就变得诡异了起来。

现在，生死之际进食的把戏已经被识破了。但最大的疑惑还是之前的那个问题：李德水是如何把通过咽这个器官把进入食道的食物送到胃部的。那个时候，老九四个人已经虚弱得不行了，咽遇到食物能产生条件反射，让食物进入食道已经非常不容易，在那种情况下，他们的食道蠕动非常细微，根本不足以把食物送到胃部。

食道蠕动最大的作用，就是将食物送到胃部，以供消化。

李德水是一个魔术师，现在一切变得明朗之后，他所依仗的，不过是魔术师的两个基本条件而已：手法和道具。一切都只是障眼法，顺着这一点考虑，我已经想明白他是怎样将食物送进死者胃里了。

如果说叫餐是手法和方法上的迷惑，那进食，就是道具的作用。那截水管，是李德水用来灌食用的，是道具之一。而那个电吹风，就是用来将食物送到死者胃部的另一个道具！

食物经过咽这个器官的时候，将死的几个受害者正在进行吞咽。这个时候，他们是不能同时进行呼吸的，所以有气流经过嘴部，大部分气流将像食物一样，通过食道进入胃部，只有很少一部分会通过气管，而这也可能是他们呛到的原因之一。

食道蠕动的作用还在，只是对食物的作用力没有之前那么强。这个时候，如果再有一股通向同样地方的气流，在后推那些食物一把，食物就非常容易到达胃部。每个人的胃容量是固定的，所以这气流的体积也不能太大，否则会将胃撑起，引起警方的怀疑。

所以，李德水选择的是一些比较光滑的食物，比如面粉类食物。已经被弄得细碎的这些食物，更容易进到胃部，再有气流稍加作用，一切就都不成问题了。而李德水用来制造气流的道具，正是那个强力电吹风。

一开始我自己也不确定。但是，现场能够用来制造气流的工具，只有那个电吹风了。偷入犯罪现场的时候，我把屋内所有的东西都记在了脑海里。李德水还是有些奇怪的，他使用了现场的水管却没有带走，结合这个特点，我推测李德水可能也没有带走用来制造气流的工具。

于是，那个电吹风被我注意到了。

陈凡成了全场的焦点，他有些得意，笑眯眯地走到李德水面前，双手插在口袋里，笑着对李德水说："你的确很小心，在完成犯罪之后，你把现场清理得连一点落灰都不留。但是，你以为这样就清理掉你所有的身体特征了吗？"

在所有的身体特征里，血迹是最不好清理的，就算擦洗干净了，用一些技术手段还是可以还原的。但是李德水没有在现场留下他的血迹，警方没有办法从这方面入手。至于指纹和脚印，以及掉落的毛发、滴下的汗液等，都是可以被清理干净的。

刑侦技术的限制，使得这些身体特征没有办法被还原。凶案现场，的确干净得连落灰都没有，或许李德水在犯罪的时候，在案发现场留下了痕迹，但是他在清理现场的过程中，绝对更加小心，这才使得警方无迹可寻。

李德水的脸色阴沉，身上的西装也变得不整齐了。陈凡笑着继续说：“天网恢恢，疏而不漏！多少凶手以为自己是个天才，能够掌握谋杀的法则，但是从来不会有人是没有疏漏的，看你的样子，到现在还不知道问题出在哪里。”

李德水依旧没有说话，他还在提防。我能够一眼看穿他的心思，他害怕警方和我只是故作声势，引诱他认罪。但是，陈凡接下来的一句话，让他彻底死心了。陈凡说道：“你没有想到，电吹风出风口的气流是吹出去的，但是电吹风反面的气流，对你来说却是一股吸力！”

李德水全身一颤，我也扬起了嘴角。就算不知道电吹风原理的人，根据常识都能知道，电吹风背部会有一股吸力，人的手离电吹风背部越近，感受到的吸力就越强，距离远，感受就没那么强。

因为距离的关系，吸力的大小也不一样。人的手之所以距离远近感受到的作用力大小不一样，是因为人手本身的质量比较大。但是，如果把作用对象换成一根毛发，那作用力受距离的影响就更小了，因为毛发很轻，轻到几乎可以忽略不计。

很多人发现，电吹风就算在干净的地方使用，使用得再小心，用久了的话，背部的转轮里也会有很多尘灰和污垢，除了静电吸附等原因，也因为电吹风的进风口存在吸力。

李德水在制造气流的时候，必然是手握电吹风，而他的身体，正对着电吹风的背面。人的身体有很多细微的毛发，电吹风在运转的时候，从电吹风背面产生的吸力，将李德水身上的毛发吸了进去。

李德水事后小心翼翼地清理了现场，但是却没有想到，自己的毛发会被电吹风吸进去。

毛发，可以检测出人的DNA。

我让陈凡拿电吹风鉴定，正是为了检测电吹风背部转轮里所有的DNA痕迹，看看是不是有李德水的。

冒险是成功的，鉴定科的鉴定果然发现了李德水的DNA。这也成了将李德水送上审判席的关键证据。

我们的目光都落在李德水的身上，他低着头，肩膀突然剧烈地颤抖了起来，再抬起头的时候，凶相毕露。

—— 第054章 ——

结案，刚开始?

李德水的脸部肌肉扭曲着，完全没有了之前的冷静和温和。他挣扎得更加厉害了，陈凡往后退了几步，提防着李德水。李德水现在最想杀的人，绝对是我，他知道让他栽在这里的人，是我。而陈凡，也绝对是李德水想干掉的人。

李德水没有看陈凡，他把目光放在我的身上，一副恨不得要杀了我的样子。陈凡走到我的身边，码头的风很大，海水撞击岸头的声音也很大。陈凡照我的意思，继续说："不过，还有一件事不是很明了，那就是你为什么要现场取材。"

其实，李德水为什么没有在犯罪后带走或销毁那截水管和电吹风，很好解释。那截水管是通着水的，警方在勘查现场的时候，如果随手一开水龙头发现漏水，就会知道水管的端倪。

相反，把水管洗干净用胶布重新接回去，再用洗衣机挡着，就算最后被警方发现，警方也可能认为只是水管坏了。那个卫生间，本身没有问题，非常容易被忽略，如果不是我们得到隔壁老太听到有东西挪动的声音这一线索，我们也未必会注意到那个洗衣机。

而那个电吹风，也不好带走。不管是出租屋内的暖炉，还是卫生间里的洗衣机、电吹风等物，都是出租屋本来就配置好的。万一发现现场少了什么东西，警方要查起来，肯定会查得出来的。更何况，李德水根本没有想到，最后他竟然会败给一个电吹风。

这些都好解释，最不好解释的是，为什么李德水要从现场取材。一截水管、一个电吹风，都是很小的道具，很方便随身携带。只有把一些和案件本身相关的谜团都搞清楚了，案子才算真正破了。

陈凡按照我的嘱咐，把这个问题问了出来。李德水声嘶力竭地笑了起来，我见过不少凶手，在案件告破的时候都会绝望得像个疯子一样。但是李德水的表现，却不像是绝望，更像是一种兴奋。李德水的这种表现，让我更加不安了。

罗峰派出去找云高的几个人，还没有回来。

我四处张望的时候，李德水突然开口了："你是我见过最聪明的人，为什么要问我，你自己难道推测不出来吗？"

李德水说这句话的时候，大家又把目光放到了陈凡的身上。所有警察都以为李德水的这句话是对陈凡说的。但我知道，李德水是在对我说。我皱着眉头，仔细地思考了起来，很快我想到了李德水魔术师的身份，以及他前前后后对案件处理手段的变化。

一开始，李德水是想将案子归结到鬼神之说上，让这起案子成为无头凶案的。起初，李德水使用的伎俩，是墙上的那些血手印。

明明可以外带的工具，李德水却从现场取材，这很可能说明，往尸体胃里灌食，并不是一开始就计划好的。也就是说，这不是预谋，而是临时起意！因为是临时起意，所以李德水没有更多的时间准备。

李德水是一个魔术师，因他的职业需要创新，他的想象力和创造力比一般人要强，临时想出这样的方式，使案件更加诡异，完全可能。或许，就是在李德水准备燃烧煤炉制造出一氧化碳气体前不久，他想出了这个方式。

至于那些食物，应该是事先准备好的。李德水想隐瞒老九几人被囚禁三天的事实，让警方想不通为什么这四个人一点儿都没有挣扎，就必然要使用一些手段。根据我的推测，老九几个人之所以当时没有力气挣扎，是因为他们除了被抽了大量的血，还被饿了三天。

如果胃里一点儿食物都没有，法医很容易判断出老九几个人在死前被饿了很久，一些用来迷惑警方的手段，也起不到作用了。所以，李德水一定是想在老九几个人死前，让他们稍微吃一点儿东西。

但是，在将要喂食的时候，作为魔术师的李德水，又突然想到了可以使案子变得更加离奇诡异的方法。但他又没有更多的时间准备那些工具，于是便现场取材。而之后叫餐，只需要点和事先准备好的同样的食物就可以了。

我偷偷在陈凡的身后，轻声地说了起来。陈凡马上又把我的推测大声说了出来，大家都不知道我在陈凡身后说了什么，表现的一直是陈凡，所以警方也没有怀疑。只有李德水，一直盯着我看。

但是，李德水没有道破。他大笑了起来，承认了我的推测。

“知道魔术表演中，最不容易穿帮、最让人想不通的表演是什么吗？”李德水突然问了这个问题。但是，他马上又自己回答了，“是临时想出来的一些手段。越是周全的准备，越容易让人有迹可循，我能想到的，别人也能想到。但是，如果连我都是临时想出来的手法，别人就更想不到了。”

李德水所说，确实有道理。很多事情，越是准备周全越容易被看穿，反倒是一些出其不意的手段让人费解。现实情况也确实如李德水所说，我们在此之前，完全没有想通李德水的意图。

“短发女呢？”陈凡问道。

李德水很轻蔑地笑了几声：“一个红尘女子，有个人对她好一点儿，她就死心塌地了，无知的女人。”

李德水的话，让很多人都有些气愤。李德水利用了很多人，对于短发女，他利用了人家的感情。人是情绪型动物，情感往往会使人变得盲目，短发女就是被感情迷惑的一个人。可惜的是，愿意替李德水顶罪的短发女，却不知道李德水只是在欺骗她而已。

如果短发女听到李德水说的话，一定会彻底寒心。

我让陈凡再问问云高和云清，陈凡点了点头，又问：“云清为什么会替你顶罪？云高又为什么要几次三番干扰警方的侦查？”

李德水突然玩味地盯着我，半天都没有开口，再度说话时却只说了三个字：“不知道。”

陈凡问李德水为什么要杀老九四个人，李德水也不肯说。

我知道，李德水是不准备将三松观的秘密说出来了。罗峰有些沉不住气，他想冲过去，但我拉住他，对他摇了摇头。李德水被带走了，因为罗峰和大喜的手下还没有大打出手，警方也没有多管。

港区对帮会的存在，或许是觉得还不到彻底消灭的时机，所以也就含糊过去了。等人都散了之后，罗峰派出去找云高的人才回来，他们没有找到云高在哪里。陈凡问我怎么办，我深吸了一口气，有些头痛了起来。

鬼叫餐的案子，已经破得差不多了，犯罪嫌疑人李德水也被逮捕了。但是，我更关心的犯罪动机和三松观的秘密却还没有查出来。已经很晚了，我们只好先回到了酒店。罗峰和陈凡都累得回房间睡觉了，小鬼一回到酒店，也直接趴在了床上。

我却睡不着。

天亮的时候，我直接把陈凡从床上拽起来了，让他带我到警局，我要单独见见云清和李德水。陈凡刚替警方破获了港区的第一大案，警方对陈凡的态度肯定发生了改变，这就给我们的行动提供了便利。

我和陈凡到警局的时候，警察说已经对李德水讯问完毕，李德水都招供了。陈凡马上问李德水有没有说为什么要杀老九四个人，警察说李德水的杀人动机很简单，因为当天老九几个人在下船之后和李德水撞上，并发生了争吵。

我微微一愣，罗峰当时在码头调查的时候，的确有人说看到老九四个人和别人撞在一起，还发生了争吵。但是最后并没有打起来，据目击证人回忆，当时老九四个人是和疑似码头工人撞在了一起。

但是，和老九几人撞上的人究竟是谁，目击证人没有太深的印象。

当时，我和罗峰都没有放在心上，但没想到，这个小插曲竟然会成为警方掌握的犯罪动机。我知道，这只是一个幌子而已，李德水竟然事先想好了万一被逮捕用来应付警方的理由。

李德水说老九几个人当时侮辱了他，所以他就下了杀手。警方也判断出李德水具有反社会人格障碍，这个理由，放到所有案子中，几乎都是万能的犯罪动机。

至于云清，李德水还是说不知道她为什么要那么做。

在陈凡的帮助下，我见到了李德水。

而李德水见到我的第一句话就是："方涵，一切都只是刚刚开始！"

—— 第055章 ——

玄一和老道长

李德水的话，让我微微一怔。

此时的李德水，已经没有了先前的光鲜亮丽。很快，知名魔术师犯罪的消息就会传遍港区，李德水也将从一个耀眼的明星沦为阶下囚。这个消息，也必然会撼动三松观世俗弟子事业成功的神话。

我坐到了李德水面前，这个会面室，我已经来过很多次了。

李德水的面部表情极度扭曲，没有一丝忏悔的样子，甚至于他嘴角的那抹弧度都在告诉我，他很兴奋，一点儿都不害怕。

我问李德水他刚刚说的那句话是什么意思，但是李德水只是扬着嘴角反问："你那么聪明，为什么不自己猜猜？"

我的心情有些凝重，三天之期，到现在为止刚好满了。案子是破了，但我最关心的问题，却还没有解决。李德水不仅叫出了我的名字，还说一切都只是刚刚开始。联想到最近一切围绕着我发生的诡异事情，我觉得老九几人的港区之行，让我跌进了一个深不见底的陷阱里。

李德水见我眉头紧皱，突然笑了起来，那样子，像极了疯子。

"不要挑战我的忍耐性，你以为港区没有死刑，我就要不了你的命吗？"我冰冷地对李德水说。

李德水丝毫不在意："好啊，那你就想办法杀了我啊，反正你也是一个将死之人，很快你就会到黄泉路上陪我。”

看样子李德水不像是在空口说白话。类似的话，我已经听过不止一次了。最早是厉云清让我离开港区，否则会有杀身之祸，而后，老道长、玄一都说过类似让我离开港区的话，还有写那封匿名信的人说可以帮我报仇，同样让我离开港区。

李德水闭上了嘴，低着头，但是双眼却往上瞟，他在看我。

威胁没有用，我改变了策略，微微一笑：“是我让你进来的，我既然有办法让你进来，也有办法让你提早出去。”

李德水又抬起了头：“为什么要帮我？”

我仍旧笑着回答：“老九几个人的命，对我来说一点儿都不值钱，他们不是我的朋友，只是替我办事的人而已。查案，也只是为了查出我想查的，如果你回答我想问的，凶手是谁，会受到什么样的刑罚，和我一点儿关系都没有。”

但我的话刚说完，李德水又一次像疯子一样笑了起来，骂我心狠，不择手段。对于他骂我的话，我一点儿都不在意，让我震惊的，是他的最后一句话：“难怪老九会背叛你。”我的心骤然收缩，老九果然背叛了我！

老九在死后还来向我报信，这也是案子的一个谜团，到现在还没有解开。我没有对警方提起，所以警方没有再深入调查下去。对于警方来说，抓到犯罪嫌疑人，已经足够了。我的手伸过隔在我们之间的栏杆，掐住了李德水的脖子。

李德水被铐着，躲都躲不开。很快，李德水的脸红了起来，看他的样子已经快要喘不过气了。我目光冰冷地问：“你是不是在老九的死亡时间上，动了手脚？”

李德水说话有些吃劲，但他还是笑着说：“方涵，对你们警察来说，有解不开的谜团，心里是不是很难受？你放心，我绝对不会告诉你的！”

我松开手，冷哼了一声：“我不是警察。”

李德水说：“你是警校的人，被开除了又怎么样？你身上已经有了警察的烙印，你改变不了。”

“你最好闭嘴，我很憎恨警察这两个字。”我又坐回到了椅子上。

我心里越来越震惊了，李德水不仅能叫出我的名字，还知道我被警校开除的事情。如果不是事先调查过我，不可能知道这么多。

李德水喘了好几口粗气，看着我说：“是不是很惊讶我为什么知道这么多关于你的信息？告诉你，我不仅知道这些，还知道你派老九他们几个人来港区，是找一个人，那个人……”

李德水的话还没有说完，就装模作样地摇了摇头：“不能说，不能说，这是个秘密，天大的秘密。”

李德水知道的事情，比我想象中的还多。这不是老九告诉他的，因为老九也只是奉命行事，我没有告诉他那么多。

我镇定下来：“你不想让我找到那个人，所以杀了老九他们，对吗？”

没想到，李德水却否认了我的推测。

“你能不能找到那个人，和我没有关系。”李德水回答道。

我又尝试了一次问李德水为什么要杀人，这一次李德水给出的理由，和他对警方的供述一样：因为老九几个人和他在码头撞上，发生了争吵，说了侮辱他的话。

李德水不肯说，我也不再浪费时间多问了。我知道，就算我花再多时间，用再多计策他也不会开口。

我换了个问题：“云高，还有你们所有三松观的世俗弟子，究竟有什么见不得人的勾当？”

听到这个问题，李德水突然闭上了眼睛，他的嘴里开始念念叨叨。仔细一听，他念的是《道德经》。我站了起来，准备离开。但是刚准备开门的时候，李德水叫住了我。我转过头，李德水已经睁开了眼睛。

他的语气突然变得平淡了起来，好像《道德经》真的让他的心静如水了一样。

“玄一道长和老道长，你觉得他们两个人谁的道行比较高？”很奇怪，李德水突然问了这个问题。

我冷冷一笑：“两个都是装神弄鬼的人，仅此而已。”

李德水问：“方涵，你确定吗？”

我没有回答。

“老道长已死，玄一离开了港区，三松观唯一的好人仙逝了，玄一这个卑鄙无耻的小人，却将永远不老地生活在这个世界上，这就是道吗？”李德水又莫名其妙地说。

我皱起了眉头，李德水的话和厉云清说的话形成了鲜明的对比。云清说过，玄一是整个三松观上唯一的好人，云清还因为老道长的死非常高兴。而在李德水眼里，唯一的好人，却成了老道长，玄一则是卑鄙无耻的小人。

李德水本身就是一个罪大恶极的犯罪嫌疑人，却对别人的善恶评头论足，这有些讽刺。此刻，我却怎么也笑不出来。

而且，听李德水的话，他是相信玄一的不老神话的。

“你受三松观的蛊惑不轻，如果我没有猜错，三松观存在一个犯罪集团，利用宗教蛊惑人心，进行犯罪。”我说。

李德水笑了起来，肩膀颤抖了几下：“真正被蛊惑的，是你们。”

这是李德水和我说的最后一句话，说完这句话他就闭上了眼睛，嘴里又念起了《道德经》。

我从会面室走了出来，在陈凡的安排下，我又见到了云清。

几天没见，云清比之前消瘦了很多。

云清已经被彻底排除了嫌疑，但是，牢狱之灾云清是受定了。云清先是利用一些小把戏，通过作法讹诈大笔金钱，这会被司法机关以诈骗罪起诉，而云清后来的认罪行为，也涉嫌妨害公务和包庇。

我问云清：“想不想出去？”

云清还不知道外面发生了什么，茫然地看着我。我把事情的经过告诉了云清。云清的脸色变了，她欲言又止，我知道她想问什么。我笑了笑：“李德水并没有把三松观的秘密说出来，你想保护的云高，也会安然无恙。”

我注意到，云清松了一口气。

“你很关心你的哥哥，但是他却不是这么对你的。”我说。

—— 第056章 ——

匿名信又现

云清没说话，我又故意说了一句："但是很快，我就会把云高抓起来。"

果然，云清抬起了头，一对漂亮的眸子，紧紧地盯着我。

"为什么要这么执着地针对他？"云清咬牙问。

我摇了摇头："我不针对任何人，我只想知道秘密。把你知道的告诉我，我会放过云高。"

云清也很精明，她想了好一会儿才问，你的承诺可不可靠？我笑了笑："对可靠的人，我的承诺就是可靠的，对不可靠的人，我的承诺就不可靠。我会不会遵守诺言，要看你会不会耍花样。"

云清深吸了一口气，提出了条件："你不要再查云高，我可以告诉你一个秘密。"

云清也不说是什么秘密，但她却学着我的语气告诉我，只要我肯信守承诺，她告诉我的这个秘密，绝对值得我和她进行交换。用一个不知道内容的秘密，来交换云高的安危，我不得不说，云清的如意算盘打得很响。

但是，我没有急着拒绝。我考虑得很清楚，如果我太强硬，以云清的性格，可能最后什么都不会跟我说。

考虑片刻之后，我开口了："女人的心，果然让人很难琢磨透。明明深爱你的哥哥，却装作仇视的样子。其实，有些事情即便你不说，我也能大致猜到。三松观有问题，三松观的世俗弟子也有问题，一旦这个秘密被公之于众，云高就完了，所以你不惜自己顶罪，也不肯让李德水被抓，免得牵扯到云高。”

云清咬了咬嘴唇问：“你到底答不答应？”

我点了点头，笑道：“这个交易，我做了。”

云清还是不放心，她让我发誓，我微微蹙眉：“我不信天，不信地，不信鬼神，誓言也无法约束我。”

就算我这么说了，云清还是坚持让我发誓。我只好发了一个誓言，云清这才松了一口气。

一开始，我还有些忐忑，我怕云清说出来的秘密不是我真正想要知道的。

云清终于开口了，她告诉我她曾经在止步门内的一个柜子里翻出我的照片，照片上还写着我的名字。

我一怔，现在总算明白云清为什么能认出我，还叫出我的名字了。我马上坐了下来，让云清接着往下说。

云清说她在三松观待过很长时间。可她的性格，完全忍受不了三松观上清心寡欲、终日打坐念经的生活。或许也是因为这个，云清虽然被收为三松观的世俗弟子，但是每天凌晨老道长为那些世俗弟子讲道的时候，都不让她去听。

云清本就对讲道没什么兴趣，但是以她的性格，老道长越是不让她去，她就偏要去。

有好几次，云清都想进那厅堂，但是厅堂外面有道士守着，云清的好几次尝试都以被发现并被惩罚告终。云清告诉我，直到她下山为止，她都不知道老道长在讲道的时候对那些世俗弟子说了什么。

云清说到这里，我反问了一句：“你真的不知道？”

云清问：“你不相信我？”

我没有回答，云清可能是真的不知道。但是，她绝对知晓三松观的秘密，所以对老道长和世俗弟子讲道的内容，很可能也有自己的推测，只是她不肯对我说而已。云清继续说了下去，因为数次被阻挡，所以云清就把注意力放到了止步门内。

说实话，云清对神秘的止步门也很有兴趣。老道长不让她去听，叛逆的云清准备潜进止步门内。在一个深夜，老道长正在厅堂里给世俗弟子讲道的时候，云清偷偷潜进了止步门。

道观中，没有人敢违逆老道长，除了云清。没有人会想到，云清竟然胆大包天地进了止步门。云清告诉我，她进止步门内的时候，隐隐约约听到了说话的声音。但是等她接近那几间屋子的时候，声音又没了。

我很快就想到了那些可以藏人的道像，云清可能差点儿就见到那些隐藏在止步门内的人了。

云清在窗子外面往里面看，看到了很多道像，烛火摇曳，那些道像让云清觉得有些吓人，所以她赶紧离开了。她进了其他的屋子，在翻箱倒柜的时候翻到了我的照片，照片上除了写了我的名字之外，还有几个血红的字。

具体写了什么，云清已经记不清楚了。她说，大概的意思是这个人一旦出现在港区，就杀了。一张写着字的照片，自然不能让云清信服，但是她很快就翻到了其他照片。

那些照片上，同样写着一样的字，唯一不同的，就是照片上的人和名字。

云清告诉我，她记下了这些人。后来她下山的时候，港区发生了几起命案，有的是车祸，有的是溺水，警方最后都以事故结案了，因为查不出什么原因。但是云清却发现，她下山后的那段时间里，死的都是照片上的人。

云清这才觉得，那些照片就像是一个魔咒一样。

“因为照片上也有我，你觉得我也会和其他人一样死去，所以你才让我离开港区？”我问。

云清点了点头。

我把云清的话记在了心里，她要告诉我的秘密就是这个。三松观果然有问题，那些照片出现在止步门内，那这些命案和三松观绝对有关系。但是，我想不通的是，如果有关系，为什么玄一和老道长，也都让我离开港区。

“你为什么烧了止步门？”我问。

云清回答：“发现了不该发现的东西，自然就烧了。”

我问：“发现了什么？”

云清有些不高兴地说：“方涵，我说过，只告诉你一个秘密。”

我耸了耸肩，云清的性格，已经被我摸透了，她说了不会告诉我，自然不会告诉我。我离开会面室的时候，云清还再三叮嘱我，要我信守承诺。我只是点了点头，直接离开了警局。

陈凡和我一起出来的时候，罗峰正带着小鬼在警局外面等我。

“小鬼一直嚷嚷着说想你，我把她带来了。”罗峰说。

我把小鬼抱起来，对罗峰说了刚刚见李德水和云清的情况。

罗峰眯着眼睛说：“这老九到底怎么回事？还有这个三松观，不简单。你真的不查云高了吗？”

罗峰告诉我，今天一大早，云高就回公司了。我们原以为云高会远走高飞，但没想到，他竟然去上班了。仔细一想，李德水不招供，三松观的秘密就没人知道，云高大可以高枕无忧。

我们一边商量，一边往酒店走。

到酒店大厅的时候，酒店的服务员又叫住了我，说有我的快件。

又是一封信，我马上把信拆开了。这次的信件，和上次一样，又是匿名的，只是信上的内容却不一样了。

上面的字依旧很少，只有一句：玄一和小眉在京市，要报仇来找我，我可以帮你。

不知道是不是巧合，我刚读完匿名信上的内容，罗峰的手提电话就响了。他听过之后告诉我，他的人在京市发现了玄一的踪迹。

“这信到底是谁给你的？他的消息应该是真的，他让你找他，但是却连名字都不说。”罗峰骂了一声。

陈凡看到上面的字，问了一句：“报仇，报什么仇？”

陈凡的问题，招来了我的一个冷眼，他马上闭嘴不说话了。

我想了想，以最快的速度做出了决定，明天离开港区，回京市。

罗峰有些吃惊地问：“真的不查三松观了？”

我回答说：“三松观肯定要继续查，但方法得变通一下。”

我让罗峰在港区的人多关注一下那些世俗弟子，看能不能查出什么来。我并没有抱太大的希望，李德水出事之后，那些人肯定会更加小心。

我把重点放在了玄一身上。三松观最重要的两个人，一个是老道长，一个是玄一，老道长已经死了，只有玄一可以查。并且，按照匿名信上的内容，小眉也去了京市。这两个人都很有问题，我觉得京市比港区更值得我花时间。

罗峰考虑了一下，说京市毕竟不是他的地盘，他离开太久了生意也可能出错，所以他决定和我马上回京市去。至于陈凡，他早就迫不及待地想回京市了。

我让罗峰替云清找个好律师，想办法让她早点儿出来。

罗峰微微一愣，调侃道："你看上她了，怎么对她这么好？"

我正要回答，小鬼又拉着我的手，对我说："方涵哥哥，那里有人盯着我们。"

图书在版编目（CIP）数据

犯罪痕迹师 / 黑眼圈著. — 北京：中国友谊出版公司，2017.11

ISBN 978-7-5057-4225-3

Ⅰ. ①犯… Ⅱ. ①黑… Ⅲ. ①推理小说—中国—当代 Ⅳ. ①I247.5

中国版本图书馆CIP数据核字（2017）第248706号

书名 犯罪痕迹师

作者 黑眼圈

出版 中国友谊出版公司

发行 中国友谊出版公司

经销 新华书店

印刷 三河市冀华印务有限公司

规格 700×980毫米 16开

16.5印张 392千字

版次 2018年3月第1版

印次 2018年3月第1次印刷

书号 ISBN 978-7-5057-4225-3

定价 42.00元

地址 北京市朝阳区西坝河南里17号楼

邮编 100028

电话 （010）64668676

如发现图书质量问题，可联系调换。质量投诉电话：010-82069336